Sur l'auteur

Graeme Macrae Burnet est l'un des grands espoirs de la littérature écossaise. Né en 1967 à Kilmarnock, il a été professeur d'anglais à Prague, Bordeaux, Porto et Londres, avant de s'installer à Glasgow. Son premier roman, *La Disparition d'Adèle Bedeau* (2014), est un hommage à l'œuvre de Simenon, dont il est tout autant un fervent admirateur qu'un spécialiste aguerri. Ce roman lui vaut de remporter le Scottish Book Trust New Writer Award 2013. *L'Accusé du Ross-Shire*, son deuxième roman, arrive dans les finalistes du Man Booker Prize 2016, provoquant un véritable phénomène d'édition en Écosse et dans tout le Royaume-Uni. Il est également l'auteur de *L'Accident de l'A35*. Tous ses romans sont édités chez 10/18.

Du même auteur
aux Éditions 10/18

L'ACCUSÉ DU ROSS-SHIRE, n° 5388
LA DISPARITION D'ADÈLE BEDEAU, n° 5462
L'ACCIDENT DE L'A35, n° 5565
UNE PATIENTE, n° 5836

GRAEME MACRAE BURNET

UNE PATIENTE

Traduit de l'anglais (Écosse)
par Julie Sibony

10/18

SONATINE ÉDITIONS

Cet ouvrage a été publié avec l'aide
du Publishing Scotland Translation Fund
Publishing
Scotland

Titre original :
Case Study

Éditeur original :
Saraband

ISBN 978-2-264-08136-0
Dépôt légal : février 2023

SOMMAIRE

PRÉFACE

Fin 2019, j'ai reçu un e-mail d'un certain M. Martin Grey, de Clacton-on-Sea. Il avait en sa possession une série de cahiers rédigés par sa cousine, dont il pensait qu'ils pourraient constituer le point de départ d'un livre intéressant. Je lui ai répondu en le remerciant, tout en suggérant que la personne la mieux placée pour faire quelque chose de cette matière était M. Grey lui-même. À quoi il répliqua qu'il n'était pas écrivain, et qu'il ne m'avait pas choisi au hasard. Il avait lu, m'expliqua-t-il, un post de blog que j'avais écrit sur Collins Braithwaite, un psychothérapeute oublié des années 1960. Les cahiers en question contenaient certaines allégations concernant Braithwaite dont il était sûr qu'elles m'intéresseraient.

Cette fois, il avait piqué ma curiosité. Quelques mois plus tôt, j'étais tombé sur le livre de Braithwaite *Antithérapie* dans la notoirement chaotique librairie Voltaire & Rousseau de Glasgow. Contemporain de R. D. Laing, Braithwaite était une sorte d'enfant terrible du mouvement de l'antipsychiatrie dans les années 1960. Son livre, un recueil d'études de cas, était grivois, iconoclaste et captivant. Ma fascination naissante pour cet auteur ne fut pas rassasiée par le peu d'information à son sujet disponible sur Internet, et j'étais suffisamment intrigué pour faire le déplacement jusqu'aux archives de l'université de Durham, à quarante kilomètres au nord de sa ville natale, Darlington.

J'y avais trouvé deux cartons contenant les manuscrits abondamment annotés des livres de Braithwaite (souvent ornementés de gribouillis obscènes, quoique non dépourvus d'un certain talent artistique), des coupures de journaux et un petit nombre de lettres, la plupart de son éditeur, Edward Seers, et de sa maîtresse occasionnelle, Zelda Ogilvie. En reconstituant le parcours extraordinaire de la vie de Braithwaite, je me pris à rêver d'écrire sa biographie, une idée qui suscita peu d'enthousiasme chez mon agent et mon éditeur. Pourquoi voulais-je que les lecteurs, disaient-ils, s'intéressent à un obscur personnage tombé en disgrâce, dont les œuvres n'étaient plus rééditées depuis des décennies ? Ce qui était, je fus contraint d'en convenir, une question tout à fait légitime.

Voilà dans quel contexte avaient commencé mes échanges avec M. Grey. Je lui écrivis que, finalement, je voulais bien jeter un œil à ces cahiers, et je lui donnai mon adresse. Un colis arriva deux jours plus tard. Le mot qui l'accompagnait ne précisait aucune condition de publication. M. Grey ne souhaitait pas de rémunération et, par respect pour la vie privée de sa famille, préférait garder l'anonymat. Il me confia que Grey n'était d'ailleurs pas son vrai nom. Si je ne trouvais pas d'intérêt à ces cahiers, il me demandait simplement de les lui renvoyer. Mais il se disait certain que ce ne serait pas le cas, et ne prit pas la peine d'indiquer une adresse de réexpédition.

Je lus les cinq cahiers en une journée. Les quelques doutes que j'avais pu avoir furent immédiatement balayés. Non seulement l'auteure racontait une histoire passionnante mais, malgré ses dénégations, son style possédait une sorte de verve excentrique. Le récit partait un peu dans tous les sens, mais à mes yeux ça ne faisait qu'ajouter à son authenticité.

Quelques jours plus tard, cependant, je finis par penser que j'avais été victime d'un canular. Comment aurait-on pu mieux m'appâter qu'en me mettant sous le nez une série de cahiers inédits accusant de faute professionnelle criminelle quelqu'un sur lequel il se trouvait que je menais des recherches ? Si c'était bel et bien un canular, M. Grey s'était néanmoins donné beaucoup de mal, à commencer par la rédaction des documents eux-mêmes. Je décidai de procéder à quelques vérifications. Les cahiers (de simples cahiers d'écolier de la marque Silvine) étaient d'un modèle très répandu à l'époque. S'ils n'étaient pas datés, plusieurs références dans le corps du texte suggéraient que les événements décrits avaient dû se produire à l'automne 1965, quand Braithwaite, au sommet de sa gloire, habitait le quartier londonien de Primrose Hill. Les extraits d'*Antithérapie* insérés dans le premier cahier provenaient de la première édition du livre, devenue par la suite difficilement disponible, ce qui laissait à penser que la rédaction des cahiers datait du même moment. De nombreux détails corroboraient ce que j'avais pu lire dans les archives de l'université ou les articles de presse de l'époque. Ce qui ne prouvait rien, cela dit. Si les cahiers étaient des faux, leur auteur avait nécessairement dû effectuer les mêmes recherches que moi. D'autres détails étaient moins précis. Le pub dont il est question dans le texte, par exemple, s'appelle en réalité le Pembroke Castle, et non le Pembridge Castle. Mais une telle erreur paraissait plus vraisemblablement le fait de quelqu'un cherchant à consigner ses pensées de façon innocente qu'à perpétrer sciemment une supercherie. Les cahiers contenaient aussi une apparition peu flatteuse de M. Grey lui-même, qu'il n'aurait sans doute pas incluse s'il en avait été l'auteur.

Et puis il y avait la question de la motivation. Je ne voyais pas pour quelle raison quelqu'un se serait donné autant de mal pour me piéger. Il semblait tout aussi improbable que l'objectif visé soit de discréditer Braithwaite, dont la carrière avait de toute façon fini dans l'ignominie, et qui désormais ne méritait pas plus qu'une note de bas de page dans l'histoire de la psychiatrie.

Je renvoyai un e-mail à M. Grey. Ces documents, lui disais-je, étaient effectivement intrigants, mais je ne pouvais rien en faire sans preuve définitive de leur provenance. Il me répondit qu'il ne voyait pas bien quelle preuve j'attendais qu'il fournisse. Il avait trouvé ces cahiers alors qu'il débarrassait la maison de son oncle à Maida Vale. De plus, il avait connu sa cousine toute sa vie et le vocabulaire ainsi que les tournures de phrases utilisés étaient parfaitement cohérents avec sa façon de s'exprimer. Il n'était tout simplement pas crédible que ces textes aient pu être écrits par quelqu'un d'autre. Rien de tout ça, bien sûr, ne constituait le genre de preuve que je recherchais. Je demandai à M. Grey s'il accepterait de me rencontrer. Il refusa, arguant de façon fort judicieuse que cela ne prouverait rien, ni dans un sens ni dans l'autre. Si je n'avais pas confiance en sa bonne foi, concluait-il, je n'avais qu'à lui retourner les cahiers, à la boîte postale dont il me fournissait cette fois la référence.

Évidemment, je n'en fis rien. Si j'ai fini par me convaincre de l'authenticité des cahiers eux-mêmes, je ne peux néanmoins pas attester la véracité de leur contenu. Peut-être les événements rapportés ne sont-ils rien d'autre que le fruit de l'imagination d'une jeune femme aux ambitions littéraires affichées et qui, à en croire ses propres mots, se trouvait dans un état d'esprit perturbé. J'en suis venu à la conclusion que l'important n'était pas que ces événements aient réellement eu lieu ou non, mais simplement que, comme me l'avait suggéré M. Grey dès le début, ils puissent constituer le point de départ d'un livre intéressant. Le fait que la réception de ces cahiers coïncide si opportunément avec mes propres recherches semblait trop beau pour que je résiste à la tentation. J'ai donc redoublé d'efforts, visité les lieux mentionnés, étudié plus en détail les travaux de Braithwaite et mené un certain nombre d'entretiens avec des personnes qui lui étaient liées, et je présente ici ces cahiers, légèrement révisés, accompagnés de mes propres recherches biographiques.

GMB, avril 2021

PREMIER CAHIER

J'ai décidé de noter tout ce qui se passe, car il est bien possible, me semble-t-il, que je me mette en danger, et si cela s'avérait le cas (quoique ce soit peu probable, je l'admets), ce cahier pourrait éventuellement tenir lieu de preuve.

Hélas, comme cela ne saurait tarder à se voir, j'ai peu de talent pour l'écriture. En relisant ma phrase précédente, je grimace intérieurement, mais si je chipote sur le style je crains de n'arriver nulle part. Mlle Lyle, ma professeure d'anglais, me reprochait toujours de vouloir caser trop d'idées dans une seule phrase. C'était, disait-elle, le signe d'un esprit confus. « Il faut d'abord décider de ce que l'on souhaite dire, puis l'exprimer dans les termes les plus simples. » Tel était son mantra, et bien qu'il soit indubitablement sage, je vois bien que j'y ai déjà failli. J'ai écrit qu'il était possible que je me mette en danger, et aussitôt j'ai dérivé sur une digression inutile. Mais plutôt que de tout recommencer, je vais poursuivre. C'est le fond qui importe ici, et non la forme ; que ces pages constituent une trace de ce qui va advenir. Si mon récit était trop maîtrisé, il se pourrait qu'il manque de crédibilité ; peut-être que la maladresse est ce qui permet de sonner juste. Quoi qu'il en soit, je ne peux pas suivre le conseil de Mlle Lyle puisque je ne sais pas encore ce que je souhaite dire. Cependant, par égard pour quiconque aurait le malheur de lire un jour ces lignes, je ferai l'effort d'être claire, de m'exprimer dans les termes les plus simples.

Dans cet esprit, je vais commencer par exposer les faits. Le danger auquel j'ai fait allusion réside en la personne de Collins Braithwaite. La presse l'a décrit comme « l'homme le plus dangereux de Grande-Bretagne », en raison de ses idées sur la psychiatrie. Je crois néanmoins que ce ne sont pas seulement ses idées qui sont dangereuses. Je suis convaincue, voyez-vous, que le Dr Braithwaite a tué ma sœur, Veronica. Je ne veux pas dire qu'il l'a assassinée au sens premier du terme, mais qu'il est pourtant tout aussi responsable de sa mort que s'il l'avait étranglée de ses propres mains. Il y a deux ans, Veronica s'est jetée du pont routier de Bridge Approach à Camden et a été tuée par le train de 16 h 45 pour High Barnet. On pouvait difficilement imaginer quelqu'un de moins susceptible de commettre un tel acte. Elle avait vingt-six ans, elle était intelligente, épanouie et plutôt jolie. Malgré cela, à l'insu de mon père et moi, elle consultait le Dr Braithwaite depuis plusieurs semaines. Information que je tiens du docteur en personne.

Comme la plupart des gens en Angleterre, je connaissais son accent rugueux et traînant du Nord longtemps avant de le rencontrer en chair et en os. Je l'avais entendu parler à la radio, et je l'avais même vu une fois à la télé, dans une émission sur la psychiatrie présentée par Joan Bakewell[1]. Le physique de

1. Il s'agit de l'émission *Late Night Line-Up* du dimanche 15 août 1965 sur la chaîne BBC2. Les autres intervenants étaient

Braithwaite n'était guère plus plaisant que sa voix. Il portait une chemise à col ouvert et pas de veste. Ses cheveux, qui lui arrivaient aux épaules, étaient ébouriffés, et il fumait cigarette sur cigarette. Il avait des traits grossiers, comme exagérés par un caricaturiste, pourtant, même à la télévision, il avait quelque chose qui captait le regard. Je ne prêtais quasiment pas attention aux autres invités de l'émission. Je me souviens moins de ce qu'il a dit que de sa manière de le dire. Il avait l'air d'un homme auquel il serait vain de vouloir résister. Il parlait avec une autorité lasse, comme s'il était fatigué de devoir s'expliquer à des gens qui lui étaient inférieurs. Les participants étaient assis en demi-cercle, avec Joan Bakewell au centre. Alors que tous les autres se tenaient droits, comme à l'église, le Dr Braithwaite était avachi sur sa chaise, le menton appuyé dans sa paume, tel un écolier assommé par la leçon. Il semblait considérer les autres intervenants avec un mélange de mépris et d'ennui. Un peu avant la fin de l'émission, il ramassa son paquet de cigarettes et quitta le plateau en marmonnant un juron qu'il n'est nul besoin de répéter ici. La présentatrice fut prise de court mais se ressaisit vite et fit remarquer que le fait qu'il refuse d'engager le débat avec ses pairs était un aveu de la pauvreté de ses idées.

Le lendemain, la presse condamna unanimement l'attitude de Braithwaite : il était l'incarnation de tout ce qui n'allait pas dans la Grande-Bretagne

---

Anthony Storr, Donald Winnicott et Robert Stopford, alors évêque de Londres. R. D. Laing avait été invité mais avait refusé de partager la tribune avec Braithwaite. Il n'existe hélas pas d'enregistrement de ce programme, mais Joan Bakewell écrivit plus tard que Braithwaite était « un des individus les plus arrogants et désagréables » qu'elle avait jamais eu l'infortune de croiser.

contemporaine ; ses livres étaient remplis d'idées obscènes et présentaient une vision horriblement vile de la nature humaine. Bien entendu, je m'empressai d'aller à la librairie Foyle's pendant ma pause-déjeuner ce jour-là pour me procurer son dernier ouvrage, au titre peu engageant d'*Antithérapie*. Le vendeur me le tendit comme s'il s'agissait d'un objet dangereusement contagieux, et me jeta le même regard réprobateur que la fois où j'avais acheté le peu recommandable roman de M. Lawrence. Je gardai mon achat dans son emballage jusqu'à ce que je sois confortablement installée dans ma chambre à l'abri des regards, après le dîner.

Je dois préciser qu'avant cela, mon idée de la psychiatrie provenait exclusivement de ces scènes de films dans lesquelles un patient allongé sur un divan raconte ses rêves à un docteur barbu avec un accent germanique. Peut-être pour cette raison, le début d'*Antithérapie* me parut assez difficile à suivre. C'était truffé de mots inconnus, et les phrases étaient si longues et alambiquées que l'auteur aurait bien fait d'appliquer les conseils de Mlle Lyle. La seule chose que je retins de l'introduction était qu'au départ Braithwaite ne voulait même pas écrire ce livre. Ses « visiteurs », comme il les appelait, étaient des individus, pas des « cas » qu'on pouvait exhiber tels des monstres de foire. S'il s'était finalement décidé à raconter ces histoires, c'était dans le seul but de défendre ses idées contre le mépris que leur vouait l'establishment (un mot qu'il utilisait abondamment). Il se présentait comme un « antithérapeute » : sa tâche était de convaincre les gens qu'ils n'avaient pas besoin de thérapie ; sa mission, de déconstruire « l'édifice en carton-pâte » de la psychiatrie. Il me sembla que c'était une position étrange mais, comme je l'ai dit, je ne suis pas experte en la matière. Ce livre, écrivait-il, pouvait être pris comme un complément à ses œuvres précédentes. Il consistait en une série de récits basés sur des relations qu'il avait entretenues avec des individus dérangés. Naturellement, les noms et certains détails reconnaissables avaient été modifiés, mais la substance de chaque histoire, insistait-il, était vraie.

Une fois passée cette introduction déroutante, je trouvai ces histoires terriblement captivantes. J'imagine qu'il y a quelque chose de rassurant à lire le portrait de ce genre de détraqués à côté desquels nos propres excentricités paraissent dérisoires. À mi-lecture, je me voyais comme quelqu'un d'excessivement normal. C'est seulement en arrivant à l'avant-dernier chapitre que je finis par reconnaître Veronica. Le plus simple, il me semble, est d'insérer ici les pages concernées :

Chapitre 9

Dorothy

Dorothy était une femme extrêmement intelligente, âgée d'environ vingt-cinq ans. Aînée de deux sœurs, elle avait grandi dans une famille de la classe moyenne, dans une grosse ville anglaise. Ses parents étaient de flegmatiques Anglo-Saxons. Dorothy n'avait jamais vu aucune marque d'affection entre eux. Les disputes, disait-elle, se réglaient toujours de la même façon : son père, un fonctionnaire docile, cédait aux exigences de sa mère. Jusqu'au soudain décès de cette dernière quand Dorothy avait seize ans, son enfance n'avait connu aucun grand trauma, pourtant quand on lui demandait si elle avait eu une enfance heureuse, elle avait du mal à répondre. Elle finit par admettre que, depuis son plus jeune âge, elle était rongée de culpabilité car elle avait une vie plus confortable que bien d'autres mais ne se sentait pas heureuse pour autant. Cependant elle feignait souvent d'être joyeuse pour faire plaisir à son père, dont le bonheur semblait dépendant du sien. Il la sollicitait sans arrêt pour jouer avec elle alors qu'elle préférait rester seule. Sa mère, quant à elle, rappelait constamment à ses filles la chance qu'elles avaient, si bien que, très tôt, Dorothy avait appris la retenue, surtout par rapport aux gâteries dont son père aimait la couvrir : glaces, cadeaux d'anniversaire, bonbons, etc. Enfant déjà, elle nourrissait un fort ressentiment envers sa sœur. Ce n'était pas, insistait-elle, la jalousie normale qu'on peut éprouver quand un cadet arrive et dilue l'attention et l'amour des parents. C'était plutôt parce que cette petite sœur se montrait souvent agitée et désobéissante, mais recevait quand même un traitement égal de la part de leurs parents. Il ne semblait pas juste qu'on ne récompense pas Dorothy de son bon comportement et qu'on ne punisse pas non plus l'indiscipline de sa sœur.

Dorothy était une excellente élève et obtint une bourse pour aller étudier les mathématiques à Oxford. Là, elle continua à surpasser ses pairs et, quoique introvertie, s'intégra relativement bien. À Oxford, elle se rendit compte qu'il n'y avait aucune obligation à « participer » ni à avoir l'air de s'amuser. Elle devint solitaire et distante. C'était, disait-elle, la première fois qu'elle pouvait « être elle-même ». Pourtant, quand ses camarades sortaient danser ou faisaient des fêtes à l'improviste dans leur résidence, elle brûlait de jalousie. Elle obtint sa maîtrise haut la main et, plus tard, alors qu'elle préparait sa thèse, elle rencontra un tout jeune professeur avec qui elle se fiança. Elle n'avait, disait-elle, pas de grands sentiments pour lui, et encore moins de désir sexuel, mais elle accepta de l'épouser car elle estimait que c'était le genre de jeune homme bien sous tous rapports que son père approuverait. Par la suite, il rompit les fiançailles en disant qu'il préférait pour l'instant se concentrer sur sa carrière. Dorothy pensait que la véritable raison de cette rupture était qu'elle avait traversé une période d'épuisement nerveux ayant nécessité un court séjour en sanatorium et qu'il craignait qu'elle soit instable. De toute façon, elle était soulagée qu'il ait annulé le mariage, car elle-même ne s'y sentait pas prête.

Lors de sa première visite à mon cabinet, Dorothy était bien habillée et se présenta de façon professionnelle, comme pour un entretien. Bien que la journée fût chaude, elle portait un tailleur en tweed qui la faisait paraître beaucoup plus vieille que son âge. Elle n'était pas maquillée, ou à peine. Il est assez fréquent pour des visiteurs issus de la classe moyenne de se conduire de la sorte. Ils cherchent à faire bonne impression ; à se démarquer des fous, la bave aux lèvres, qu'ils imaginent fréquenter l'antre du psychanalyste. Mais Dorothy poussa la chose un cran plus loin que la plupart des gens. Avant même que nous soyons assis, elle déclara : « Alors, docteur Braithwaite, comment voulez-vous procéder ? »

J'avais devant moi une jeune femme qui avait démesurément besoin de contrôler les situations dans lesquelles elle se trouvait. Je décidai de jouer le jeu et répondis : « Nous pouvons procéder comme il vous plaira. »

Elle gagna du temps en retirant ses gants et en les rangeant soigneusement dans le sac à main qu'elle avait posé à ses pieds. Elle s'engagea ensuite dans une discussion sur les conditions pratiques de nos séances, leur fréquence et autre. Je la laissai poursuivre jusqu'à ce qu'elle ne sache plus quoi dire. Dans ce genre de situation, le silence est l'outil le plus précieux du thérapeute. Je n'ai encore jamais eu de visiteur capable de résister au besoin de le combler. Dorothy se toucha les cheveux, arrangea l'ourlet de sa jupe. Elle avait des gestes très précis. Puis elle demanda si on ne devrait pas commencer.

Je lui rétorquai qu'on avait déjà commencé. Elle voulut protester, mais se trouva à court d'arguments.

« Oui, bien sûr, fit-elle, nous avons commencé. J'imagine que vous avez étudié mon langage corporel. Vous pensez sans doute que j'essaye d'éviter de vous dire pourquoi je suis là. »

Je lui indiquai d'un mouvement de la tête que c'était peut-être bien le cas.

« Et vous pensez que, si vous gardez le silence, je vais bavasser toute seule et vous révéler mes secrets les plus intimes.

— Vous n'êtes pas obligée de parler, fis-je remarquer.

— Mais tout ce que je dis pourra être retenu contre moi », répliqua-t-elle en riant à sa propre plaisanterie.

Les intellectuels sont les coquilles les plus difficiles à craquer. Ils veulent tellement vous impressionner par leur lucidité sur eux-mêmes qu'ils ont tendance à commenter leurs propos au fur et à mesure. « Voilà que je recommence à détourner l'attention des vrais sujets », disent-ils par exemple. Ou : « Je suppose que vous trouverez cette tournure de phrase assez révélatrice. » Tout ça pour prouver qu'ils sont sur un pied d'égalité avec moi ; qu'ils ont du recul sur leurs propres problèmes. Ce qui est évidemment un parfait non-sens. S'ils comprenaient leur état, ils ne seraient pas là. Ils ne se rendent pas compte que c'est précisément leur intellect – le fait de constamment rationaliser leur comportement – qui est le plus souvent à l'origine de leurs problèmes.

Mais, en l'occurrence, la petite plaisanterie de Dorothy était bel et bien révélatrice : elle avait le sentiment qu'elle allait être accusée, qu'elle allait passer en jugement ; et, bien qu'elle soit venue me voir de son plein gré, elle me considérait comme un adversaire. Je me gardai d'exprimer ces pensées tout haut à ce stade et me contentai de lui répéter ma question sur la façon dont elle voulait procéder.

« Eh bien, je croyais que vous auriez des idées à ce sujet, dit-elle, avant d'ajouter avec un petit rire idiot : N'est-ce pas pour ça que je vous paye ? »

Comme si souvent avec les classes moyennes : le recours à l'argent, la compulsion de vous rappeler que vous êtes leur employé.

Dorothy était arrivée en donnant toutes les apparences de quelqu'un habitué à être aux commandes, mais dès que vous lui laissiez les commandes, justement, elle voulait s'y soustraire. Ou bien c'est qu'elle ne savait pas quoi en faire. Je lui fis part de cette réflexion. Sa réaction fut d'en rire.

« Oui, oui, bien sûr, vous avez parfaitement raison,

docteur Braithwaite. Vous êtes très perspicace. Je comprends maintenant pourquoi tout le monde dit autant de bien de vous. »

(La flatterie : une autre stratégie de diversion.)

Si amusante soit-elle, la situation devenait rapidement ennuyeuse, et il n'y a rien de mal, après tout, à satisfaire les attentes d'un visiteur. Je lui demandai donc ce qui l'amenait.

« Eh bien, c'est justement le problème, dit-elle, et peut-être est-ce pour cela que je tourne autour du pot. Je ne suis pas sûre de le savoir. »

Je l'encourageai à poursuivre.

« Je veux dire, je ne suis pas folle. Je n'entends pas de voix, je n'ai pas d'hallucinations. Je ne veux pas coucher avec mon père ni rien de tout ça. Je suis sûre qu'il y a beaucoup de gens plus dérangés que moi.

— Ça reste à voir, rétorquai-je.

— Je pourrais peut-être passer un test, suggéra-t-elle. J'ai toujours été très douée pour les tests. Peut-être un de ceux avec les taches d'encre. Mais je peux vous répondre tout de suite : je vois toujours des papillons.

— Ah bon ? »

Elle regarda ses mains.

« Non, pas vraiment. »

Je n'avais pas du tout l'intention de lui faire passer un test de Rorschach. Je ne suis pas non plus partisan de la séance de cinquante minutes si chère à la profession psychiatrique, mais un petit rappel de l'heure – et donc de l'argent – qui tourne peut servir d'aiguillon. Vous pouvez être sûr que tout patient qui pénètre dans le cabinet d'un thérapeute s'est déjà passé cent fois la scène mentalement, et l'idée de repartir sans avoir abordé le point précis qui l'amène est impensable. Cette dynamique était particulièrement pertinente pour un esprit aussi pragmatique et rationnel que celui de Dorothy. Sa formation mathématique l'avait sans doute portée à croire que, si elle me décrivait ses symptômes, il me suffirait de les introduire dans une équation pour miraculeusement trouver le bon remède. Mais, contrairement à ce que certaines théories voudraient nous faire croire, il n'existe pas de formule universelle à laquelle se conforme le comportement humain. En tant qu'individus, nous sommes tous frappés par un ensemble de circonstances uniques qui nous est propre. Nous sommes la somme de ces circonstances et des réactions qu'elles ont provoquées en nous.

Je vis Dorothy jeter un coup d'œil à la montre plutôt masculine qu'elle avait au poignet. Elle prit une grande inspiration.

« Vous allez me trouver idiote, commença-t-elle, mais je fais régulièrement des rêves dans lesquels je suis écrasée. Je me fais tout doucement écraser. »

J'opinai du chef.

« Des rêves, dites-vous ? Je ne suis pas sûr de beaucoup m'intéresser aux rêves.

— Enfin, ce ne sont pas que des rêves, reprit-elle. Des pensées aussi, des pensées éveillées. J'imagine que je vais me faire écraser, par un immeuble, par des voitures, par des foules. Ou même, parfois, par des choses minuscules. Comme une mouche. L'autre jour, il y avait une mouche bleue dans ma chambre et j'avais la sensation irrésistible que, si elle se posait sur moi, elle m'écraserait. »

Dorothy me rendit visite deux fois par semaine sur une période de quelques mois. Elle renonça peu à peu à ses tentatives pour prendre le contrôle de la situation. Assez vite, elle sembla même apprécier le rôle plus soumis qu'elle adopta à la place. Lors de sa cinquième ou sixième visite, elle me demanda si elle pouvait s'allonger plutôt que de s'asseoir sur le divan. Je lui dis qu'elle pouvait faire ce qu'elle voulait. Elle n'avait pas besoin de ma permission.

« Mais c'est mieux que je m'asseye ou que je m'allonge ? » insista-t-elle.

Je ne répondis pas et elle s'étendit avec autant de précaution que sur un lit de clous. Je n'ai jamais vu personne se coucher sur un divan et avoir l'air aussi peu détendu, mais au bout de quelques semaines elle se mit à enlever ses chaussures dès qu'elle arrivait et à s'allonger avec quelque chose qui tenait presque de la langueur.

Quasiment tout ce que j'avais besoin de savoir sur Dorothy était contenu dans nos premiers échanges. Enfant, elle avait été tiraillée dans des directions opposées par ses parents : son père voulait la gâter et qu'elle soit joyeuse ; sa mère lui insufflait un sentiment de culpabilité chaque fois que quelque chose lui procurait du plaisir. Il lui était impossible de satisfaire ses deux parents en même temps, et parce qu'elle avait parfaitement conscience de l'effet de son comportement sur eux, elle n'avait jamais développé la capacité à se faire plaisir. Sa rancœur à l'égard de sa sœur provenait clairement du fait que celle-ci se conduisait comme Dorothy aurait souhaité pouvoir le faire elle-même, et qu'elle n'était pas punie pour autant.

Contrairement aux cas de John et Annette, dont il a été question dans les chapitres précédents, Dorothy n'avait aucun désir de retrouver un « vrai moi » idéalisé qu'eux pensaient avoir perdu. En réalité, elle n'avait jamais vraiment su qui elle était. Lors de notre septième séance, Dorothy, après moult encouragements, finit par admettre qu'à la mort de sa mère elle avait éprouvé un sentiment de libération. C'était, expliqua-t-elle, comme si le régime s'était effondré et qu'elle était désormais libre de faire ce qu'elle voulait. Elle établit en plaisantant un parallèle avec la mort de Staline, puis – comme toujours – se réprimanda d'avoir osé une comparaison aussi inconvenante.

Quand je voulus savoir en quoi cet événement avait altéré son comportement, elle me répondit qu'il ne l'avait pas du tout modifié. Elle ne pouvait quand même pas avoir l'air de se réjouir de la mort de sa mère, me dit-elle. Je lui demandai alors ce qu'elle aurait voulu faire, mais elle ne sut rien me dire de précis.

« Ce n'est pas que j'avais envie de faire quelque

chose en particulier. C'est juste que, si ç'avait été le cas, je n'aurais pas été empêchée de le faire. »

Durant ses années à Oxford, Dorothy ne s'était livrée à aucune des expériences classiques du passage à la vie d'adulte, que ce soit sur le plan sexuel, ou avec l'alcool et les drogues. Elle n'avait même jamais fumé la moindre cigarette. Non pas qu'elle se soit privée de ces « plaisirs supposés », insistait-elle ; elle n'avait tout simplement jamais eu l'envie de les essayer.

Je lui demandai si elle trouvait du plaisir dans sa réussite universitaire. Elle secoua la tête. Tout ça n'avait aucune importance à ses yeux. Elle reconnut cependant éprouver une certaine satisfaction à donner de la fierté à son père. De même, à propos de ses fiançailles avortées, elle était contente d'avoir su attirer un aussi bon parti. Quand je l'interrogeai pour savoir ce qui lui plaisait chez cet homme, la seule réponse qui lui vint à l'esprit fut qu'il était propre et ne lui avait jamais fait d'avances déplacées.

Je laissai passer quelques semaines avant d'aborder de nouveau avec Dorothy sa peur d'être écrasée. Elle fit d'abord mine de le prendre à la rigolade.

« Je crains d'avoir été un peu trop mélodramatique, me dit-elle. Je n'ai plus eu de pensées de ce genre depuis que j'ai commencé à venir ici. »

Je persistai néanmoins. Ces pensées étaient réelles, insistai-je, et quand elle m'en avait parlé, elle s'était montrée clairement agitée.

« Oui, répondit-elle, mais je sais bien que les immeubles ne vont pas s'effondrer d'un coup et m'enterrer vivante. »

Je lui avais déjà expliqué que sa manie de tout rationaliser était une façon d'élider[1] les sentiments que ces pensées lui inspiraient. Le fait qu'il était peu probable qu'un immeuble s'effondre et l'ensevelisse n'était pas la question. La peur qu'elle éprouvait, elle, était bien réelle.

Je l'interrogeai plus précisément sur l'anecdote de la mouche bleue qu'elle avait mentionnée le premier jour. Elle parut gênée. S'il était physiquement possible de se faire écraser par un immeuble ou une voiture, ce n'était pas le cas avec un insecte. Encore une fois, elle essaya de justifier ses peurs par des arguments rationnels : les mouches bleues étaient des bestioles répugnantes qui colportaient de nombreuses maladies. Certes, rétorquai-je, mais ce n'était pas cette peur-là qu'elle avait exprimée. Peut-être la mouche bleue était-elle un symbole, suggéra-t-elle, croyant visiblement s'être égarée dans un cabinet de psychanalyse. Je lui expliquai que je ne m'intéressais pas aux symboles, mais aux choses en elles-mêmes. Elle m'opposa qu'en mathématiques, on utilisait souvent des symboles ou des substituts pour résoudre les problèmes. À quoi je lui répondis que si ses pro-

1. Cette coquille a été corrigée par « éluder » dans les éditions suivantes d'*Antithérapie*.

blèmes pouvaient être résolus par les mathématiques, elle l'aurait fait toute seule.

En l'occurrence, bien sûr, le problème n'était ni une question d'immeubles, ni de mouches bleues. Dorothy avait simplement l'impression que le monde extérieur l'écrasait ; qu'il l'oppressait. Sa réponse instinctive face à cela était de se dire qu'elle n'avait pas de désirs sur lesquels elle voulait agir. Dorothy le niait. Le système interne de refoulement qu'elle s'était construit était si efficace et bien établi qu'elle ne reconnaissait même pas son existence. Il lui était plus facile de croire qu'elle n'avait pas de désirs que d'admettre qu'elle les étouffait elle-même. Il fut assez simple de la convaincre que le monde extérieur ne l'oppressait pas réellement (il me suffit de faire appel à sa rationalité surdéveloppée). En revanche il fut plus compliqué de la persuader que l'oppression qu'elle ressentait provenait du dedans et non du dehors. Elle était tellement inhibée que toute sa manière d'être au monde était une réponse à un ensemble de contraintes purement imaginaires.

« Donc, je serais plus moi-même si je vivais avec moins d'entraves ?

— Ce n'est pas la question d'être *plus vous-même*, lui répondis-je. Votre “moi” n'est pas une entité distincte de qui vous êtes à présent. Il s'agirait plutôt d'être *moins* vous-même, ou un moi différent. »

Dorothy parut hésiter un moment. Je songeai aux histoires sur les prisonniers d'Auschwitz qui, lorsque les

Alliés arrivèrent pour les libérer, ne purent se résoudre à quitter le camp.

« Mais si je devenais un moi différent, je ne serais plus moi. Je serais quelqu'un d'autre », objecta-t-elle.

Je lui fis remarquer que si son « moi » actuel lui convenait, elle n'aurait pas sollicité l'aide d'un thérapeute.

Il était vain d'insister davantage. Il y aurait eu une certaine ironie à ce que Dorothy – dont toute la façon d'être était tournée vers la satisfaction d'autrui – modifie son comportement uniquement pour me faire plaisir. Je décidai donc de clore la séance, en sachant que, intelligente comme elle l'était, elle serait capable de parvenir à ses propres conclusions.

Lors de ce qui s'avéra être notre dernière séance, je lui proposai d'imaginer qu'on lui avait délivré un permis qui l'autorisait à faire tout ce qu'elle voulait pendant vingt-quatre heures. Personne ne saurait ce qu'elle avait fait et il n'y aurait aucune conséquence à ses actes. Dans ces circonstances, lui demandai-je, que ferait-elle ? Elle eut du mal à cerner ce concept et me réclama de nombreuses clarifications sur les règles de ce permis imaginaire. Je dus beaucoup la rassurer pour qu'elle accepte de réfléchir à la question. Au bout d'un moment, elle rougit. Je voulus savoir à quoi elle pensait. Elle ne fit que rougir davantage, preuve que mon objectif était atteint. Il n'était pas nécessaire qu'elle formule tout haut ces pensées ; il suffisait qu'elle les ait eues. Pour Dorothy, c'était déjà un progrès. Je lui demandai alors de se concentrer sur ce qu'elle avait en tête et de réfléchir à ce que seraient les conséquences si elle le faisait vraiment.

« Rien, déclara-t-elle. Il n'y aurait aucune conséquence. »

Je lui dis qu'elle pouvait faire ou être ce qu'elle voulait. Elle sembla grandement soulagée. Elle ne voulait plus être Dorothy, me confia-t-elle. Elle me remercia et quitta mon cabinet avec un allant que je ne lui connaissais pas.

Au début, en lisant ces pages, je fus amusée par les similitudes entre « Dorothy » et Veronica. Les détails modifiés par le Dr Braithwaite m'avaient leurrée. Veronica avait fait ses études à Cambridge et non à Oxford ; notre père était ingénieur, pas fonctionnaire ; et la description de la relation de Dorothy avec sa sœur était parfaitement trompeuse. Si Veronica et moi n'étions peut-être pas aussi proches que deux sœurs peuvent l'être, elle n'avait jamais nourri de ressentiment à mon égard. Mais d'autres éléments finirent par me mettre la puce à l'oreille. La façon dont Braithwaite décrivait sa patiente s'allongeant avec réticence sur le divan ressemblait tellement à Veronica que j'en ris toute seule. Comme Dorothy, Veronica avait toujours eu une phobie des guêpes, abeilles, papillons de nuit et autres mouches bleues. Elle était par ailleurs terriblement à cheval sur les règles. Mais ce fut finalement l'usage d'un seul mot qui acheva de me convaincre. Quand nous étions jeunes et qu'une chose m'enthousiasmait ou me contrariait un peu trop, Veronica m'admonestait toujours de la même façon : « Oh, mais qu'est-ce que tu peux être mélodramatique ! » s'exclamait-elle avec mépris. Et c'était ce mot qu'elle avait employé pour se réprimander elle-même. Plus tard, quand je découvris que le cabinet de Braithwaite n'était qu'à quelques minutes à pied du pont d'où elle s'était jetée, je fus persuadée qu'elle n'en était pas repartie avec « allant », comme il l'écrivait, mais avec la ferme résolution de mettre fin à ses jours. Ou peut-être était-ce justement cette résolution qui lui donnait de l'allant. Néanmoins, ayant parfois été accusée d'avoir une imagination excessive, et ne voulant tirer de conclusion hâtive, je retournai chez Foyle's dès le lendemain.

Je repérai un jeune vendeur qui portait des lunettes

à monture métallique et un pull jacquard sans manches, et qui n'avait pas l'air du genre à juger les goûts des clients. À voix basse, je lui expliquai que je venais de lire *Antithérapie*, et lui demandai si Collins Braithwaite avait écrit autre chose. Il me dévisagea comme si je débarquais d'une autre planète. « Autre chose ? répéta-t-il. Je veux ! » D'un hochement de tête, il me fit signe de le suivre et j'eus le sentiment que nous étions ligués dans une sorte de complot secret. Deux étages plus haut, nous arrivâmes au rayon psychologie. Il sortit un livre des étagères et me le tendit en chuchotant : « Une bombe. » Je baissai les yeux. L'illustration de couverture représentait la silhouette d'un corps humain fracturée en morceaux. Le livre s'intitulait *Tuez votre Moi*. Cet après-midi-là, au bureau, j'avais l'impression d'être en possession d'un article de contrebande. Incapable de me concentrer, je dis à M. Brownlee que j'avais une migraine épouvantable et lui demandai si ça ne l'embêtait pas que je parte un peu plus tôt. De retour à la maison, j'ouvris le paquet dans ma chambre. Je crains de ne pouvoir confirmer ou infirmer le caractère explosif de ce livre car il me parut tout bonnement incompréhensible. Sans doute était-ce dû à mes propres lacunes intellectuelles, mais il me fit l'effet d'un ramassis de phrases absconses, sans aucun lien identifiable entre elles. Néanmoins, son titre me glaçait et j'y voyais une méthode dans la folie apparente du Dr Braithwaite.

Naturellement, mon premier réflexe était d'aller à la police. Le lendemain matin, je téléphonai à M. Brownlee pour l'informer que je serais en retard au travail. Quand il me demanda si j'étais encorc malade, je lui répondis qu'un crime avait eu lieu et que j'étais convoquée comme témoin. Je ne dis rien à mon père mais, en beurrant ma tartine au petit déjeuner, je m'imaginai entrer d'un pas ferme dans le commissariat de Harrow Road et déclarer que je venais signaler un meurtre. Quand on me réclamerait des preuves pour étayer mes allégations, je poserais calmement les livres du Dr Braithwaite sur le comptoir. « Tout ce que vous avez besoin de savoir, dirais-je avec emphase, se trouve entre ces pages. »

Je n'allai pas plus loin que l'angle d'Elgin Avenue. Je me figurai l'expression perplexe sur le visage du *bobby* à l'accueil. Qu'est-ce que j'affirmais, au juste ? me demanderait-il. Peut-être irait-il consulter quelque supérieur invisible, ou disparaîtrait-il simplement derrière une cloison pour raconter à ses collègues qu'il avait affaire à une dingue. Je m'imaginai rougir en les entendant s'esclaffer. De toute façon, je pris conscience qu'en l'absence de preuve concrète, mon plan était bancal et ne pourrait mener qu'à une humiliation.

En revanche, il était assez simple de prendre un rendez-vous avec le Dr Braithwaite. Je trouvai son numéro dans les pages jaunes à la rubrique « services divers ». Je l'appelai de ma ligne de bureau un après-midi où M. Brownlee n'était pas là. Une jeune femme décrocha d'une voix enjouée. Je lui demandai nerveusement s'il serait possible d'obtenir une consultation. « Bien sûr », répondit-elle, comme si c'était la chose la plus banale au monde. À part mon nom, elle ne me posa aucune question. Nous convînmes que je viendrais à 16 h 30 le mardi suivant. C'était aussi facile que de prendre un rendez-vous chez le dentiste, pourtant, en raccrochant, j'avais le sentiment d'avoir commis l'acte le plus audacieux de ma vie.

Je sortis du métro à Chalk Farm avec une bonne heure d'avance et j'arrêtai un homme pour lui demander le chemin jusqu'à Ainger Road. Il se mit à m'expliquer l'itinéraire avant de s'interrompre pour me proposer de m'accompagner. Je déclinai son offre, n'ayant pas envie de devoir faire la conversation en marchant, et encore moins d'être interrogée sur les raisons de ma présence dans le quartier.

« Ça ne me dérange pas, insista-t-il. Au contraire, ce serait un plaisir. Je vais moi-même dans cette direction. » C'était un bel homme, autour de la trentaine, vêtu d'un pull torsadé et d'un caban noir. Il était rasé de près mais avait un air de beatnik. Il ne portait pas de chapeau, et ses épais cheveux bruns formaient une tignasse impressionnante sur sa tête. Il avait un accent que je ne sus pas identifier, mais qui n'était pas désagréable. J'étais entièrement responsable de cette situation, ayant laissé passer plusieurs personnes parfaitement inoffensives avant de m'adresser à lui. À présent, j'étais coincée.

« Je vous promets de ne pas vous agresser, dit-il avant d'ajouter en riant : Sauf, bien sûr, si c'est votre souhait. »

Je m'imaginai soudain traînée dans un buisson et prise de force. Au moins cela me fournirait-il de quoi alimenter ma conversation avec le Dr Braithwaite. Comme je ne voyais pas comment me tirer de ce mauvais pas, nous nous mîmes en route. Mon chaperon enfonça les mains dans les poches de son caban, comme pour me prouver qu'il n'avait aucune intention de s'en prendre à moi. Il me donna son nom et me demanda le mien. Pareil échange d'informations me sembla naturel et je décidai donc d'en profiter pour tester ma nouvelle identité.

« Rebecca Smyth, dis-je. Avec un Y. »

J'avais choisi ce patronyme en buvant un thé au

Lyons d'Elgin Avenue. Les autres noms auxquels j'avais d'abord pensé me paraissaient sonner faux : Olivia Carruthers, Elizabeth Drayton, Patricia Robson. Tous me semblaient artificiels. Une camionnette était garée sur le trottoir d'en face, avec l'inscription *James Smith & Fils, Chauffage central.* « Smith » était exactement le genre de nom passe-partout que personne ne songerait jamais à choisir comme pseudonyme, il était donc parfait pour mon projet. Ensuite, en ayant l'idée d'en modifier l'orthographe, je sentis que je commençais à me créer un personnage convaincant. « Smyth, avec un Y », dirais-je avec désinvolture, comme lasse de l'avoir répété toute ma vie. D'autre part, peut-être à cause du roman de Mme Du Maurier, Rebecca m'avait toujours paru un prénom éclatant. J'aimais la façon dont ses trois brèves syllabes résonnaient dans ma bouche, en terminant par cette exhalaison soupirée, les lèvres entrouvertes. Mon propre prénom ne m'offrait pas le même plaisir sensuel. C'était une brique d'une seule syllabe, qui convenait uniquement à des premières de la classe en chaussures plates. Pourquoi pas, pour une fois, être une Rebecca ? Je pourrais raconter au Dr Braithwaite que mes problèmes nerveux étaient dus à un complexe d'infériorité relatif à l'image projetée par mon nom. Je m'entraînai à tendre la main à mon reflet dans le miroir de la salle de bains, paume vers le bas, doigts légèrement repliés, comme le font les femmes qui ont des attentes. Puis je relevai les yeux avec un sourire qui se voulait aguicheur. Je commençais déjà à aimer me mettre dans la peau de Rebecca Smyth. Et là, alors que je prononçais ce nom à voix haute devant lui, Tom (ou quelque chose comme ça) n'avait pas cillé. Pourquoi en aurait-il été autrement ? Il n'était pas de ceux dont les femmes se débarrassaient en mentant sur leur nom.

« Et qu'est-ce qui vous amène à Primrose Hill, Rebecca Smyth ? » demanda-t-il.

Rebecca, décidai-je, n'était pas du genre à avoir honte de ces choses-là, aussi je répondis que j'avais rendez-vous chez un psychiatre.

À ces mots, mon compagnon n'alla pas jusqu'à s'arrêter net mais me dévisagea avec une moue dubitative.

« Si je puis me permettre, dit-il, vous ne donnez pas du tout cette impression.

— Quelle impression ? » m'étonnai-je.

Tom parut confus, comme s'il craignait de m'avoir offensée.

« Vous voulez dire que je n'ai pas l'air cinglée ? repris-je.

— Eh bien, si vous voulez le formuler ainsi, non, vous n'avez pas l'air cinglée.

— Pourtant, je vous garantis que je suis folle comme un lapin », rétorquai-je avec le meilleur sourire dont Rebecca était capable.

Il ne sembla pas du tout décontenancé.

« Dans ce cas, dit-il, vous êtes le plus joli lapin que j'aie jamais rencontré. »

Je ne réagis pas. Une fille comme Rebecca devait avoir l'habitude d'entendre ce genre de flatteries.

« Et vous, demandai-je, qu'est-ce qui vous amène là ?

— J'ai un studio dans le coin. Je suis photographe.

— Et vous n'allez pas me proposer de venir poser pour vous ? » lançai-je.

C'était plutôt amusant d'être Rebecca.

« Malheureusement, je ne suis pas ce genre de photographe-là, dit-il. Je photographie des objets, pas des gens. Des mixeurs, des services de table, des boîtes de soupe, ce genre de choses.

— Ça fait rêver, plaisantai-je.

— En tout cas ça raye le noyer.

— Pardon ?

— Ça paye le loyer », fit-il.

Je m'aperçus alors avec un frisson que nous traversions juste à cet instant le pont depuis lequel Veronica s'était jetée. Je n'y étais jamais venue. C'était un morne endroit où mettre fin à ses jours, mais après tout il en valait bien un autre.

« Vous avez froid ? » demanda Tom.

Il était visiblement du genre attentionné. Je resserrai mon manteau autour de mon cou et lui souris.

« C'est juste un coup de vent », répondis-je.

Nous tournâmes dans ce qui ressemblait à une rue de village. Tom s'arrêta à un carrefour et m'indiqua le chemin jusqu'à Ainger Road. Rebecca Smyth lui tendit la main. Il la serra et déclara qu'il était ravi d'avoir fait sa connaissance.

« De même, dit-elle avant de pivoter pour continuer sa route.

— Vous n'avez toujours pas l'air cinglée ! » lança-t-il dans son dos.

Je m'attendais presque à ce qu'il me rattrape pour me demander mon numéro de téléphone, mais il n'en fit rien. Quand, après avoir laissé passer un laps de temps raisonnable (ne voulant pas paraître désespérée), je jetai un coup d'œil par-dessus mon épaule, il avait disparu.

Ainger Road était une rangée parfaitement ordinaire de petites maisons mitoyennes, séparées de la rue par d'étroits jardinets jonchés de tricycles rouillés et de pots de géraniums renversés. Quelques arbres mal en point ponctuaient le trottoir. Les dernières feuilles de novembre s'accrochaient tristement aux branches, comme si elles connaissaient leur sort mais ne s'y étaient pas encore résignées. Les maisons paraissaient sinistres et inhabitées. Il y avait une atmosphère générale de délabrement. La seule chose remarquable était que les numéros n'étaient pas pairs d'un côté et impairs de l'autre mais se suivaient dans l'ordre, si bien qu'ils formaient une sorte de boucle. La maison en question n'avait rien de particulier par rapport à ses voisines[1]. Elle devait avoir été divisée en deux appartements, car il y avait deux sonnettes, l'une au-dessus de l'autre. Un bout de carton punaisé au chambranle et portant le nom « Braithwaite » était la seule indication qu'ici se trouvait l'antre du célèbre psychiatre. Comme j'avais encore quarante minutes d'avance sur mon rendez-vous, je rebroussai chemin. J'avais repéré un salon de thé dans la rue que nous avions empruntée, Tom et moi.

L'endroit était baptisé Clay's. Une clochette au-dessus de la porte annonça mon arrivée. La salle était vide, ce qui n'avait rien d'étonnant dans la mesure où il était près de 16 heures, un mardi après-midi. Les clientes potentielles d'un endroit pareil étaient sans doute chez elles en train d'éplucher des patates en attendant le retour de leur mari. Une grosse bonne femme derrière le comptoir m'accueillit avec un maigre sourire et me regarda me diriger vers le fond de la salle, où j'espérais passer davantage inaperçue. Elle approcha avec une démarche dans laquelle on sentait

1. Elle existe toujours et correspond à la description de ce cahier. Je n'ai pas reproduit l'adresse précise par respect pour la vie privée de ses occupants actuels.

que ma présence était un désagrément. Mme Clay était un nom qui lui allait très bien. Il y avait chez elle quelque chose du golem[1]. Je commandai un thé et, dans une tentative pour m'attirer ses faveurs, un scone à la confiture. Une pancarte au-dessus du comptoir proclamait que toutes les pâtisseries de la maison étaient au beurre, et non à la margarine, « *parce que monsieur sait faire la différence !* ». Je me demandai de but en blanc si Tom était du genre à faire la différence. Je décidai que non. Ou plutôt, que son esprit serait occupé par des sujets plus nobles que les ingrédients d'un scone. Et je partageais cette indifférence. Je n'ai jamais fait de scones de ma vie (à part une fois qu'il vaut mieux oublier en cours d'arts ménagers), et je n'ai pas l'intention de m'y mettre. Mon mari, dans l'éventualité peu probable où j'en trouve jamais un, devra se passer de scones. Ou se les procurer dans le commerce. D'ailleurs je n'imaginais pas non plus Rebecca Smyth salir ses mains manucurées dans un plat de farine, et si d'aventure elle devait s'y résoudre, il ne lui viendrait sans doute pas à l'idée d'utiliser une chose aussi commune que de la margarine.

La patronne m'apporta mon thé. Mes efforts pour l'amadouer semblaient avoir été vains. Elle déposa la tasse et la soucoupe devant moi sans aucun soin et, quand elle revint avec mon scone, le jeta sur la table avec une telle négligence que le couteau tomba par terre. Je dus me baisser pour le ramasser à tâtons tout en la remerciant. Je me demandai si j'avais commis par inadvertance quelque entorse aux règles de la maison pour mériter un accueil si glacial. L'explication la plus charitable que je pus trouver – par égard à la fois pour

1. Le mot *clay* signifie « argile » en anglais. (*N.d.T.*)

moi-même et pour mon hôtesse – était qu'une inconnue ne justifiait pas une attention particulière. Cette hypothèse se confirma lorsque la clochette au-dessus de la porte retentit de nouveau et qu'une vieille dame entra, vêtue d'un manteau beige et d'une écharpe en laine. Elle portait aussi un chapeau d'homme en tweed garni de plumes colorées, incliné sur le côté de sa tête, et une canne. Le comportement de Mme Clay changea du tout au tout. Elle salua la nouvelle venue – une certaine Mme Alexander – avec un tel enthousiasme que je n'aurais pas été surprise de la voir faire le tour de son comptoir pour répandre des pétales de rose sur le sol. La dame prit place à ce qui était manifestement sa table habituelle, près de la vitrine, et aussitôt Mme Clay lui apporta un thé et une part de génoise fourrée à la confiture qu'elle déposa – cette fois délicatement – devant elle.

Je sortis un livre de mon sac et l'ouvris à la page où j'en étais. Il s'agissait d'un roman frivole et sans intérêt, mais je ne pensais pas que Mme Clay fût très portée sur la critique littéraire. Quoi qu'il en soit, mon attention était distraite par les mots qu'avait prononcés plus tôt mon chaperon : je n'avais pas du tout l'air cinglée. D'ordinaire, n'importe qui aurait été flatté par une telle remarque, mais dans l'optique de ma mission prochaine, ça tombait plutôt mal. Ce matin-là, j'avais prêté beaucoup plus d'attention que d'habitude à ma tenue, et avant de quitter le bureau j'avais fait un détour par les toilettes du palier pour retoucher mon maquillage. C'était une erreur. Les cinglées ne se font pas coiffer chez Stephen's à St John's Wood. Pas plus qu'elles n'assortissent un foulard chic à leur fard à paupières ni ne portent des bas de chez Peterson's. Les cinglées ne donnent pas dans le raffinement.

Si je me présentais au Dr Braithwaite dans cet état, il me démasquerait en un clin d'œil. Je m'enfermai dans les W-C au fond du salon de thé et m'examinai dans la glace. Pas de rouge à lèvres pour les cinglées, songeai-je en l'essuyant d'un revers de main. J'étalai du bout du doigt le mascara autour de mes yeux, afin de me dessiner les cernes de panda de ceux qui n'ont pas dormi depuis des semaines. Puis je me lavai les mains, ôtai les épingles de mes cheveux et les ébouriffai un bon coup. Il fallait aussi supprimer le foulard. Je le dénouai et le fourrai dans la poche de mon manteau. Enfin, je fermai le couvercle des toilettes pour m'asseoir dessus. À contrecœur (ils m'avaient coûté dix shillings), je me penchai et déchirai le nylon de mes bas avec l'ongle du pouce, juste sous le genou gauche. C'était la touche parfaite, suggérant une négligence qu'aucune femme saine d'esprit n'aurait tolérée. Je me relevai et contemplai le résultat dans le miroir au-dessus du lavabo. C'était trop. J'avais l'air d'une folle furieuse. Comme je ne voulais pas qu'on m'expédie à l'asile le plus proche, je mouillai une boule de papier-toilette et effaçai les coulures de mascara autour de mes yeux. Puis je retirai aussi mon fond de teint. C'était enfin satisfaisant. J'avais une mine blafarde ; ou, pour employer une expression pittoresque, j'étais pâle comme le saint suaire. Les hommes, bien sûr, ne se rendent pas compte du mal que nous nous donnons pour leur offrir un visage avenant, mais j'espérais que le Dr Braithwaite apprécierait mes efforts dans le sens inverse.

Je tirai la chasse et regagnai ma table. Le grincement de ma chaise sur le sol fit se retourner la patronne. Elle me dévisagea avec surprise, comme si une personne entièrement différente était ressortie des toilettes. Mon thé était froid et je n'avais pas du tout faim, mais je tartinai quand même mon scone avec le beurre et la confiture d'abricots qu'elle m'avait apportés et le mangeai méthodiquement. Ce serait bien un signe de folie que de commander un scone et de ne pas y toucher ! Alors que j'attendais au comptoir pour payer, ne voulant pas être mise dans le même sac que ces rustauds à qui l'on pouvait fourguer de la margarine ni vu ni connu, je la complimentai sur sa pâtisserie.

Elle me regarda avec un air incrédule. Je crus qu'elle allait faire une remarque sur mon apparence, mais elle se réfréna et tapa le montant que je lui devais sur sa caisse. Je réglai et laissai la monnaie dans la soucoupe, dans l'espoir de rehausser l'opinion qu'elle avait de moi.

Dehors, il faisait encore plus maussade qu'avant. Ainger Road paraissait désormais plus menaçante que délabrée. Je m'approchai du perron du numéro XX et appuyai sur la sonnette du bas. Comme personne ne répondait, je poussai la porte et pénétrai dans un étroit vestibule. Une bicyclette était appuyée contre un mur. Un mot punaisé à la rampe dirigeait les visiteurs vers l'étage. La moquette de l'escalier était élimée et plusieurs marches avaient perdu leur barre de fixation, ce qui rendait l'ascension périlleuse. On aurait facilement pu pousser quelqu'un d'en haut et prétendre qu'il avait glissé. Ça sentait l'humidité. Sur le verre dépoli de la porte du palier étaient inscrits les mots :

A. COLLINS BRAITHWAITE

Ce nom me fit frissonner malgré moi et je me mis soudain à douter du bien-fondé de ma démarche. Jusque-là, ça ne m'avait paru qu'un jeu, mais à présent cela prenait une tournure bien plus sombre. J'entendais le caquet d'une machine à écrire de l'autre côté de la porte, un bruit familier qui me rassura. Je toquai et entrai dans une petite salle d'attente. Une femme un peu plus jeune que moi releva la tête derrière son bureau. Elle était blonde aux yeux bleus, vêtue d'un chemisier blanc impeccable. Elle portait du mascara et un rouge à lèvres rose pâle. Je me sentis honteuse de ma tenue débraillée, avant de me souvenir qu'elle devait avoir l'habitude de ce genre de spectacle.

« Bonjour, lança-t-elle gaiement. Mademoiselle Smyth, je présume ?

— Oui, avec un Y », précisai-je inutilement.

Elle ne semblait pas déconcertée le moins du monde par mon allure négligée, et m'invita à m'asseoir. Trois chaises en bois dépareillées étaient alignées contre le mur sous la fenêtre, devant une table basse sur laquelle étaient posés des exemplaires des magazines *Punch* et *Private Eye*. Je m'assis et croisai les jambes pour tenter de dissimuler le trou dans mon bas.

« C'est tellement énervant quand ça arrive, dit la femme. Hier encore, j'ai filé une paire que je venais d'acheter. »

Je feignis l'ignorance puis baissai les yeux vers mon genou.

« Oh, fis-je, je n'avais pas remarqué. Quelle barbe !

— J'ai une paire de rechange dans mon tiroir. Je vous la cède bien volontiers si vous voulez, vous m'en rapporterez une autre lors de votre prochaine visite. »

Sa proposition me parut déplacée pour quelqu'un que je ne connaissais ni d'Ève ni d'Adam. Et peut-être était-elle aussi un peu trop maquillée. Ma mère avait une gamme de sobriquets allant crescendo destinés aux femmes qu'elle jugeait excessivement apprêtées : une cocotte, une Jézabel, une traînée et (quand elle pensait que ma sœur et moi ne l'entendions pas) une catin. Elle-même ne mettait jamais la moindre touche de maquillage, et elle n'approuvait aucun vêtement qui souligne la silhouette au lieu de l'escamoter. « A-t-on déjà vu un homme manger la coquille et laisser le jaune ? » disait-elle. Les anathèmes de ma mère ne faisaient que piquer ma curiosité. Chaque fois qu'elle qualifiait une femme de Jézabel, il s'agissait toujours de la créature la plus séduisante dans la pièce. Et gare à mon père si par malheur son regard tombait sur elle ! L'appellation de « catin » était généralement réservée aux actrices françaises, doublement maudites puisqu'à la fois actrices et françaises. Ce fut donc avec un plaisir coupable que, lorsque je commençai à gagner quelques sous comme vendeuse d'appoint le samedi chez Clark's, je pus m'acheter des rouges à lèvres et du fard à joues. Je coinçais une chaise sous la poignée de la porte de ma chambre et passais mes soirées à me transformer en Jézabel. Puis je me donnais du plaisir devant le miroir, fascinée par mes lèvres écarlates et mes joues fardées de cocotte.

Je déclinai poliment la proposition de la réceptionniste et ramassai un numéro de *Punch*. Je feuilletai quelques pages avant de laisser tomber le magazine sur mes genoux et de fixer le vide devant moi. Ça ne collerait pas, songeai-je, de sembler m'intéresser aux événements du monde. J'étais censée être déprimée. Au minimum, il fallait que je feigne un regard absent. Mlle Bas-de-rechange ne manquerait sans doute pas de rapporter plus tard à son employeur ses impressions à mon sujet. Elle se remit à taper. J'ai toujours aimé le crépitement des machines à écrire. Hélas, en l'occurrence elle semblait cruellement manquer de technique, et j'en conclus que, selon la regrettable tendance de notre époque, elle devait avoir été recrutée davantage pour son physique que pour ses compétences professionnelles.

Je concentrai mon attention sur le mur au-dessus de son bureau. Il était décoré d'un banal motif floral, vraisemblablement destiné à apaiser les âmes agitées qui passaient chaque semaine quelques minutes à le contempler. Après un court instant, cependant, je remarquai qu'à deux mètres et quelque du sol, il y avait une petite écaille dans le papier peint, de la taille de l'ongle du pouce. Le lambeau était rabattu comme une oreille de chien, révélant dessous le revêtement antérieur. C'était curieux. Si le papier s'était déchiré au cours de la pose, il était inconcevable que l'artisan n'ait pas eu suffisamment d'amour-propre pour le recoller. Peut-être était-ce par manque d'imagination, mais je ne voyais aucun scénario qui puisse expliquer la survenue d'une telle déchirure à une date ultérieure. Quoi qu'il en soit, cette languette de papier commença à me contrarier, au point que je sentis se former une boule dans ma gorge. Mon souffle se fit court et je fus bien contente d'avoir ôté mon foulard. J'étais démangée par l'envie de suggérer à la réceptionniste que nous réparions cet accroc. Si elle était assez prévoyante pour conserver une paire de bas dans son tiroir, elle aurait sans doute également de la colle ou du Scotch, et on pouvait aisément atteindre la déchirure en montant sur son bureau. Ne voulant néanmoins trop en rajouter dans l'excentricité, je gardai le silence.

Une distraction bienvenue me fut fournie lorsque la porte du cabinet du Dr Braithwaite s'ouvrit et qu'une femme d'une trentaine d'années en sortit. Elle était mince, vêtue d'une robe en cachemire qui lui arrivait au genou. Ses cheveux châtain foncé étaient élégamment coiffés. Elle ne me semblait pas avoir besoin de traitement psychiatrique d'aucune sorte. Bien au contraire. Elle récupéra un manteau de fourrure à une patère près de la porte et l'enfila sans se presser. Elle n'avait pas l'air gênée le moins du monde d'être vue dans le cabinet d'un psy. Elle jeta un coup d'œil dans ma direction, mais je conservai mon expression catatonique. En partant, elle lança un « Au revoir, Daisy ».

À quoi la réceptionniste répondit d'un ton enjoué : « À jeudi, mademoiselle Kepler. »

Je fus stupéfaite qu'une femme d'un tel calme apparent ait besoin non pas d'une mais de deux visites par semaine. Ce devait être un cas grave, pourtant si vous l'aviez croisée dans la rue, vous l'auriez sans doute regardée avec envie.

Je me levai, mais Daisy me dit que le Dr Braithwaite serait prêt à me recevoir d'ici quelques minutes. Je consultai ma montre. J'avais des palpitations mais, comme ma mère me l'aurait fait remarquer, je n'avais à m'en prendre qu'à moi-même. Quelques minutes plus tard, sans aucune communication visible entre eux, Daisy m'indiqua que le docteur m'attendait.

Assis derrière un bureau, le grand mamamouchi griffonnait dans un cahier. Comme j'aurais aimé pouvoir lire ce qui était écrit là ! Après quelques instants, il releva la tête, ferma bruyamment son cahier et se leva pour m'accueillir. Il portait une chemise en flanelle, col ouvert, et un pantalon en velours côtelé marron. Il était chaussé de richelieus marron également, aux lacets défaits.

« Mademoiselle Smyth ! s'exclama-t-il gaiement. Ou madame, peut-être ? »

Il s'approcha de moi, le bras tendu. Nous échangeâmes une poignée de main et je l'informai que c'était bel et bien « mademoiselle ». Il était moins repoussant qu'il en avait l'air à la télévision. Il avait les yeux bulbeux, certes, mais dans la vraie vie ils étaient vifs et pétillants. Il paraissait aussi plus jeune, mais ne dit-on pas que la télévision ajoute dix ans et dix kilos à tout le monde ?

« Asseyez-vous, à la place que vous voulez », lança-t-il à la façon d'un magicien demandant à quelqu'un dans le public de choisir une carte.

Le cabinet de consultation ressemblait à un salon en désordre, ou plutôt à une garçonnière. Les murs derrière le bureau et de part et d'autre de la porte étaient tapissés de livres. D'autres livres et des papiers étaient empilés négligemment par terre. Les fenêtres donnant sur la rue dégoulinaient de condensation. Le seul élément témoignant d'un cadre professionnel était un meuble en métal vert, dont le tiroir du haut était resté grand ouvert. Je résistai à l'envie de traverser la pièce pour le fermer. Le choix de sièges consistait en un fauteuil en cuir fatigué, une bergère en rotin guère attractive et un divan dont le dossier était couvert d'un plaid en rayonne. Je frissonnai en songeant que c'était sans doute le divan sur lequel Braithwaite avait décrit Veronica en train de s'allonger avec langueur (ce qui semblait totalement invraisemblable, car ma sœur n'a jamais rien fait dans sa vie « avec langueur »). Au centre de la pièce se trouvait une table basse garnie d'un cendrier à moitié plein, d'un étui à cigarettes en bois sculpté et d'une boîte de mouchoirs en papier. Il m'effleura l'esprit d'aller m'asseoir à son bureau, juste pour le provoquer, mais je n'en fis rien. À la place, je m'assis à l'extrémité droite du divan. Braithwaite hocha la tête, comme si c'était exactement ce qu'il avait prévu. Il prit la chaise derrière son bureau et vint s'asseoir en face de moi, jambes tendues, croisées au niveau des chevilles. Il ne portait pas de chaussettes. Il croisa les bras sur sa bedaine.

« Ça vous va, comme ça ? » demanda-t-il.

J'opinai. Il avait la peau du visage marbrée, et quelques cheveux blancs avaient commencé à apparaître à ses tempes. Il avait quarante ans et, si j'avais dû deviner son âge, c'est précisément ce que j'aurais dit.

« Alors, mademoiselle Smyth, reprit-il sur un ton suggérant que nous allions à présent entrer dans le vif du sujet. Qu'est-ce qui vous amène ici ? »

Il attendit ma réponse sans impatience. Ses yeux se promenèrent de mes cheveux ébouriffés à mes chaussures. Alors qu'ils se posaient sur mon bas filé, un infime haussement de sourcils trahit sa surprise, et je me dis que mon sacrifice de dix shillings n'avait pas été vain.

« Je ne sais pas trop par où commencer », répondis-je évasivement.

Il décroisa les bras et écarta les paumes.

« Pourquoi ne pas commencer par ce qui vous a poussée à prendre rendez-vous ? suggéra-t-il.

— Oui », acquiesçai-je.

Je pris conscience qu'il devait être habitué à toutes sortes de comportements étranges. Dans son domaine, c'était inévitable. Par exemple, une personne normale se serait sentie obligée d'utiliser au mieux son temps passé dans le cabinet du Dr Braithwaite, afin d'être sûre d'en avoir pour son argent. Mais, en même temps, une personne normale n'aurait pas eu besoin de venir le consulter.

« Je crois que je préférerais que vous m'appeliez Rebecca, dis-je.

— Comme vous voulez. Et vous, comment souhaitez-vous m'appeler ? » Il marqua une pause avant de me proposer plusieurs options. « Il y a "Dr Braithwaite" si vous voulez rester protocolaire, ou juste "Braithwaite" si vous préférez. Ma mère m'appelait "Arthur", mes amis m'appellent "Collins", et mes ennemis… non, je vous épargne ça. »

Il rit de sa propre blague. J'imagine que c'était une petite routine destinée à me mettre à l'aise. Ou à me faire baisser la garde.

« Alors, que choisissez-vous ? »

Il avait une façon de parler un peu curieuse, la bouche de guingois.

« Eh bien, si vous m'appelez Rebecca, je devrais peut-être vous appeler Arthur, non ? »

Je baissai les yeux vers mes mains, posées sur mes cuisses. Je m'étais verni les ongles la veille au soir, et cette manucure impeccable devait jurer avec le reste de mon apparence. C'était parfait. Quoi de plus fou que de prendre autant soin de ses ongles pour ensuite quitter la maison avec une paire de bas filée ? En règle générale, on ne peut pas compter sur les hommes pour remarquer ce genre de choses, mais j'avais déjà le sentiment que rien n'échappait au Dr Braithwaite. Je regrettai d'avoir choisi de l'appeler « Arthur ». Cela laissait croire à une intimité déplacée. Je ne voulais pas non plus lui donner l'impression que je souhaitais être associée à sa mère, ni adopter une attitude maternelle à son égard. Rien n'aurait pu être plus éloigné de la vérité. Je n'ai jamais eu aucun désir de maternité dans ma vie. Je déteste les enfants, avec leurs visages poisseux, leurs genoux croûtés et leur bruit (toujours leur bruit infernal). Sans parler de la question épouvantable de l'accouchement, ni de celle, répugnante, de l'accouplement.

Braithwaite hocha la tête.

« Alors, Rebecca ? »

Son ton était tout à fait amical (ce n'était pas son argent, après tout), mais je me rendis compte que j'allais devoir dire quelque chose. Il aurait vraiment fallu être fou à lier pour prendre rendez-vous avec un psychiatre et prétendre que tout allait bien.

« Je me sens... commençai-je en balayant la pièce du regard, comme pour chercher le mot juste. J'éprouve un sentiment de malaise, dis-je. Un intense sentiment de malaise. »

J'étais plutôt satisfaite de ma formulation.

« Ah, un malaise ! répéta Braithwaite. Eh bien, je vous comprends, Rebecca. Avec tout ce qui se passe dans le monde, qui ne se sentirait pas mal à l'aise ? Moi-même, je me sens sacrément mal à l'aise.

— C'est un peu plus que ça, en fait. J'ai l'impression que je me suis perdue. »

Ceci parut l'enchanter. Il bondit de sa chaise et commença à jeter par terre les coussins du divan. Puis il se mit à quatre pattes pour regarder dessous. Il se releva, ouvrit la porte et lança à Daisy :

« Mlle Smyth aurait-elle laissé son moi dans l'entrée ? Non ? »

Il claqua la porte sans attendre la réponse et se tourna vers moi.

« À moins qu'il soit dans votre sac à main ? Ça a toujours été un mystère pour moi, ce qu'il y a dans le sac des femmes. Bien plus que ce qu'il y a dans votre tête, ha, ha, ha. »

Il ramassa mon sac par terre. Je fus terrifiée un instant qu'il ne trouve la souris morte enveloppée dans un mouchoir. Mais il se contenta de me le tendre en me faisant signe de chercher dedans.

« Pas là non plus ? » demanda-t-il alors que j'ouvrais docilement le fermoir et regardais à l'intérieur.

Il se rassit avec un air intrigué.

« Réfléchissons, dit-il. Votre moi, vous vous souvenez de la dernière fois que vous l'avez vu ? »

J'avais la nette impression qu'il se moquait de moi, et je le lui fis savoir.

« Pas du tout, Rebecca. C'est une affaire sérieuse, un moi perdu. Et ma question l'est aussi : à votre avis, à quand remonte sa disparition ? »

Je n'avais passé que quelques minutes en présence du Dr Braithwaite, mais je voyais déjà que c'était un homme qui inspirait l'admiration. Et son aspect débraillé ne faisait que renforcer cette impression. Il n'avait nul besoin du costume-cravate que d'aucuns utilisent pour asseoir leur autorité. Il possédait cette chose mystérieuse dont on parle souvent mais qu'on rencontre si rarement : le charisme. Il était clair que Collins Braithwaite pouvait vous faire pencher dans la direction qu'il voulait. C'était terrifiant et fascinant à la fois. Je comprenais que Mlle Kepler ait envie de passer deux heures par semaine en sa compagnie.

« Je ne saurais pas bien le dire, déclarai-je en réponse à sa question.

— Dans ce cas, pas d'inquiétude, rétorqua-t-il d'un ton guilleret. Si ça avait été un moi intéressant, vous ne l'auriez pas perdu, n'est-ce pas ? Vous vous portez sans doute mieux sans lui. »

Je ne sus que répondre à cela. Si son but était de me déstabiliscr, il avait admirablement réussi.

Pendant le reste de la séance, je m'efforçai de lui parler de moi, ou plutôt de Rebecca. Rebecca et moi avions beaucoup en commun, mais afin de cacher mon lien de parenté avec Veronica, je devais dissimuler certains détails (je devrais peut-être préciser ici que je ne ressemble absolument pas à ma sœur. Elle était brune, comme ma mère, avec des chevilles épaisses et, si je puis me permettre, des traits assez informes ; je ne prétends pas être un canon de beauté, mais j'ai les traits plutôt fins. Comparée à Veronica, j'étais Joan Fontaine, et elle la gouvernante, Mrs Danvers). Il y a un temps pour la vérité, mais je n'en étais clairement pas là avec le Dr Braithwaite. Je lui racontai donc que ma mère était morte et que je vivais désormais avec mon père, architecte à la retraite. Rebecca, avais-je décidé, devait être fille unique (toujours terriblement esseulée), mais, comme moi, elle avait un boulot alimentaire de réceptionniste dans une agence artistique.

Braithwaite ne me posa presque aucune question sur tout cela. En vérité, à la réflexion, il ne me posa presque aucune question tout court. C'était moi qui parlais toute seule. Après coup, je me sentis honteuse d'être restée une heure à déblatérer sur moi-même comme si j'étais la femme la plus passionnante de Londres. Mais pas une seule fois il n'avait regardé sa montre. Son attention ne vous quittait pas une seconde. Jamais auparavant je ne m'étais sentie autant observée. Je ne me rappelle pas grand-chose d'autre de cette conversation, si ce n'est qu'il me fallut un effort de volonté considérable pour avoir l'impression de tirer mon épingle du jeu. Je faillis oublier le véritable but de ma visite, et je me rendis compte que je cherchais à lui plaire. À un moment, il se leva simplement, et ce fut comme si un charme avait été rompu. Je pris ça comme le signal que la séance était terminée. J'avais la sensation d'avoir été en transe et je me demandai un instant s'il ne m'avait pas hypnotisée. Je ramassai mes affaires et me levai à mon tour. J'avais les jambes un peu flageolantes.

Braithwaite était debout dans l'espace entre la porte

et le divan. Alors que je m'apprêtais à sortir, il orienta son corps de telle façon que je me sentis obligée de m'arrêter. Nous nous trouvâmes soudain dans une proximité inconfortable. Bien qu'il ne m'ait pas touchée ni mis de fers aux pieds, j'avais l'impression d'être sa prisonnière.

« C'était très intéressant de faire votre connaissance, Rebecca, dit-il. Si vous souhaitez revenir, prenez rendez-vous avec Daisy. »

J'étais perplexe.

« Mais qu'en pensez-vous ? demandai-je. Vous croyez que je devrais revenir ? »

Braithwaite haussa les épaules.

« C'est vous qui voyez.

— Mais vous pensez pouvoir m'aider ? insistai-je.

— La question n'est pas de savoir si *je* pense pouvoir vous aider, mais si *vous* pensez que je peux vous aider. »

Il me dévisageait de ses yeux ronds. J'étais désemparée.

« Je me disais que vous pourriez peut-être me guérir », soufflai-je.

Il laissa échapper un petit rire nasal.

« Mademoiselle Smyth, *Rebecca*, nous ne nous occupons pas ici de “guérison”. La guérison, c'est l'affaire des charlatans, et Dieu sait qu'il y a déjà assez de gens comme ça qui me considèrent comme un charlatan. Pour commencer, l'idée de guérison suppose que vous ayez un problème, ce qui reste à déterminer. Ensuite, si vous avez en effet un problème, je doute qu'il soit guérissable.

— Mais si je ne peux pas être guérie, quel intérêt de revenir ?

— C'est une question à vous poser à vous-même,

pas à moi, rétorqua-t-il. Mais le simple fait que vous pensiez peut-être avoir un problème suggère déjà que vous êtes beaucoup plus saine d'esprit que la plupart des gens. »

Il fit un minuscule pas de côté, autorisant ainsi ma sortie, et je me dirigeai vers la porte. Dans la salle d'attente, je pris un nouveau rendez-vous. Daisy nota mon nom dans le grand registre sur son bureau et dit à voix basse :

« Nous vous attendons la semaine prochaine, alors. »

Peut-être était-ce à cause de l'emploi du « nous », ou de son ton conspirateur, mais j'eus la sensation d'avoir été initiée et acceptée dans une sorte de club décadent.

Dans la rue, je m'arrêtai devant un lampadaire pour en examiner la peinture rouillée, penchant la tête d'un côté puis de l'autre comme si j'y discernais des motifs mystérieux. Je supposais que le Dr Braithwaite m'épierait de sa fenêtre. Si j'étais psychiatre, je regarderais assurément mes patients partir. Je crois que je pourrais faire un assez bon psychiatre. Papa dit que j'ai un talent pour identifier les failles des gens.

Je restai un moment à caresser la peinture, le visage à quelques centimètres du lampadaire, puis je sortis une lime à ongles de mon sac et me mis à limer un endroit du poteau. Braithwaite me prendrait bel et bien pour une folle. « Pauvre petite, je l'imaginais se dire. Elle s'est tellement efforcée d'avoir l'air normale. » Peut-être appellerait-il même Daisy à la fenêtre. « Regardez ça, on a hérité d'une sacrée cinglée. » Après quelques instants, je reculai pour inspecter mon travail avant d'opiner d'un air satisfait et de ranger la lime. Je marchai jusqu'au bout de la rue en boitant bizarrement. Une fois le coin tourné, et après avoir vérifié que je n'étais pas suivie, je repris une démarche normale.

J'étais soulagée d'être à nouveau moi-même. Je me félicitai de ma performance. Rebecca, songeai-je, s'en était bien sortie.

Je débouchai dans une rue animée qui longeait un parc. J'ai pour habitude – une excentricité, peut-être – de ne jamais rentrer chez moi par le même chemin qu'à l'aller. Il y a quelque chose dans le fait de revenir sur mes pas qui me donne l'impression de m'enchevêtrer sur moi-même. Quand je pense à Thésée essayant de trouver l'issue du labyrinthe avec sa pelote de fil, j'imagine toujours que ses pieds, puis ses jambes et son corps tout entier s'emmêlent dans sa toile, si bien qu'il finit par être entièrement ligoté et incapable de bouger. Je me trouvais donc à l'autre extrémité d'Ainger Road que celle par laquelle j'étais arrivée. Ça peut sembler étrange, mais je n'avais jamais visité le quartier de Primrose Hill et il ne m'avait jamais effleuré l'esprit qu'il y avait bel et bien une colline à cet endroit. Ce nom ne sonne pas tellement londonien ; on croirait davantage à un village du Devon ou à quelque autre recoin bucolique ennuyeux (je hais la campagne). Pourtant, voilà que j'y étais : Primrose Hill. Je suivis la rue le long du parc jusqu'à arriver à une grille.

Il était environ 17 h 45 et le ciel s'était assombri. On entendait le grondement constant de la circulation, ce qui donnait l'impression que la colline vibrait. C'était comme un ventre gonflé prêt à éclater et à vomir un genre de pus souterrain. Je me sentis attirée dans cette direction. Les rares autres promeneurs se tenaient à intervalles réguliers, comme s'ils avaient été disposés ainsi exprès pour moi. Sur le sentier qui montait vers le sommet, un homme tenait un chien noir en laisse. Tous les deux avaient la démarche résignée d'un condamné marchant à l'échafaud. Je suivis le chemin qui contournait le pied de la colline. Il avait bruiné et le bitume était humide. Dans la lumière morose du crépuscule, la pelouse paraissait argentée. Tout clochait. L'horizon n'était pas au bon endroit. La colline penchait vers moi. J'avais envie de me replier sur moi-même comme un bout de papier.

Je remarquai un objet sur le bord du chemin. Il devait faire un peu moins de deux mètres de long et consistait en quatre planches de bois peintes. Les deux premières étaient parallèles au sol à une hauteur d'environ soixante centimètres, tandis que la troisième et la quatrième étaient placées à angle droit par rapport à elles. La structure était maintenue par une carapace en fer forgé composée de quatre pieds et de deux montants verticaux permettant de fixer la troisième et la quatrième planches au-dessus des deux autres. Entre les pieds, il y avait encore d'autres barres de fer, sans doute pour assurer à l'ensemble une rigidité suffisante. Bien sûr, je savais qu'il s'agissait d'un banc. J'ai vu et je me suis assise sur un grand nombre de bancs dans ma vie. Mais, à cet instant, cela me fit l'effet d'une créature trapue et malveillante, comme un cafard, ou un crabe aux aguets prêt à bondir sur quelque proie innocente avant de déguerpir dans les buissons pour la dévorer. Je restai plantée devant une minute ou plus. Il ne déguerpit pas. C'était juste un banc. Comme pour mettre ma certitude à l'épreuve, je m'assis dessus. Je posai mon sac à mes pieds et les mains sur les planches de part et d'autre de mes hanches. La peinture était rêche contre ma peau. Je pris une série de grandes et lentes inspirations. Je sentais la pulsation de Londres résonner en moi. Les yeux fermés, j'écoutai le brouhaha de la ville. Puis je m'allongeai sur le ventre, les bras le long du corps. Le bois cloqué appuyait sur mes cuisses et ma poitrine. Je sentais la peinture craquelée contre mes lèvres. Je me risquai à la toucher du bout de la langue. C'était un goût amer et métallique. Le bois avait l'odeur de la terre humide des forêts. Les battements de la ville devinrent de plus en plus intenses. Je sentis le banc me soulever et nous commençâmes à nous envoler très haut au-dessus de la métropole. Je gardai les yeux fermés le plus fort possible et m'agrippai aux bords. Les lumières et les rues de Londres étaient loin, tout en bas. Nous virevoltions en grands arcs de cercle, c'était grisant. Je ne sais pas combien de temps dura le vol, sans doute quelques minutes. Puis j'entendis une voix et sentis qu'on me tirait d'un profond sommeil. Je rouvris les yeux. Un homme était penché vers moi.

« Vous allez bien, mademoiselle ? » dit-il.

Il avait un ton insistant, comme si ce n'était pas la première fois qu'il me posait la question.

Je me redressai tant bien que mal en position assise. L'homme tenait en laisse un chien noir, un labrador. Peut-être était-ce le même homme que j'avais aperçu plus tôt. Il avait une expression inquiète sur le visage.

« Bien sûr que je vais bien, répondis-je. Pourquoi est-ce que je n'irais pas bien ? »

Il désigna le banc d'un geste vague, comme si c'était une explication adéquate à son inquiétude.

« Quelqu'un aurait pu partir avec votre sac. »

Ça, ce n'était pas faux.

« Oui, vous avez raison, concédai-je. Merci. »

Je ramassai mon sac et le posai sur mes genoux. L'homme hocha la tête et me souhaita une bonne soirée. Je restai sur le banc jusqu'à ce qu'il se soit éloigné.

Naturellement, j'avais raté le dîner, qui chez nous a lieu à 18 heures pile. Mme Llewelyn me servit sans un mot et resta le postérieur appuyé contre le buffet à me regarder manger. Elle ne s'était pas donné la peine de réchauffer la soupe. Elle cherchait à me provoquer, mais je la bus jusqu'à la dernière goutte. Elle attendit quelques instants avant de débarrasser mon bol et de revenir avec une assiette de rôti de porc, qu'elle avait laissé au chaud dans le four. Les trois branches de brocoli – un légume dont j'ai horreur – avaient la couleur d'un mur d'hôpital. La sauce avait l'aspect floconneux de sang séché sur un drap. Fort heureusement, Mme Llewelyn ne resta pas à me surveiller tandis que je mangeais le plat principal. J'avalai quelques bouchées de viande avant de vider le reste dans mon sac à main. Je le jetterais plus tard dans les toilettes. Quand Mme Llewelyn revint, elle ne put dissimuler sa surprise de voir que j'avais englouti un mets si peu appétissant. Cela constituait une victoire. Ma récompense fut une coupe de blanc-manger avec des mandarines au sirop. Le blanc-manger est un de mes plats préférés. Il ne requiert aucun effort de mastication. J'aime en garder une cuillerée sur la langue avant de la laisser glisser dans mon gosier, en imaginant que c'est un petit navire qui quitte son mouillage et prend le large. En revanche je ne touchai pas aux quartiers de mandarine, car ils avaient quelque chose d'obscène dans la forme et dans la texture.

Je fuis la salle à manger pour me réfugier au salon avant que Mme Llewelyn ne revienne. Papa leva les yeux de son journal et me sourit avec douceur.

« Bonsoir, papa », dis-je.

Je sais qu'il est mièvre pour une femme de mon âge de s'adresser à son père en l'appelant « papa », mais il ne faut en tirer aucune interprétation malheureuse. C'est juste une habitude que je n'ai jamais rompue, et si je le faisais maintenant j'aurais l'impression que ce serait lourd de sens, comme si je voulais mettre de la distance entre nous. Et puis, de toute façon, il n'y a pas d'alternative satisfaisante. « Père » est beaucoup trop formel à l'oral, tous les diminutifs du type « papounet » horriblement niais, et l'idée de l'appeler par son prénom est tout simplement vulgaire. Dieu merci, nous ne sommes pas encore tous des Américains.

« Ah, te voilà, dit-il. Nous nous faisions du souci pour toi, ma chérie. »

Je déteste quand mon père parle de Mme Llewelyn et de lui en disant « nous », comme s'ils constituaient une forme d'entité unique. Quoi qu'il en soit, ça ne tenait pas debout de suggérer que Mme Llewelyn s'inquiétait de mon sort. Rien, j'en suis sûre, ne la ravirait davantage que de recevoir un appel de la police pour la prévenir que j'ai été renversée par un omnibus.

« Tu étais de sortie avec un jeune homme, c'est ça ? »

Il me taquinait, mais je dissimulai l'affront que je ressentis. Je répondis que M. Brownlee avait eu besoin de moi pour une réunion tardive. J'aimais faire croire que j'étais indispensable mais, en réalité, n'importe quel abruti équipé d'une machine à écrire aurait pu faire mon boulot. Papa exprima l'espoir que M. Brownlee me payerait des heures supplémentaires. Je m'assis dans le fauteuil à carreaux en face de lui.

Ses yeux se posèrent à nouveau sur son journal, ouvert sur ses genoux. Il était en train de faire des mots croisés. J'aime les moments que nous passons ensemble le soir. Nous n'avons pas grand-chose à nous dire, mais le silence entre nous est confortable. Malgré ça, je sais bien que je suis pour lui une déception. Veronica était sa préférée. Certes, il faisait de son mieux pour le cacher, allant parfois jusqu'à me favoriser par rapport à elle, mais il la regardait comme jamais il ne me regarde, moi. Depuis sa mort, il a perdu toute son énergie. En dépit de mes efforts pour lui remonter le moral, il reste très abattu. Évidemment, le mot « suicide » n'est jamais prononcé en sa présence. Veronica a eu un accident. Laisser entendre autre chose serait entacher sa mémoire.

La maladie de mon père a commencé quand il a contracté la malaria en Inde. Il était ingénieur, et ma mère et lui avaient déménagé à Calcutta peu de temps après leur mariage. Papa devait superviser la construction du pont de Howrah sur le Hooghly. Veronica est née là-bas et, à cause de sa peau foncée, papa la surnommait sa « petite Indienne ». Maman détestait Calcutta et elle fut soulagée quand la maladie de mon père précipita leur retour en Angleterre. Ils firent le voyage en 1940, alors qu'elle m'attendait, si bien qu'on peut dire qu'il y a aussi une petite part d'Inde en moi. Maman me répétait à l'envi qu'elle ne savait pas ce qui avait été pire pendant cette traversée, le mal de mer ou les nausées matinales. Jusqu'à la fin de ses jours, elle continua à tenir l'Inde pour responsable de tous ses maux ; quand elle voyait dans la rue un homme coiffé d'un turban, elle détournait la tête ou plaquait son mouchoir sur son nez.

Je demandai à papa si je pouvais l'aider dans ses mots croisés.

« J'ai bien peur d'être coincé », dit-il.

Il me lut une définition à voix haute.

« Baratin », rétorquai-je.

C'était une petite blague entre nous. Chaque fois qu'il me donnait une définition de mots croisés, je lui répondais ça.

« C'est en huit lettres, chérie, la deuxième est un E, et la septième un G. »

Puis il me répéta la définition : « ce que le feu a épargné », comme si chaque syllabe avait une importance capitale.

Il m'avait expliqué cent fois la logique ésotérique des mots croisés, mais c'était comme s'il me parlait bengali. Résoudre des énigmes m'avait toujours paru une occupation des plus futiles. Les soirs d'hiver, papa et Veronica passaient souvent des heures penchés sur un puzzle. L'image – qui représentait invariablement une majestueuse demeure ou une gare de chemin de fer – était imprimée sur le couvercle de la boîte. Pourquoi perdre son temps à assembler toutes les pièces quand vous pouviez déjà voir le résultat ? Chaque fois que j'exprimais cette opinion, ils roulaient les yeux d'un air consterné avant de continuer à trier les morceaux en silence. Un jour, alors qu'ils n'étaient pas là, j'avais prélevé trois pièces au hasard que j'avais jetées dans une bouche d'égout le lendemain en allant à l'école. Par la suite, quand ils découvrirent que le puzzle était incomplet, j'eus terriblement honte. Aucun des deux ne m'accusa jamais d'avoir pris les pièces, mais j'imagine qu'ils savaient que c'était moi la coupable.

Papa complétait sa retraite en écrivant des livres sur les ponts. Après notre retour en Angleterre, il avait écrit le premier, *Les Grands Ponts de l'Inde*, pour se distraire. Quand il fut terminé, il prévoyait de le publier comme une monographie, mais il fut surpris d'être approché par un éditeur qui lui assura qu'il y avait un marché pour ce genre d'ouvrages. Ce premier livre connut un beau succès et, à force de cajoleries, il finit par accepter d'en produire toute une série : *Les Grands Ponts d'Afrique*, *Les Grands Ponts des Amériques*, etc. Il devint une sorte de célébrité parmi les amateurs de ponts. Évidemment, il passe son temps à dénigrer sa réussite. Jusqu'à récemment, il donnait des conférences dans des sociétés d'ingénierie civile. Ces présentations – auxquelles, enfants, Veronica et moi assistions souvent – avaient lieu dans de vastes pièces lambrissées ou des salles paroissiales, devant un public constitué exclusivement d'hommes aux cheveux blancs en blazer et costume de tweed. La seule femme qui ait jamais lu aucun de ses livres, affirmait-il avec une certaine fierté, était Veronica. Ses conférences commençaient toujours de la même façon : la différence entre un ingénieur et un poète était que, pour un ingénieur, un pont était une question de mathématiques ; pour un poète, c'était un symbole. Lui était ingénieur, poursuivait-il, et à ses yeux il y avait de la poésie dans les mathématiques. Cette formule était invariablement accueillie par des murmures d'approbation, parfois même par quelques applaudissements, et j'aimais voir mon père sourire modestement en baissant les yeux pour savourer cette reconnaissance. Ces dernières années, cependant, sa santé l'a empêché de continuer de telles activités. Monter l'escalier de notre résidence est devenu une épreuve. À chaque livre, il jure que ce sera son dernier. De toute façon, il sera bientôt à court de continents.

« Héritage ! s'exclama-t-il soudain. Ce que le *feu* a épargné, c'est-à-dire le défunt. Tu comprends ?

— Ah oui, bien sûr », répondis-je.

Il nota la réponse et commença à me lire la définition suivante. Je me levai, l'embrassai sur la joue et déclarai que j'allais me coucher. Notre appartement se répartit sur deux étages. En bas se trouvent l'entrée, la cuisine, l'arrière-cuisine, la salle à manger, le salon, le bureau de mon père et des toilettes. En haut, sous les toits, il y a trois chambres, un débarras et la salle de bains. Mme Llewelyn occupe ce qui était jadis la chambre de Veronica. La mienne se situe entre celle-ci et celle de mon père. Mme Llewelyn a pour consigne stricte de ne jamais y pénétrer, mais je verrouille quand même toujours la porte en gardant la clé dans mon sac. La nuit, je laisse entrouvert pour vérifier qu'il n'y a pas d'entourloupes entre eux. Et je dépose mon linge sale dans un panier en osier devant ma porte.

Je me mis en chemise de nuit et enlevai ce qui me restait de maquillage devant le miroir de la coiffeuse. De minuscules rides étaient apparues au coin de mes yeux. Je tendis ma peau du bout des doigts pour les faire disparaître. J'étais en train de me ratatiner. Je résolus de manger davantage de fruits et de légumes frais.

BRAITHWAITE I
LES ANNÉES DE JEUNESSE

Arthur Collins Braithwaite est né à Darlington le 4 février 1925. Son père, George John Braithwaite, était un homme d'affaires qui avait bien réussi localement. Né en 1892, George venait d'une famille de cheminots. Comme ses ancêtres, il était trapu et large d'épaules. Les photographies montrent un beau jeune homme à la tignasse ébouriffée et aux yeux noir intense. Il avait survécu deux ans à Verdun pendant la Première Guerre mondiale avant d'être blessé par des éclats d'obus en 1917 et transféré dans une clinique du Sussex pour sa convalescence. C'est là qu'il avait rencontré Alice Louise Collins, qui travaillait comme infirmière.

Alice était la fille du pasteur dans le village voisin d'Etchingham. Jolie ingénue de vingt ans, elle avait les cheveux blonds et de doux yeux noisette. George la divertissait en lui racontant ses aventures au front et son enfance à « Darlo ». Ils devaient former un duo étrange – lui, le volubile du Nord, elle, la timide des environs de Londres –, mais les jours où Alice ne travaillait pas, ils prirent l'habitude d'aller se promener dans la campagne environnante. George finit par se remettre totalement et, à la veille de repartir pour le front, il la demanda en mariage. Alice était trop timorée, que ce soit pour accepter ou pour refuser. George n'avait même pas rencontré son père. « Mais qui n'aurait pas une bonne opinion de moi ? » répliqua-t-il. Finalement, la guerre se termina seulement quelques semaines plus tard et George se présenta, toujours en uniforme, au presbytère d'Etchingham. Il fut assez malin pour jouer le futur gendre plein de déférence et, lorsqu'ils prirent le thé ensemble, il minimisa ses exploits pendant la guerre (il avait été trois fois décoré pour son courage). Bientôt, il obtint sa réponse. Six semaines après, le couple était uni par le père d'Alice dans la petite église du village.

Les jeunes mariés retournèrent à Darlington et louèrent une petite maison ouvrière en brique à Cartmell Terrace. George ouvrit une quincaillerie à Clark's Yard mais, deux ans plus tard, il emménageait déjà dans un plus grand local sur la très passante Skinnergate. Il se révéla fin homme d'affaires et, par la suite, ouvrit des succursales à Durham, Hartlepool et Middlesbrough. Durant les quatre premières années de sa vie, Arthur dormit dans un petit lit dans la chambre de ses parents. Il affirma avoir des souvenirs précoces de ces toutes jeunes années. La maison, écrirait-il plus tard, était « sombre, froide et humide », et la nuit il faisait semblant de dormir pendant que son père poussait des grognements bestiaux dans le lit à côté du sien. Il mourait d'envie de grimper rejoindre sa mère mais il avait peur du « monstre » allongé près d'elle.

Arthur était le cadet de trois fils, après George Junior (né en 1919) et Edward ou « Teddy » (né en 1920 et nommé en hommage au père d'Alice). Quand Arthur fut en âge de commencer l'école, la famille avait déménagé dans une maison plus bourgeoise sur

Westlands Road, en lisière du quartier cossu de Cockerton. Désormais, Arthur avait sa propre chambre, qui donnait sur le petit jardin à l'arrière. George aimait répéter à qui voulait l'entendre qu'en dépit de ses origines modestes, il était à présent un « homme de bien ». Il entra à la chambre de commerce locale et au Parti conservateur, pour lequel il fut même candidat aux élections législatives de 1931 et 1935.

Alice s'adapta difficilement à la vie de Darlington. À cause de sa nature réservée, elle avait du mal à se faire des amies. George était accaparé du matin au soir par toutes ses boutiques, et le dimanche il emmenait ses trois fils pour de longues randonnées dans les landes du North York. Alice, dont la vie à Etchingham tournait autour des activités paroissiales, des fêtes du village et de ses paisibles séances de lecture et d'écriture épistolaire, était intimidée par les paysages déchiquetés et l'accent rugueux du Nord. Dans une lettre à sa sœur, rédigée quelques mois après son mariage, elle écrivit : « Tout est si sombre ici. Je me sens comme un moineau parmi une volée de corbeaux. » George, qui était d'un entrain et d'une gaieté infatigables, finit par s'impatienter du caractère introverti de sa femme. « Il faut te secouer, ma fille », lui disait-il. Les choses mêmes qui l'avaient attiré chez Alice au début s'étaient désormais transformées en reproches.

George ne voulait jamais prendre de vacances. Ses clients, affirmait-il, iraient se fournir ailleurs et ne reviendraient plus. Deux fois par an, cependant, Alice partait dans le Sud voir sa famille. Au fil des années, ces séjours s'allongèrent de plus en plus. À l'été 1935, son père fit une attaque qui le laissa cloué au lit, et Alice s'en servit comme prétexte pour rester plus longtemps auprès de lui. Elle ne revint jamais.

Âgé de dix ans, le jeune Arthur ressentit cruellement son absence, mais son père traita la chose avec son pragmatisme habituel. Il engagea une gouvernante à demeure, Mme McKay, et la routine de la maisonnée se poursuivit quasiment sans changement.

En raison des cinq ans d'écart entre Arthur et ses deux frères, il ne fut jamais proche d'eux. George Junior et Teddy étaient inséparables et ne montraient que peu d'intérêt pour leur cadet. Si Arthur les accompagnait pour une partie de pêche ou une virée « en ville » le samedi après-midi, ses frères ne rataient pas une occasion de lui faire comprendre qu'il était un fardeau indésirable. En 1935, les deux aînés avaient quitté l'école et travaillaient pour la société paternelle, désormais fièrement baptisée Braithwaite & Fils. Alice écrivit de nombreuses lettres pour supplier qu'Arthur soit autorisé à venir la voir pendant les vacances scolaires, mais George ne voulait rien entendre. « Si elle a tellement envie de te voir, elle n'a qu'à prendre un train elle-même. » À part ça, le sujet n'était jamais abordé. Arthur, de son côté, ne contestait pas la décision de son père, mais la nuit il sanglotait dans son oreiller, à la fois terriblement en manque de sa mère et fâché contre elle qu'elle l'ait abandonné.

Arthur était né avec un astigmatisme cristallinien et portait d'épaisses lunettes depuis son plus jeune âge. Pendant longtemps, il fut le souffre-douleur de ses camarades, mais il avait un côté bravache qui le disposait à riposter à ses persécuteurs, et après un certain nombre de paires de lunettes cassées, on finit par le laisser tranquille. Comme sa mère, cependant, il avait du mal à se faire des amis et développa un tempérament solitaire. Il se réfugia dans les livres, dévorant les aventures de l'aviateur Biggles dans les histoires de William Earl Johns et autres récits de hauts faits. Des années plus tard, lorsqu'il découvrit le personnage de Piggy interprété par Hugh Edwards dans le film de Peter Brook *Sa Majesté des mouches*, il déclara avoir eu l'impression de se revoir, enfant : « un inadapté essayant de raisonner des gens qui n'ont que faire de la raison ». C'est un jugement un peu sévère sur lui-même. En réalité, à part ses lunettes en culs de bouteille, les photos montrent un petit garçon plutôt mignon, avec des traits trop mûrs pour son âge. Ce n'est que vers ses dix-sept ou dix-huit ans qu'il commença à grandir et à rattraper son retard physique.

Comme beaucoup de *self-made-men*, George Braithwaite n'avait guère d'appétence pour l'éducation officielle, mais Arthur avait pourtant de bons résultats scolaires. S'il ne faisait pas le poids sur un terrain de foot ou d'athlétisme, au moins excellait-il en classe. Il adorait voir les petits tyrans de la cour de récré se trouver humiliés par leur incapacité à déchiffrer des phrases rudimentaires ou à poser une division. Il s'affirma bientôt dans une identité d'intello. Il fut le premier des trois frères à poursuivre son éducation dans le secondaire. À l'âge de douze ans, pour la première fois, Arthur prit conscience de s'émanciper de l'ombre de ses frères et de devenir « quelqu'un en soi ». Si son père était fier de la réussite scolaire de son fils, il n'en montrait rien. Il jetait à peine un coup d'œil à ses bulletins avant de les balayer d'un revers de main en disant que « rien de tout ça n'aurait d'importance quand [il viendrait] travailler pour lui ». Ce genre de commentaires ne faisait que redoubler la détermination d'Arthur à tracer son propre chemin dans la vie. Mais, pour le moment, il n'avait d'autre choix que de passer tous ses samedis à travailler dans la boutique de son père sur Skinnergate. Cela lui permettait au moins de gagner quelques sous et, pendant les vacances d'été de l'année 1939, il avait économisé de quoi se payer un billet de train d'abord pour Londres, puis pour Hastings, d'où il termina en stop les vingt derniers kilomètres jusqu'à Etchingham. En le voyant à la porte du presbytère, sa mère se laissa tomber à genoux et fondit en larmes. Arthur, qui n'avait pas l'habitude de ce genre de démonstration d'émotion, resta planté là à la regarder. Cet étalage, écrirait-il plus tard, le mit mal à l'aise. « Sans doute que je ne savais pas à quoi m'attendre. Je n'avais pas encore développé la capacité à voir le monde à travers le point de vue de quelqu'un d'autre. » Alors que sa mère, toujours agenouillée, le serrait dans ses bras, il eut le sentiment « que ce n'était pas [lui] qu'elle embrassait, mais une version de [lui] qui n'existait plus ». Néanmoins, quelque chose dans l'odeur de ses cheveux replongea Arthur dans son moi antérieur et, pendant la durée de son séjour, il « jou[a] au bébé » car il sentait que c'était ce que sa mère attendait de lui. Par la suite, il raconta : « C'était agréable de retrouver un comportement d'enfant et de ne plus faire semblant, comme je le faisais chez mon père, d'être indifférent aux affronts que je subissais. C'est seulement là que je compris que, chez moi aussi, je jouais un rôle. »

Arthur trouva sa mère grandement changée. Elle avait toujours été mince, mais cette fois elle n'avait plus que la peau sur les os. Elle était souvent distraite et étourdie. Ces trous de mémoire la contrariaient et elle se réprimandait à voix haute ou grondait les objets de ne pas être à leur place. Le révérend Collins était mort deux ans plus tôt. Alice n'en avait pas informé son mari, dont elle était séparée, sans doute parce que cela aurait invalidé son excuse officielle pour rester à Etchingham.

Quand Arthur revint à Darlington, son père le renvoya du magasin. Ce qui ne le dérangea pas le moins du monde. Maintenant qu'il avait vu sa mère, il n'avait plus besoin d'argent. Il empruntait des livres à la bibliothèque municipale de Crown Street et passait son temps à bouquiner dans le parc Denes, sur les berges du Cocker Beck, à quelques minutes à pied de Westlands Road. C'était un été délicieusement innocent, auquel le début de la guerre en septembre mit brusquement fin. George Junior et Teddy s'enrôlèrent aussitôt. Arthur fut appelé en 1943 mais dispensé de service actif à cause de ses problèmes de vue. À la place, il traversa la guerre en tant qu'aide-soignant dans le corps médical de l'armée. Teddy fut tué à Gold Beach lors du débarquement de Normandie le 6 juin 1944. Les deux George, père et fils, semblèrent en garder une dent contre Arthur, comme si le fait de ne pas avoir combattu lui-même le rendait responsable de la mort de son frère.

Après la guerre, au grand dam de son père, Arthur obtint une bourse pour aller étudier la philosophie à Oxford. Il avait choisi cette discipline pour la seule raison que sa nature abstraite était l'exact opposé du pragmatisme nordique de son père. Sans surprise, il détonnait parmi les autres étudiants. C'est là qu'il commença à utiliser son deuxième prénom. « Arthur Braithwaite » trahissait trop ses modestes origines du Nord, alors que « Collins Braithwaite », pensait-il, lui procurait un certain sérieux. Il fit un effort délibéré pour altérer son accent et se mit à fumer la pipe au lieu des cigarettes Woodbine avec lesquelles il avait grandi. Tout cela n'était que faux-semblants, bien sûr, mais il y trouva une forme de libération. À Oxford, il pouvait être ce qu'il voulait, ou qui il voulait. Il s'aperçut que la personne qu'il croyait être n'était rien d'autre qu'une construction. On ne pouvait séparer un individu de l'environnement dans lequel il évoluait, ni des gens qu'il fréquentait. Jusque-là, son identité – ou ce qu'il prenait pour son identité – n'était qu'une réaction à son éducation, et ses études de philosophie qu'une piètre tentative pour se différencier de son père.

Son premier directeur d'études fut Isaiah Berlin. Le temps du premier semestre, Berlin le traita avec indulgence, peut-être impressionné par son intelligence et son intrépidité naturelles. Au début du trimestre d'automne, cependant, Braithwaite lui rendit une dissertation sur Descartes. Après seulement quelques phrases, Berlin lui passa un savon : son raisonnement manquait de rigueur et de méthode, il exprimait ses propres pensées infondées sans prêter assez d'attention au texte. Sans doute était-ce de la part du professeur une tentative bien intentionnée pour tirer son élève vers le haut, mais Braithwaite le prit mal. Peut-être les critiques de Berlin faisaient-elles écho à celles de son père. Ou peut-être était-il simplement trop borné pour écouter. Ayant grandi en se prenant pour un génie solitaire, il n'avait pas acquis la maturité de voir ses opinions contestées. Ce fut le début de la fin de sa première incursion dans le monde universitaire. Au cours des mois suivants, il se montra singulièrement sourd à l'idée que, en tant qu'étudiant de première année, il n'était pas encore censé développer une pensée originale. Ou, plus inquiétant, peut-être ressemblait-il plus à son père qu'il ne voulait bien l'admettre, et que le genre de réflexion abstraite nécessaire à l'étude de la philosophie lui était difficile. Quoi qu'il en soit, après avoir peiné pendant un an et demi, il finit par jeter l'éponge. Braithwaite ne confessa pas cette humiliation à son père. Il partit d'abord pour Londres où il prit une série de petits boulots alimentaires.

Puis, en 1948, il rejoignit des groupes itinérants qui se déplaçaient en France au gré des vendanges. Après l'atmosphère sclérosée d'Oxford, il appréciait le labeur physique et la camaraderie entre les ouvriers. Il apprit le français sur le tas et profita de la liberté de mœurs ambiante. Jusque-là, écrirait-il plus tard, il n'avait connu que des expériences sexuelles en solo, suivies « non pas d'une cigarette post-coïtale, mais d'une vague de culpabilité et de la peur d'être "découvert" ». En France, personne ne semblait s'offusquer de tomber sur un couple en train de copuler derrière un buisson ou dans un appentis. « C'est seulement après être rentré en Angleterre, raconta-t-il avec une certaine déception, que je compris que le sexe était censé avoir lieu en intérieur. » Pourtant, il rentra bel et bien en Angleterre.

Il trouva du travail à l'hôpital militaire de Netley, près de Southampton, où il avait servi pendant la guerre. Jadis établissement tentaculaire de 2 500 lits, il était désormais réduit à un service pour les vétérans atteints de troubles psychologiques. Le régime qu'on leur imposait était cauchemardesque. Ils étaient placés en coma artificiel sous insuline. Pour éviter les crises d'épilepsie, les salles restaient plongées dans le noir, obligeant les médecins à porter des lampes frontales. Le personnel soignant n'avait pas le droit de parler aux malades, et inversement.

C'est là que Braithwaite croisa pour la première fois le psychiatre écossais R. D. Laing. Ce dernier ne se souvient pas de leurs échanges – il n'avait pas de raison de s'en souvenir –, en revanche il fit forte impression au jeune Braithwaite. Jusque-là, celui-ci avait accepté sans réfléchir que « les fous étaient fous, et que les hommes en blouse blanche savaient ce qu'ils faisaient et avaient leur intérêt à cœur ». Mais le fait de regarder Laing travailler bouscula ces certitudes : « Il ne se conduisait pas comme un médecin ; il ne bougeait pas comme un médecin ; il ne parlait pas comme un médecin. » L'approche de Laing était en effet radicale. Il s'adressait aux patients d'égal à égal, allant même jusqu'à solliciter leur avis sur leur propre traitement ; bref, il les considérait comme des individus et non des cadavres ambulants dépourvus de libre arbitre. Netley fut une expérience formatrice à la fois pour Laing et Braithwaite. Laing écrirait plus tard : « Je commençais à soupçonner que l'insuline et les électrochocs, sans parler de la lobotomie et de l'environnement général des unités psychiatriques, étaient des façons de détruire les gens et de les rendre fous. »

Netley, écrivit quant à lui Braithwaite, fut l'endroit « où je me rendis compte que je n'étais pas employé comme aide-soignant dans un hôpital mais comme gardien dans une prison où les détenus – dont nul n'était coupable d'aucun crime – étaient enfermés dans des conditions qui rendraient fou l'homme le plus sain d'esprit ».

Laing quitta Netley en 1953. Braithwaite y resta encore quelques mois mais s'aperçut que les circonstances avaient commencé à affecter sa propre santé mentale. Il faisait des cauchemars dans lesquels il était convaincu d'être devenu lui-même prisonnier de son lieu de travail. Il se mit à trouver oppressants et menaçants les espaces extérieurs trop lumineux. Ses expériences le poussèrent à retourner à Oxford, où il fut autorisé à s'inscrire au cours de psychologie, philosophie et physiologie, fondé au sein de l'Institut de psychologie expérimentale en 1947. Ses études lui permirent de revoir ses propres relations sous un jour nouveau. Dans son mémoire *Mon moi et autres inconnus*, il écrivit : « Mon père racontait ses expériences de guerre comme si c'étaient des récits d'aventures pour adolescents, avec des obus qui explosaient çà et là – BOUM ! –, des hommes démembrés, pataugeant dans la boue, le sang et les viscères, des balles qui sifflaient dans tous les sens. Mais je n'ai jamais douté, même enfant, que toute cette bravade était un masque pour dissimuler le trauma qu'il avait vécu, et que son incapacité à se tenir tranquille – à *être* tranquille – était une manière de fuir les démons qui le poursuivaient. »

Le jour de son soixante-cinquième anniversaire, George Braithwaite roula jusqu'aux landes du North York dans sa Jaguar Mark VII, but une pinte de bière et un whisky au Buck Inn de Chop Gate puis reprit sa voiture pour faire les six kilomètres jusqu'à Fangdale Beck, où il se tira une balle dans la bouche avec un Enfield No.2 que son fils avait rapporté du front. Il ne laissa pas de lettre. George Junior vendit aussitôt la société familiale et, cinq ans plus tard, il mourait d'alcoolisme. Même dix ans après, Braithwaite n'éprouvait aucune compassion pour son frère : « C'était un tyran, qui s'aperçut trop tard qu'il avait hissé son drapeau au mât d'un navire en perdition. »

Braithwaite continua à aller voir sa mère à intervalles irréguliers année après année. Alice avait emménagé avec sa sœur et avait l'air contente, mais au fil du temps elle se rappelait de moins en moins son fils. Elle restait souvent alitée des jours, voire des semaines d'affilée. Au bout du compte, elle finit par ne plus reconnaître Arthur et il suspendit ses visites. Si cela lui coûta, il n'en montra rien. « Ma mère était, pour ainsi dire, morte. Si quelqu'un d'autre habitait désormais ce qui était autrefois son corps, en quoi cela me concernait-il ? » Alice s'éteignit en 1960. Malgré les supplications de sa tante, Braithwaite n'assista pas aux funérailles.

DEUXIÈME CAHIER

À l'occasion de mon dixième anniversaire, on m'offrit, comme à Veronica avant moi, un journal intime d'une durée de cinq ans. C'était un petit livre épais avec une couverture en Skaï rouge et une serrure à clé. Ce fut seulement le soir, alors que, assise sur le bord de mon lit, je le soupesais dans mes mains, que je mesurai le sens de la serrure : c'était une façon de reconnaître que j'avais atteint l'âge auquel j'étais en droit d'avoir des secrets ; que j'étais maintenant assez grande pour produire des pensées que je ne souhaiterais pas partager avec ma famille. Bien sûr, il n'en était rien. J'avais toujours eu de mauvaises pensées, aussi loin que je m'en souvenais, mais cette petite serrure me délivrait un permis. Ce livre serait le lieu où je pourrais les consigner et les enfermer.

Il est curieux que l'on n'offre pas aux garçons, du moins autant que je le sache, de tels journaux intimes. Les garçons ne sont pas des créatures compliquées. Ils courent partout en criant, en se bagarrant ou en poursuivant des ballons – leur simple présence est bruyante –, alors que nous, les filles, restons sagement sur la touche à nourrir notre ressentiment. Les garçons n'ont pas besoin d'avoir de secrets, ils laissent tout sortir. Les filles sont censées tout garder pour elles. À dix ans, j'avais vaguement conscience de cela en ouvrant mon nouveau journal sur mes genoux. Chaque feuille représentait une semaine, avec quatre jours au recto et trois au verso. L'espace alloué à chaque journée de ma vie faisait la largeur de deux doigts. Si j'avais désormais acquis le droit d'avoir des secrets, manifestement je n'étais pas non plus supposée en avoir trop. Il était clair, néanmoins, que mon nouveau joli journal était un piège. On me l'avait offert afin que je me dévoile entre ses pages. Naturellement, je présumais que ma mère le lirait, tout comme je lisais celui de Veronica (il suffisait d'un tour d'épingle à cheveux pour crocheter la serrure).

Le contenu du journal de ma sœur était d'une ingénuité irréprochable. Elle y inscrivait les notes qu'elle obtenait en classe (toujours exceptionnelles), ses avis sur les livres qu'elle lisait (toujours positifs), et ses sentiments à l'égard de sa famille (toujours affectueux). Il ne me vint jamais à l'idée qu'elle puisse ne pas dire l'entière vérité, qu'elle puisse dissimuler d'autres pensées plus sombres, plus malveillantes. Veronica, voyez-vous, était quelqu'un de bon. Je ne me donnais même pas tant de mal pour cacher que j'avais lu son journal. Dans son innocence, jamais elle n'aurait imaginé qu'on puisse être sournois au point de trahir ainsi sa confiance. Je ne partageais pas sa candeur. Mon envie de remplir les pages de mon journal se dissipa, mais je m'aperçus que ne rien écrire du tout serait vu comme le signe que mes pensées étaient si impures qu'elles ne pouvaient être couchées sur le papier. Aussi, après avoir indiqué mes informations personnelles sur la page de garde, je me mis au travail. Voici ce que j'écrivis le premier jour :

Dimanche 10 juin 1951

Aujourd'hui j'ai eu dix ans et on ma offert ce journal dans lequel je vais essayer de noter fidèlement mes pensées et mes sentiments pendant les cinq prochaines années. J'ai aussi eu une nouvelle robe que je mettrais demain. Cet après-midi on est allé à Richmond Park et papa m'a acheter une glace. Il faisait plutôt beau mais ensuite ça c'est couvert et il y a eu quelques gouttes de pluie et on a dut s'abriter sous les arbres. Maman a dit qu'on aurait dut prendre un parapluie.

Pendant les deux années suivantes, ça continue dans la même veine. Chaque entrée commence par un commentaire sur la météo du jour. S'ensuit une série de remarques inoffensives sur ma journée à l'école, ce qu'on a mangé au dîner et, les dimanches, où on nous a emmenées en promenade, Veronica et moi. L'espace de quelques mois, j'ai développé un penchant pour l'ornithologie et noté les espèces d'oiseaux que j'observais. À lire ces sottises insipides, on serait parfaitement en droit de conclure que j'étais la petite fille la plus ennuyeuse du monde. Sauf que mon journal était une œuvre de fiction. Je construisais un personnage comme n'importe quel romancier l'aurait fait, tout ça à l'intention d'un seul lecteur. Ce n'est pas que ce que j'écrivais était faux. Autant que je m'en souvienne, toutes ces choses se sont réellement produites. C'est juste que, mises bout à bout, elles créent une fausse impression. La vérité ne résidait pas dans ce que je notais, mais dans ce que j'omettais.

Les entrées se tarissent après mon douzième anniversaire. Je ne me rappelle pas avoir pris la décision d'arrêter d'écrire. Je suppose que je me suis simplement lassée. Un soir, au dîner, maman m'a demandé d'un ton anodin si je continuais à tenir mon journal. « Bien sûr », ai-je répondu d'une voix douce, sachant qu'elle n'oserait pas me contredire. « Tant mieux, m'a-t-elle rétorqué. C'est important de noter les choses. En grandissant, on en oublie tellement. » À relire ces écrits d'enfance, je ne vois aucun intérêt à me souvenir que le 20 octobre 1952, à l'âge de onze ans, j'ai aperçu un pouillot véloce. Ce qu'on couche par écrit revêt une sorte d'importance particulière, mais en général les choses qu'on vit sont si insignifiantes, même pour la personne concernée, que le fait de les consigner ne dénote rien d'autre que de la vanité.

Aujourd'hui, cependant, je le vois différemment. Non que ma vie ait acquis une plus grande importance, mais maintenant que ma chambre est protégée par une porte qui ferme à clé, je n'ai plus besoin de me censurer. Si j'ai envie d'écrire des mots ou des pensées obscènes, je suis libre de le faire. Après tout, quel est l'intérêt d'un journal intime si l'on n'est pas honnête avec soi-même ? Je ne suis même pas sûre, en repensant à ce que j'ai écrit jusqu'ici, de ne pas être encore entravée par une forme de bienséance, inhibée par l'idée que ma mère pourrait lire par-dessus mon épaule. Tout ce que je peux dire, c'est qu'à partir de maintenant je ne cacherai plus rien.

[LES DEUX PAGES SUIVANTES DU CAHIER ONT ÉTÉ ARRACHÉES]

Après un suicide, tout le monde se transforme en Miss Marple. On ne peut pas s'empêcher de chercher des indices. Et naturellement, c'est dans le passé qu'on les cherche, puisque c'est désormais tout ce qu'il reste de l'individu en question. Comme je l'ai déjà dit, on aurait pensé que Veronica était la dernière personne au monde susceptible d'un tel geste, ne serait-ce que parce qu'elle était si terriblement lisse. On imagine les suicidés comme des êtres agités, tourmentés, hagards. Veronica n'était rien de tout cela. Du moins elle n'en donnait pas l'air. Mais peut-être l'image qu'elle offrait au monde était-elle tout aussi fictive que celle que j'avais créée dans mon journal d'enfance. Peut-être y avait-il une autre Veronica qu'elle gardait soigneusement sous clé. Quand une personne comme elle se jette du pont de Bridge Approach, on est bien obligé de l'envisager sous un jour nouveau. Tout à coup, elle devient plus intéressante. Et quand on commence à regarder les choses à la loupe, les événements les plus anodins peuvent revêtir un tout autre aspect.

Je n'en suis pas fière, mais j'ai accueilli la nouvelle de la « dépression » de ma sœur avec une secrète satisfaction. Elle avait vingt-trois ans et avait entamé son doctorat à Cambridge. Elle avait obtenu sa maîtrise avec les félicitations et s'était fiancée à un prof à la mâchoire carrée avec qui elle semblait vivre une relation d'une dégoulinante harmonie. Quelques semaines plus tôt, elle avait invité le Crétin au déjeuner dominical à la maison. C'était déjà du jamais-vu, mais quand Peter demanda à mon père s'il pouvait lui parler un instant seul à seul dans son bureau, je compris qu'il se tramait quelque chose de beaucoup plus sérieux. Veronica et moi patientâmes en silence au salon pendant que les hommes menaient leur conciliabule. Je la fixais d'un air accusateur, mais elle évita mon regard. Mme Llewelyn sortit des verres et la carafe à sherry en cristal, qui en temps de paix restait dans le buffet de la salle à manger d'un Noël à l'autre. Cela me fit me demander si elle avait eu vent à l'avance de ce qui se préparait. Elle n'aurait sûrement pas pris d'elle-même l'initiative de servir du sherry. Il s'était écoulé moins de dix minutes lorsque les hommes nous rejoignirent. Veronica se leva et dévisagea papa, les yeux pleins d'espoir. Il sourit et, dans une démonstration d'affection jusqu'ici inédite chez nous, la prit dans ses bras. Puis il prononça un bref discours afin de souhaiter la bienvenue à Peter dans notre famille et de nombreuses années de bonheur aux deux tourtereaux. Ils s'assirent côte à côte sur le canapé comme s'ils posaient pour un magazine, Veronica tenant la grosse patte de Peter sur ses genoux. Papa insista pour que Mme Llewelyn boive un verre de sherry avec nous, ce qu'elle n'accepta qu'après les dénégations préalables de rigueur, avant de partir en cuisine arroser son rôti.

Je suppose que j'aurais dû me réjouir pour ma sœur, mais je ne pouvais m'empêcher de penser qu'elle était motivée uniquement par l'envie de me prendre de vitesse. Non seulement elle avait réussi de brillantes études, mais elle s'était aussi dégotté un mari bien sous tous rapports. Alors, quand nous apprîmes qu'elle était tombée en « dépression », je ne pus réprimer une certaine jubilation. Voilà qu'apparaissait enfin une fissure dans le vernis.

Un dimanche matin, papa et moi allâmes rendre visite à Veronica dans le sanatorium où elle avait été placée, en périphérie de Cambridge. Le trajet en voiture se déroula pour l'essentiel en silence. Papa gardait sa pipe éteinte coincée entre les dents et conduisait avec son respect habituel du code de la route. Il déclara que Veronica devait être en surmenage à cause de tous ses accomplissements. Je gardais les yeux rivés sur le paysage insipide du Hertfordshire qui défilait derrière la vitre. J'avais à l'esprit l'image du tristement célèbre hôpital psychiatrique de Bedlam, les patients menottés aux murs, vêtus seulement de blouses souillées de vomi et d'excréments, au milieu de cris à vous glacer le sang. Les couloirs seraient surveillés par de costauds gardiens en gilet de cuir crasseux, qui s'arrêteraient de temps en temps pour rouer de coups les pauvres diables asservis. Quant à Veronica, je l'imaginais catatonique, la bave aux lèvres, indifférente au chaos autour d'elle, marmonnant dans sa barbe des formules mathématiques incohérentes. Je m'imaginai moi aussi dans une cellule, me tortillant sur un lit de planches, ligotée dans une camisole dont la sangle entre mes jambes me permettait une gratification clandestine. Mais ce genre de plaisirs échappaient sans doute à Veronica.

Quelle déception lorsque nous nous engouffrâmes dans l'allée de Burlington House ! C'était plus le luxueux manoir de Manderley que le sinistre Bedlam. Comme nous nous garions sur le gravier devant le portique de l'entrée, je m'attendais presque à voir Maxim de Winter se précipiter à notre rencontre, entouré d'une joyeuse meute d'épagneuls. Je me rappelai cependant que les apparences peuvent être trompeuses. Comment savoir quelles horreurs nous attendaient à l'intérieur ? Les fruits frais étant un excellent remède à tous les troubles de l'esprit, papa en avait commandé une corbeille chez Fortnum & Mason qu'il me demanda de récupérer sur la banquette arrière. Il appuya sur la sonnette et nous attendîmes à une distance respectable de la porte de crainte d'être pris pour des romanichels.

Une femme aux hanches larges, les cheveux attachés en chignon, vint nous ouvrir, et papa expliqua la raison de notre venue. Elle nous fit entrer dans un hall au carrelage en damier d'où partait un grand escalier, et nous demanda de signer le registre des visiteurs, ce que je fis sous un faux nom. Puis elle nous guida dans un couloir qui menait à un vaste salon dont la porte-fenêtre donnait sur une terrasse et une pelouse en pente douce.

Veronica était assise dans un fauteuil en cuir. Elle lisait. J'eus la sensation qu'elle avait délibérément pris cette pose en prévision de notre arrivée. En nous voyant, elle feignit la surprise, se leva et traversa la pièce d'un pas déterminé. Elle portait un chemisier écru, une jupe en laine et des chaussures plates. Hélas, elle ne semblait pas s'être souillée ni vomi dessus. Au moins avait-elle perdu du poids, remarquai-je avec satisfaction, si bien que ses yeux paraissaient enfoncés dans leurs orbites.

Elle tendit les deux mains devant elle.

« Papa ! s'exclama-t-elle. Tu n'aurais pas dû faire toute cette route. Je vais très bien, comme tu peux le voir. C'est beaucoup d'agitation pour rien. »

Cachée derrière mon père, je m'agrippais à la corbeille de fruits.

« Et toi ! » dit-elle en m'apercevant.

Elle me tendit la main et je serrai ses doigts entre les miens un instant.

Le beau fiancé apparut derrière elle. Il salua mon père d'une énergique poignée de main, puis prononça mon nom et m'embrassa sur les deux joues, comme s'il était français.

« Vous ne la trouvez pas en pleine forme ? lança-t-il. Elle sera remise sur pied en un rien de temps.

— À vrai dire, je me plais bien ici, fit savoir Veronica. Peut-être que je devrais avoir l'air un peu plus maboule et prolonger mon séjour. »

Elle tira la langue en coin et roula les yeux dans une démonstration de folie manifeste. Tout le monde rit.

S'ensuivit un ramdam pas possible le temps que nous rapprochions quatre fauteuils pour pouvoir nous asseoir en cercle autour d'une table basse, sur laquelle je déposai la corbeille de fruits. Veronica entreprit de passer en revue son contenu, nommant chaque article à voix haute telle Ève dans le jardin d'Éden. On aurait dit qu'elle n'avait jamais vu un ananas de sa vie.

« Tu es tellement maigre, ma chérie, soupira mon père. Je suis sûr que c'est ce qui a dû provoquer tout ça. »

Puis il ajouta en se tournant vers le Crétin :

« Vous veillerez à ce qu'elle mange bien, n'est-ce pas ?

— Promis, monsieur », répondit-il, comme s'il parlait d'un animal qu'il fallait engraisser avant l'abattoir.

Je promenai mon regard dans la pièce. Un jeune homme en pyjama et peignoir lisait un livre, assis près de la fenêtre. Il semblait indifférent à l'agitation autour de lui. Si on l'avait croisé en tenue de ville à une table de café, on ne l'aurait jamais pris pour un fou. Alors que papa interrogeait Peter sur le service de restauration de l'établissement, je me levai pour faire le tour de la pièce en terminant volontairement par la porte-fenêtre.

« Vous devriez vous mettre dehors », dis-je au jeune homme.

C'était le genre de remarque agaçante que ma mère aurait pu faire.

Il releva lentement la tête, sans pour autant me regarder franchement. Je me tenais debout, les jambes croisées.

« Il fait tellement beau », ajoutai-je en guise d'explication.

Il tourna vaguement les yeux vers la vitre.

« Oui, fit-il. Sans doute. »

Je tirai une chaise et m'assis, dos à ma famille, qui de toute façon ne semblait pas avoir remarqué mon absence. Il se pencha en avant, comme s'il s'apprêtait à me chuchoter quelque chose. Son livre tomba par terre. C'était un livre en français. Intéressant ! Le jeune homme n'avait pas l'air spécialement déséquilibré, mais il me paraissait inconvenant de lui demander pourquoi il était là. Il avait quelque chose d'un poète romantique. Peut-être souffrait-il d'un chagrin d'amour.

Je lui dis mon nom.

« C'est ma sœur, juste derrière, murmurai-je. Elle fait une dépression nerveuse.

— Ah, Veronica, répondit-il, dressant soudain l'oreille. Elle a l'air d'une brave fille.

— Oui, fis-je, mais très dérangée.

— Je croyais qu'elle était à Cambridge.

— Oh mon Dieu, c'est ce qu'elle vous a dit ? rétorquai-je en secouant la tête d'un air triste. Il ne faut pas croire un mot de ce qu'elle raconte. »

Le jeune homme jeta un regard vers ma famille.

« Et son fiancé ? demanda-t-il.

— Son fiancé ? C'est son médecin. Son médecin *personnel*. Notre père est millionnaire. »

Il me dévisagea froidement.

« Vous ne m'avez pas dit votre prénom, repris-je.

— Vous faites partie des infirmières ? s'enquit-il avec méfiance.

— Non. Je viens de l'extérieur.

— C'est Robert.

— Eh bien, *Robert*, répétai-je en le prononçant à la française, que diriez-vous d'aller faire un tour sur la terrasse ? »

Il jeta un coup d'œil par-dessus son épaule.

« Je ne suis pas sûr que ce soit autorisé.

— Moi, en tout cas, annonçai-je en me levant, je vais faire un tour sur la terrasse. »

Je m'imaginais qu'il allait me suivre, au lieu de quoi il se contenta de ramasser son livre par terre. Je secouai la poignée de la porte-fenêtre. Elle était fermée à clé. Je l'examinai un moment avant de réessayer. Il m'aurait fallu trop d'efforts pour reprendre le couloir en sens inverse, sortir par l'entrée principale et faire le tour du bâtiment, le tout uniquement par obstination.

« Ça se couvre, de toute façon », dis-je.

Robert ne donna aucun signe qu'il m'avait entendue. Il s'était replongé dans son livre, qu'il tenait à l'envers. Je rejoignis ma famille, sans qu'aucun m'adresse ne fût-ce qu'un regard quand je me rassis. Un médecin qui devait avoir dans les cinquante-cinq ans était en train de leur parler. Il avait le teint rougeaud et une petite coupure de rasoir au coin des lèvres. Tout ce dont Veronica avait besoin, disait-il, c'était d'un bon repos prolongé. Elle serait redevenue elle-même d'ici deux ou trois mois. Ce genre de chose était assez fréquent chez les jeunes femmes qui tiraient trop sur la corde. Je n'étais pas sûre de comprendre ce qu'il voulait dire par « ce genre de chose », mais je ne posai pas la question, et mon père non plus. Veronica affichait un sourire béat, comme si elle était fière d'avoir trop tiré sur la corde.

En repartant, papa voulut qu'on s'arrête pour un déjeuner tardif dans une auberge qu'il avait repérée sur la route à l'aller. Il était de bien meilleure humeur.

Il commanda un pudding à la viande de bœuf et aux rognons et but une demi-pinte de bière. Je pris une côte de porc avec des pommes de terre nouvelles noyées dans une telle quantité de beurre qu'elles m'ajoutèrent sans doute directement un kilo sur les hanches. À part quelques remarques anodines sur le cadre environnant, nous mangeâmes en silence. Papa et moi n'avons jamais eu grand-chose à nous dire, mais c'est précisément en cela que notre lien est fort. Nous n'avons pas besoin de combler le temps que nous passons ensemble par des bavardages inutiles. Je balayai des yeux la salle du restaurant en me demandant si les autres clients pouvaient nous prendre pour un couple.

Sur le moment, j'accordai peu d'importance à cette journée. Elle était surtout notable parce qu'elle constituait une escapade hors de Londres. Veronica, comme l'avait prédit le Crétin, fut remise sur pied en quelques semaines. L'épisode ne fut plus jamais mentionné. Mais, après sa mort, je ne pus m'empêcher de m'interroger : était-ce prémonitoire de ce qui allait venir ? Nous sommes tous enclins, je pense, à fouiller le passé pour y trouver des explications au présent. Du peu que j'en sais, cette exploration du passé est au centre des sombres pratiques psychiatriques. Là sont enfouis les indices qui ne peuvent être déchiffrés que par l'impénétrable médecin barbu.

Le Dr Braithwaite n'avait pas de barbe, et jusque-là il n'avait montré que peu d'intérêt pour un éventuel trésor caché au fond de moi. Je dois avouer qu'après ma première visite, j'étais très fière de mon petit numéro. Il paraissait totalement dupe de Rebecca. Au cours de la semaine qui suivit, cependant, je pris conscience que mon stratagème était boiteux. Si ce n'est que j'avais perçu la puissance de sa personnalité, je n'avais rien découvert d'important. Rebecca Smyth devait s'armer de quelque chose de plus qu'un vague sentiment de malaise. Elle devait, décidai-je, développer une tendance à l'autodestruction. Toute la semaine, je me répétai mentalement les conversations que nous pourrions avoir. Quand je dormais, c'était de Collins Braithwaite que je rêvais, et il était ma première pensée au réveil.

Dorénavant, je ne ferais plus de cinéma. Plus de bas filés ni de cheveux ébouriffés. À partir de maintenant, je m'en tiendrais autant que possible à la vérité. Ce fut avec un certain plaisir que je préparai Rebecca pour sa deuxième visite. Son maquillage était impeccable. Le foulard chic fut repêché dans la poche de mon manteau. Quand je m'examinai dans le miroir des toilettes sur le palier du bureau, elle me fit l'effet d'une femme du monde. N'était la gravité de ma mission, j'aurais pu prendre tout cela pour une blague.

Dans le métro pour Chalk Farm, un homme en costume gris clair me sourit. Je ne détournai pas les yeux comme je l'aurais fait normalement, mais au contraire soutins son regard. C'était ce que Rebecca aurait fait. Il ne fut nullement décontenancé. Pourtant il avait l'air tout à fait respectable. Il devait avoir la quarantaine, ses tempes commençaient à grisonner. Il avait un imperméable plié sur le bras, et le *Times* dans l'autre main. Ses yeux s'attardèrent un moment sur mes genoux avant de remonter tout doucement jusqu'à mon visage. Un sourire aguicheur joua sur ses lèvres et il haussa un sourcil. Sentant le rouge me monter aux joues, je me cachai derrière ma main et dirigeai mon regard vers l'autre bout du wagon, mais pendant tout le reste du trajet je perçus ses yeux sur moi. Était-ce ainsi, me demandai-je, que commençaient les liaisons clandestines ? Alors que nous approchions de ma station, je jetai un coup d'œil dans sa direction. À mon grand regret, il était plongé dans son journal et semblait m'avoir oubliée. Il ne releva même pas la tête quand je descendis. Sans doute n'avais-je pas joué le jeu comme il fallait. Pourtant, je ressentis un certain frisson, comme si l'espace d'un instant nous avions partagé une forme de communion secrète. Peut-être que, plus tard, quand il serait au lit avec sa femme, ce serait à Rebecca qu'il penserait.

Aucune des catastrophes – inondation, incendie et autres – pour lesquelles j'avais prévu une marge de temps supplémentaire ne s'étant produite, j'arrivai de nouveau très en avance dans les environs d'Ainger Road. La clochette au-dessus de la porte du salon de thé signala mon entrée, comme la fois précédente. La seule autre cliente était une jeune femme coiffée d'un élégant petit chapeau, qui fixait tristement un demi-éclair au chocolat. Son abattement, je suppose, était dû soit au fait qu'il n'en restait qu'une moitié, soit à son regret d'avoir mangé la première. La table en vitrine était inoccupée, mais je préférai retourner à ma place dans le fond. Je commandai, comme précédemment, un thé et un scone à la confiture. Je n'avais pas envie de scone mais, ayant la fois d'avant félicité la patronne pour la qualité de sa pâtisserie, il aurait été étrange que je n'en reprenne pas. Mme Clay esquissa un maigre sourire lorsqu'elle vint me servir et réussit à tout disposer devant moi sans accident. Mon désir de m'asseoir à la table que je me figurais être celle de Mme Alexander ne venait pas du souhait de pouvoir regarder la rue par la vitrine, mais du secret espoir que Tom (ou quelque chose comme ça) puisse passer en allant à son studio. En vérité, je devais bien admettre que je n'avais jamais vraiment cru que mon trajet serait retardé par un incendie, une inondation ou un fléau quelconque, mais que j'avais pris de l'avance au cas où je le recroiserais par hasard. Tout en me forçant à avaler mon scone, je gardais les yeux rivés sur la vitrine, mais il n'apparut pas. Quoi qu'il en soit, je ne sais pas ce que j'aurais fait dans le cas contraire. La femme au chapeau se leva et partit. De là où j'étais, je ne pouvais pas voir si elle avait terminé son éclair, mais j'imaginais que oui, ne serait-ce que pour éviter de s'attirer les foudres de la redoutable Mme Clay. Quand l'heure de mon rendez-vous approcha, je réglai ma note en laissant la monnaie dans la soucoupe sur le comptoir, comme la fois précédente.

Alors que j'allais traverser la rue, j'entendis quelqu'un appeler le prénom Rebecca. Ce n'est qu'en l'entendant une seconde fois que je tournai la tête. Tom s'avançait vers moi, la main levée en signe de salutation.

« Rebecca », répéta-t-il en s'arrêtant devant moi.

N'étant plus très sûre de son prénom, je me contentai de lui répondre par un sourire. Je ne pouvais m'empêcher d'espérer que Mme Clay observait cette scène à travers la vitrine.

« Alors, on ne vous a pas internée à Bedlam ? lança-t-il.

— Il faut croire que non », rétorquai-je sèchement.

Il marqua une pause avant de poursuivre :

« À vrai dire, le hasard fait bien les choses. Je me demandais justement si vous ne voudriez pas boire un verre avec moi un de ces jours. »

Il lâcha cela d'un trait, comme si les mots étaient restés coincés dans son gosier et qu'un passant venait de lui donner une grande tape dans le dos.

Je le dévisageai en faisant mine d'être étonnée par son audace. C'était réellement un bel homme. Il se passa une main sur le menton. Apparemment, il ne s'était pas rasé, car on voyait déjà sa barbe repousser. Mon père se rasait tous les matins sans faute. Enfant, je grimpais sur un tabouret dans la salle de bains et il me laissait lui badigeonner le visage de savon à l'aide du gros pinceau qui me faisait penser à une queue de cheval taillée ras. J'imitais les grimaces qu'il faisait pour tendre sa peau et le regardais avec une tension croissante passer le rasoir sur sa gorge. Les rares fois où il se coupait, il ne réagissait que par un infime soupir avant de me demander de lui donner un mouchoir pour éponger le sang. Puis il s'aspergeait le visage et l'eau qui coulait dans le lavabo était rose, comme le rince-bouche chez le dentiste. Pendant des années, j'ai cru qu'il y avait du sang mélangé à l'eau du dentiste et j'ai refusé de m'en gargariser.

« Alors ? reprit Tom.

— Pourquoi pas ? répondis-je avec autant de nonchalance que je pus.

— Super », dit-il.

Il me parla d'un pub, le Pembridge Castle, au bout de la rue.

« On dit 18 h 30 ? » proposa-t-il.

Ne pouvant tout de même pas avouer que je n'avais jamais mis les pieds dans un pub londonien, j'acquiesçai – ou plutôt Rebecca acquiesça – d'un hochement de tête.

« À tout à l'heure, alors », conclut-il, comme si tout cela était parfaitement banal.

Il s'éloigna d'un pas vif, les mains dans les poches. Je suppose qu'il pensait déjà à autre chose.

Daisy m'accueillit joyeusement. Elle faisait partie

de ces personnes d'un naturel jovial qui vivent dans l'ignorance des tourments que nous autres traversons. Elle avait un physique de petite fille inoffensif, du genre qui plaît tant à la gent masculine, mais il serait injuste de lui en tenir rigueur. En m'asseyant dans la salle d'attente, je me dis que si un jour je devais avoir une amie, j'aimerais qu'elle soit comme Daisy. Daisy ne se moquerait pas de moi. Elle me prêterait des bas sans rien me demander en échange. Si on allait au cinéma, elle me laisserait choisir le film, et quand on prendrait le thé elle insisterait pour qu'on partage l'addition. Je me surpris à nous imaginer comme deux vieilles filles septuagénaires, décortiquant la note dans un hôtel miteux de province, pleines de rancune d'avoir gâché notre vie en la passant l'une avec l'autre. Cependant, vu la situation, il me sembla que j'avais tout à gagner à m'en faire une alliée. À cet effet, je la complimentai sur son cardigan (qui était en réalité vert menthe et plutôt hideux). Elle leva les yeux de sa machine à écrire, ne m'ayant visiblement pas entendue à cause du crépitement des touches, et je répétai ma remarque.

Elle me remercia gentiment sans toutefois me donner de précisions supplémentaires sur le vêtement ni, comme il est de coutume dans de tels échanges, me retourner un commentaire similaire sur ma propre tenue. Je persistai néanmoins.

« Il ne viendrait pas de chez Heaton, par hasard ? »

Ce n'était clairement pas le cas, mais ma question eut l'effet escompté.

« Mon Dieu, non ! s'exclama-t-elle. Je l'ai tricoté moi-même à partir d'un patron dans un magazine.

— Quelle bonne idée !

— Je vous prête volontiers le patron si vous voulez.

— Je crains de n'avoir jamais été très douée en tricot, dis-je, avant d'ajouter de façon parfaitement absurde : Peut-être que si je l'étais davantage, je n'aurais pas besoin d'un psy. »

Le sourire qu'elle m'adressa alors était teinté de pitié. Elle se remit à taper. Je me consolai en songeant que, puisque j'étais censée être cinglée, ce genre de remarques idiotes n'avait rien de surprenant. J'avais quand même un peu honte de tirer Rebecca vers le bas. Une fille aussi équilibrée que Daisy ne se lierait jamais d'amitié avec une cruche comme moi. Ses propositions de me prêter une paire de bas ou un patron de tricot n'étaient pas des gages d'amitié. Elle savait simplement que j'allais revenir à de nombreuses reprises et que j'aurais donc largement l'occasion de les lui rendre.

L'accroc dans le papier peint au-dessus de l'épaule de Daisy n'avait pas été réparé. Je le fixai des yeux en me demandant s'il ne s'était pas un peu agrandi. Le petit triangle décollé pendait comme une langue pâlichonne. Puisque j'ai promis de ne rien censurer, je me dois de noter les pensées qui me traversèrent alors. J'ai lu quelque part qu'il existait une pratique (une pratique sexuelle, je veux dire) consistant à appliquer la langue sur les parties intimes. Véridique ou pas, je n'en sais rien. En tout cas je ne saurais concevoir rien de plus terrifiant que d'avoir les parties génitales de quelqu'un près de ma bouche. Parfois, cependant, lorsque je me donne du plaisir, je mouille le bout de mon majeur et je m'imagine que c'est une langue miniature précisément engagée dans cette pratique. Je songeai au ravissement du Dr Braithwaite si je devais lui raconter cela, les psychiatres étant, c'est bien connu, obsédés par le sexe. Cette idée déclencha chez moi un fou rire.

Daisy releva la tête de son travail. Elle me sourit avec la même condescendance que précédemment. Les fous, comme on le sait, ont tendance à rire tout seuls sans raison apparente.

La porte du cabinet s'ouvrit et Mlle Kepler en sortit. Tandis qu'elle passait sa fourrure, elle se tourna vers moi. Nos regards se croisèrent, mais son expression resta impassible. Je suppose que la salle d'attente d'un psychiatre n'est pas le meilleur endroit pour faire la causette, et vu que j'étais néophyte, je ne voulais pas commettre d'impair. Comme la première fois, il y eut un intervalle de quelques minutes avant que Daisy m'invite à entrer.

Le Dr Braithwaite était assis au centre du divan, sous les fenêtres, les bras étendus le long du dossier, les jambes écartées de façon indécente. Il me salua d'un ton affable mais sans se lever. Je me présentai devant lui et il balaya la pièce de la main pour me signaler de choisir un siège. J'évaluai les différentes options mais restai debout. Braithwaite m'observait, et j'eus l'impression qu'il me soumettait à une sorte de test.

« Il y a un problème ? finit-il par me demander.

— Vous êtes assis à ma place, répondis-je.

— Ah bon ? fit-il d'un air innocent.

— Vous le savez pertinemment. Et vous faites ça pour essayer de me déstabiliser. »

Rebecca, avais-je décidé, serait le genre de personne à dire ce qu'elle avait sur le cœur. En cela, c'était mon opposé. Quand j'ai quelque chose sur le cœur, je le garde pour moi. Parfois pour des raisons de bienséance (il y a des choses qui ne se disent tout simplement pas), mais d'autres fois parce que j'aurais sinon le sentiment de révéler mon jeu ; qu'en me dévoilant, je conférerais un avantage à mon interlocuteur. Quoi qu'il en soit, je ne crois pas que les gens aient un grand intérêt pour ce que je pense réellement. Quand M. Brownlee me demande de quoi il a l'air avant de partir précipitamment pour une réunion (il est toujours en retard), il n'a pas envie d'entendre que sa chemise ne va pas avec son costume ou qu'il a une tache de soupe sur sa cravate. Il a envie d'entendre que tout va bien, et c'est ce que je lui dis. Mais ce n'est pas ce que ferait Rebecca Smyth. Rebecca lui dirait qu'il a l'air d'un clochard. Sauf que, pour commencer, Rebecca ne travaillerait pas pour M. Brownlee.

« Vous déstabiliser, répéta Braithwaite. C'est un terme intéressant. Vous voulez bien m'expliquer ce que vous entendez par là ? »

J'étais toujours debout au centre de la pièce.

« D'abord, je voudrais récupérer mon siège », dis-je.

Il fit une moue, comme s'il était impressionné par ma détermination, puis se leva et m'indiqua en tendant la paume que j'étais libre de m'asseoir. Une fois que je fus installée sur le divan, il répéta sa question. Je lui rétorquai que je pensais avoir été suffisamment claire et que s'il se mettait à vouloir disséquer chacune de mes phrases, nous n'irions nulle part.

« Et où est-ce que vous aimeriez aller ? » demanda-t-il.

Il était resté debout, les yeux droits dans les miens. Je fouillai dans mon sac pour y trouver mes cigarettes et m'en allumai une. Il s'assit dans la bergère en rotin qui paraissait si inconfortable. Je remarquai, pour la première fois, qu'il était pieds nus. Il croisa les jambes au niveau des chevilles et attendit.

« Eh bien, je ne sais pas exactement, finis-je par répondre.

— Mais vous aimeriez aller quelque part ?

— Sinon je ne serais pas là.

— Pourtant, quand vous êtes arrivée, vous avez été mal à l'aise en voyant que j'étais assis à la place que vous considérez comme la vôtre pour la seule raison que vous l'avez déjà occupée une fois. Quelqu'un d'autre aurait pu volontiers s'asseoir ailleurs, mais votre instinct vous poussait à retourner au même endroit qu'avant. »

Il marqua une pause, avant de lever les deux mains en l'air.

« Je l'admets, Rebecca, j'essayais de vous déstabiliser. C'est mon boulot de vous déstabiliser. Vous avez ce malaise et, en supposant que vous vouliez vous en débarrasser, quelque chose doit changer. Pourtant vous vous accrochez aux mêmes routines et habitudes, même en sachant que ce sont elles qui vous rendent malheureuse. Et plus vous vous obstinerez dans ces comportements, plus ils s'enracineront. Je ne crois pas que vous ayez d'affection particulière pour ce divan – à vrai dire, il est horriblement inconfortable –, mais malgré ça, vous préférez retourner à la place que vous connaissez plutôt que d'en essayer une nouvelle. »

C'était vrai. Ce divan était très inconfortable. Je sentais un ressort me rentrer dans la fesse. Braithwaite se leva de son siège et m'invita à en faire autant. Je ne bougeai pas. Je me sentais humiliée par son analyse, mais m'exécuter aurait été lui donner raison. Rebecca Smyth n'était pas du genre à se laisser malmener. Je lui répondis que je me trouvais très bien là où j'étais.

« Comment savez-vous que vous ne seriez pas encore mieux ailleurs ? »

Je soutins son regard un moment.

« Vous avez exprimé votre opinion, dis-je. Mais je

ne crois pas que me forcer à changer de place vous avancerait à grand-chose. »

Le Dr Braithwaite m'assura qu'il ne me forçait à rien. Il se contentait de me donner le choix. Si je ne voulais pas en profiter, c'était mon problème. Après quelques instants, il haussa les épaules et s'assit en tailleur par terre. Il me fixait de ses yeux globuleux, avec un air interrogateur. Il ne disait rien. Dans ce genre de situation, quelques secondes peuvent paraître une éternité. Sans l'aide d'une montre, il est impossible de savoir combien de temps s'est écoulé. Je pris peu à peu conscience de tout autour de moi : la touffe de poils qui sortait des narines de Braithwaite ; la tache en forme de navet sur la moquette élimée à côté de lui ; la peinture écaillée sur le montant de la porte derrière son épaule ; un léger sifflement, comme une lointaine bouilloire, qui venait peut-être du radiateur en fonte sous la fenêtre ; une vague odeur de plante émanant de l'appartement du dessous. Je commençai à me demander s'il n'était pas en train de m'hypnotiser, si c'était à ça que ressemblait l'hypnose : un spectaculaire ralentissement du temps. Je sentis en tout cas toute volonté m'abandonner et se soumettre à la sienne. Lorsque mes yeux se posèrent à nouveau sur son visage, il pinça les lèvres de façon presque imperceptible. Je compris ce qu'il essayait de me dire à travers cet infime mouvement : qu'il pouvait rester silencieux aussi longtemps que nécessaire, et qu'il le ferait jusqu'à ce que je change de place. Nous savions tous les deux que c'était ça qui se jouait, et que nous ne sortirions de cette impasse que lorsque j'aurais bougé.

De mon côté, je n'avais aucune envie de résister, mais Rebecca Smyth n'accepterait sûrement pas de se faire manipuler de la sorte. Elle était d'une autre trempe. Il n'y avait cependant pas d'alternative. Je me levai et balayai la pièce du regard. Mon premier réflexe aurait été d'opter pour la bergère en rotin, mais je me ravisai. Ce fauteuil était une carapace bien douillette. Braithwaite l'interpréterait comme un désir de protection. Je choisis à la place l'option la moins attrayante : la chaise en bois que Braithwaite occupait lors de ma première visite. Elle se trouvait à quelques pas derrière son épaule droite. Naturellement, je m'attendais à ce qu'il se lève pour aller prendre la place que je venais de libérer sur le divan, mais il se contenta de pivoter vers moi, de sorte qu'il était maintenant assis à mes pieds, comme un enfant attendant qu'on lui raconte une histoire. Je mesurai à quel point il était malin. C'était précisément l'issue qu'il escomptait. L'espace d'un instant, je me sentis en position dominante du haut de ma chaise. Puis je me rendis compte que, de sa place, il pouvait sans doute voir sous ma jupe, et que c'était probablement ce qui l'avait motivé à faire en sorte que je m'asseye là. Je penchai alors mes jambes sur la droite en gardant les chevilles et les genoux bien serrés.

« Maintenant que nous sommes confortablement installés, dit-il, pourquoi ne pas faire un jeu ?

— Je n'aime pas les jeux, répliquai-je.

— Celui-ci vous plaira, affirma-t-il sèchement. Vous me racontez votre plus ancien souvenir, et je vous raconte le mien.

— Et si je ne veux pas connaître le vôtre ? »

Il me dévisagea. Je me rendis compte qu'afin d'asseoir ma crédibilité en tant que patiente, j'allais bien devoir lui lâcher quelque chose. Ça ne tenait pas debout de le payer cinq guinées l'heure pour ne pas décrocher un mot, et je dois dire que le genre de narcissiques qui vont chez les psychiatres ne se font pas prier pour se répandre sur leur enfance.

« Je n'essaye pas de faire la difficile, repris-je d'un ton plus agréable, mais comment savoir quel est notre plus ancien souvenir ? Tout se mélange un peu, non ?

— Ce qui compte n'est pas que ce que vous me racontiez soit véritablement votre plus ancien souvenir. Comme vous le soulignez à juste titre, comment pourriez-vous en être sûre ? Ce qui compte est que ce soit une chose qui s'est gravée dans votre esprit. Je vois bien que vous avez déjà une idée en tête, alors arrêtez de me prendre pour un con et dites-moi à quoi vous pensez. »

Je fis mine de ne pas m'offusquer de son langage. Rebecca n'était pas une chochotte. De plus, comme d'habitude, il avait raison. Un affreux incident avait en effet refait surface dans ma tête. Je ne voulais pas trop en dire sur moi-même mais, n'ayant aucun talent pour la dissimulation, il était hors de question d'inventer quelque chose au pied levé. Dans tous les cas, le Dr Braithwaite verrait clair dans un tel stratagème.

Je devais avoir trois ou quatre ans, commençai-je. J'étais au supermarché Woolworth avec ma mère. Alors que nous passions dans le rayon des bonbons, je lui demandai si je pouvais avoir un sachet de gommes multicolores. Maman refusa. J'allais me couper l'appétit, me dit-elle. Elle me traîna à l'autre bout du magasin. Ce devait être l'hiver car je portais des bottes en caoutchouc rouges, et mes moufles, cousues à un cordon enfilé dans les manches de mon duffel-coat, se balançaient contre mes cuisses. Le sol en lino était glissant et maculé de boue. Quand nous arrivâmes au rayon couture au fond du magasin, je fondis en larmes. Je voulais un sachet de bonbons. Je n'avais jamais rien autant désiré de ma vie, et le refus de ma mère me semblait un acte de cruauté gratuite. Je me mis à hurler. Je hurlais de frustration, et parce que je voulais faire savoir aux autres clients que ma mère était un despote sans cœur. Les gens nous fixaient du regard. Maman, qui avait horreur du scandale en public, se pencha vers moi pour me parler d'une voix conciliante tout en me pinçant l'arrière du bras. Ce qui ne fit que redoubler mes pleurs. Une femme s'arrêta et nous demanda si tout allait bien. Maman augmenta la pression sur ma peau. C'était une bataille que je ne pouvais pas gagner. Mes sanglots se tarirent. Maman concentra de nouveau son attention sur le cahier de patrons qui l'intéressait tandis que, debout à ses pieds, je me frottais le bras.

À cet instant, je m'échappai discrètement et retrouvai le chemin du rayon confiserie. Hissée sur la pointe des pieds, j'attrapai sur le comptoir une poignée de bonbons que je fourrai dans ma bouche. Je tendis la main pour en prendre une autre poignée, que je cachai cette fois dans la poche de mon manteau. Je devais me croire invisible. Alors que j'attrapais une troisième puis une quatrième poignée, une paire de jambes apparut à côté de moi. Je levai les yeux. Un homme me regardait d'un air sévère. Il me demanda si j'avais l'intention de payer tous ces bonbons que j'avais dissimulés sur ma personne. Je ne me rappelle pas s'il avait employé exactement cette tournure, mais c'était quelque chose d'approchant. Je ne répondis pas. Je fourrai dans ma bouche les bonbons qui me restaient dans la main. La plupart tombèrent par terre. Je m'accroupis pour les ramasser. L'homme me saisit par le poignet et me tira pour me relever. Il me demanda où était ma mère. Je dis que je ne le savais pas. Puis, espérant lui inspirer de la pitié (il ne m'avait pas parlé méchamment), j'ajoutai que j'étais orpheline. L'homme me prit par la main et m'emmena dans le bureau au fond du magasin. On y accédait par un couloir qui sentait la sciure humide. J'avais le sentiment que je n'en ressortirais jamais. L'homme me souleva et me fit asseoir sur une chaise couleur moutarde. Il y avait une table jonchée de papiers. Des cartons vides étaient empilés le long des murs. Il me demanda mon prénom et, n'ayant pas encore l'âge d'en inventer un, je le lui donnai. Il sortit de la pièce. Je songeai à tenter une évasion. Il y avait une petite fenêtre tout en haut du mur au-dessus du bureau. Si je grimpais sur une pile de cartons, je pourrais m'y faufiler. Mais je savais que je n'irais pas loin avant qu'on me rattrape. Aussi restai-je assise à attendre mon sort. J'imaginais qu'on m'enverrait en prison et que je ne reverrais jamais ma famille.

Quelques minutes plus tard, maman arriva dans le bureau. Elle se répandit en excuses pour les ennuis que j'avais causés. Elle me prit la main et je me laissai glisser au bas de la chaise en pensant que mon calvaire était fini. J'avais tort. L'homme expliqua à ma mère qu'il m'avait surprise en train de voler et me demanda de retourner mes poches. Je fus prise d'une brusque envie d'uriner et serrai les genoux l'un contre l'autre. Il tendit la paume et j'y déposai docilement le contenu de mes poches. Je n'osais pas regarder ma mère. Les petites gommes colorées étaient couvertes de peluches de laine. Maman renouvela ses excuses. C'était la première fois que je faisais une chose pareille, dit-elle. Elle m'agrippa le poignet très fort et commença à me tirer vers la porte. L'homme lui barra le chemin.

« Je crains qu'il vous faille payer ces articles, dit-il. Nous n'allons quand même pas les remettre en vente maintenant qu'ils ont séjourné dans les poches sales de votre fille, n'est-ce pas ? »

Il laissa échapper un petit rire.

Maman dut prendre terriblement ombrage de l'accusation selon laquelle l'intérieur des poches de sa fille était sale. Elle sortit son porte-monnaie sans un mot et lui remit la somme qu'il demandait. L'homme lui rappela alors qu'elle devait aussi fournir un coupon de son carnet de rationnement. Ma mère protesta mais, insista-t-il, le vol était une chose, le marché noir en était une autre. L'enseigne F. W. Woolworth ne pouvait se permettre d'être impliquée là-dedans. Ma mère lui tendit son carnet de rationnement et l'homme se mit en quête d'une paire de ciseaux pour découper le coupon correspondant. N'en trouvant pas, il rendit à ma mère son carnet intact, jugeant sans doute avoir suffisamment marqué le coup. Dehors, maman m'entraîna dans une ruelle et me tint par le bras pendant qu'elle me donnait une fessée. Au cours du dîner ce soir-là, l'incident fut rapporté à mon père avec force détails, en insistant particulièrement sur l'humiliation subie. Papa réagit en me disant d'une voix douce que je devais faire de mon mieux pour ne pas contrarier ma mère. Le lendemain soir, en allant me coucher, je trouvai un petit sachet de gommes multicolores sous mon oreiller.

Peu de temps après cet incident, maman se procura une sorte de harnais consistant en un ensemble de fines sangles en cuir blanc qui s'ajustaient sur mon torse et qu'on pouvait tenir par derrière comme les rênes d'un cheval. La motivation de ma mère était, j'en suis sûre, moins la crainte que je lui échappe que celle de voir se répéter pareille humiliation. Pendant des années après cela, on me mettait en garde contre toute imprudence par les mots : « Tu ne vas pas nous refaire un Woolworth, n'est-ce pas ? » Cette phrase passa dans le jargon familial au point qu'on en oublia l'origine. Elle devint un avertissement fourre-tout contre toute action risquant d'avoir des conséquences imprévues. C'est seulement devant la perplexité de mes camarades de classe que je m'aperçus que ce n'était pas une expression courante.

Mais c'est le harnais qui eut sur moi l'effet le plus déterminant. Si l'objectif de ma mère était de me mater, ce fut raté. Rien ne me plaisait plus que de sentir ces sangles sur ma poitrine et de tirer dessus comme un chien sur sa laisse. Chaque fois que nous sortions, je m'éloignais de ma mère de quelques pas de trop pour qu'elle soit obligée de m'attacher en marmonnant quelque chose comme « encore un Woolworth ». La sensation d'être ainsi bridée me provoquait un picotement entre les jambes semblable à celui que je ressentais quand j'avais envie d'uriner mais que je devais me retenir. Plus tard, quand j'appris le mot « frisson », je trouvai qu'il décrivait parfaitement ce que j'éprouvais.

À un moment, cependant, maman décréta qu'il n'y aurait plus de harnais. Ce n'était pas pour les grandes filles. « Si tu veux t'enfuir et te faire écraser par un omnibus, qu'à cela ne tienne », déclara-t-elle. Même à l'époque, je ne crus pas qu'elle était aussi indifférente que ça à mon sort, mais plutôt qu'elle cherchait à me priver du plaisir d'être ainsi entravée.

J'étais entièrement absorbée par le récit de cette ridicule anecdote. Pendant tout le temps où je la lui racontais, le Dr Braithwaite était resté parfaitement immobile. Ses yeux ne m'avaicnt pas quittéc, pourtant je ne m'étais pas sentie gênée. En arrivant au bout, c'était comme si je reprenais connaissance après un évanouissement, et je compris pour la première fois que des gens en apparence rationnels soient prêts à dépenser cinq guinées pour le privilège de s'asseoir une heure dans le cabinet du Dr Braithwaite. L'histoire que je venais de raconter ne revêtait pour moi aucune importance particulière. Dès que j'eus « retrouvé mes esprits », je le fis savoir. J'avais l'impression d'en avoir trop révélé sur moi, et que Braithwaite allait pouvoir deviner des tas de choses grâce à mon récit. Ce en quoi je n'avais pas tort. Il me pressa de lui en dire davantage sur ce harnais.

« Il n'y a rien à dire », répondis-je.

J'omis de préciser qu'encore à ce jour il était pendu à un crochet dans l'arrière-cuisine. Et aussi que, pendant des années après sa mise hors d'usage, je demandais à Veronica, sous prétexte de jouer au cheval et au cocher, de me l'attacher. Pour être honnête, je continue d'en rêver.

Braithwaite ne me rudoya pas. Son ton querelleur d'un peu plus tôt avait cédé la place à quelque chose de plus doux. Même sa voix avait perdu sa rugosité.

« Vous avez employé un mot intéressant, dit-il. "Entravée". C'est un mot très intéressant. À votre avis, pourquoi aimez-vous être entravée ?

— Je n'ai pas dit que j'aimais être entravée, protestai-je. Je parlais d'une expérience enfantine. Ça n'a pas grande importance.

— C'est pourtant l'histoire qui vous est venue à l'esprit et que vous avez choisi de me raconter. »

Je me sentais affreusement exposée.

« "Me priver du plaisir d'être ainsi entravée", répéta-t-il. Très joliment formulé, si je puis me permettre. Avez-vous jamais songé à noter vos pensées dans une sorte de journal ? »

J'étais secrètement flattée que mes mots suscitent son approbation.

« Je n'ai pas d'ambitions de ce côté-là », répondis-je, lui suggérant à la place qu'il pourrait s'en servir dans son prochain recueil d'études de cas.

Il ignora cette remarque condescendante.

« Je ne dis pas que ce serait nécessairement intéressant à lire pour quelqu'un d'autre, précisa-t-il. Mais l'exercice vous semblerait peut-être profitable. »

Je sortis une cigarette de mon paquet, l'allumai et recrachai une volute de fumée.

« Votre mère m'a l'air d'un curieux personnage, dit-il. Vous étiez proche d'elle ?

— On n'a pas vraiment le choix quand on est enfant, si ? »

Braithwaite fit remarquer que c'était une réponse intéressante.

« Elle est morte quand j'avais quinze ans, expliquai-je.

— Et si vous me parliez de ça ? »

Je m'aperçus que nous nous aventurions sur un terrain glissant et rétorquai que la séance devait bientôt toucher à sa fin. À quoi Braithwaite répondit qu'il n'était pas du genre à avoir l'œil vissé sur sa montre.

Il n'était pas question que je lui raconte les circonstances de la mort de ma mère, car elles étaient si extraordinaires qu'elles lui révéleraient à coup sûr mon lien avec Veronica. C'était arrivé alors que nous étions en vacances dans le Devon. Papa appelait ça la Côte d'Azur anglaise, et cela ne m'en paraissait que plus morne. Si maman et moi avions une seule chose en commun, c'était de haïr les vacances. Je trouvais pénible la façon qu'avait papa de toujours insister pour qu'on « fasse quelque chose », et maman se plaignait de tout, depuis la nourriture de l'hôtel jusqu'à la propreté des draps, en passant par le prix d'un thé au lait. Papa ignorait ses lamentations et, pour lui être agréable, je faisais semblant de m'amuser.

C'était une journée ensoleillée mais venteuse. Nous nous promenions sur la falaise à Babbacombe. Veronica et mon père avaient disparu derrière un tournant du sentier. Ils discutaient des caractéristiques géologiques de la région et j'avais délibérément ralenti l'allure pour ne plus les entendre. Maman, qui détestait toute forme d'activité physique, était quelques mètres devant moi. Il est impossible de marcher derrière quelqu'un sur un étroit sentier de falaise sans que l'idée de le pousser dans le vide vous effleure l'esprit. C'était précisément à ça que je pensais (un coup sec, les deux mains dans le dos) quand maman se retourna pour vérifier que j'étais toujours là et se tordit la cheville. L'espace d'un instant, elle agita vainement les bras dans l'espoir de retrouver l'équilibre, avant de basculer en arrière au bord de la falaise. Son visage n'exprimait pas de la peur, mais plutôt une sorte de déception lasse, comme chaque fois que je lui faisais honte en public. On n'imagine pas le nombre de pensées qui peuvent vous traverser la tête en un si court laps de temps, mais entre le moment où maman a perdu l'équilibre et celui où elle a commencé à tomber en arrière, j'en étais arrivée à la conclusion que, si j'essayais de la sauver, l'issue la plus probable serait qu'elle m'entraîne avec elle. Aussi suis-je restée immobile à la regarder. Ce n'était pas tant un instinct de survie qui avait guidé ma conduite que l'idée de mourir d'une façon si inélégante. Ce n'était pas le corps brisé de ma mère que je visualisais sur les rochers en contrebas, mais le mien ; ma jupe remontée jusqu'à la taille, ma culotte exposée au premier écolier ricanant qui passerait par là. Il se trouve qu'à cette époque je me pâmais bêtement d'admiration pour les poèmes de Keats et que, comme lui, j'étais « presque amoureuse de la mort apaisante ». J'avais décidé de me suicider avant mes vingt-cinq ans. Mais cela devait se produire à un moment et un endroit de mon choix, pas à cause d'une chute idiote du haut d'une falaise du Devon (où était la poésie là-dedans ?). La méthode pour laquelle j'avais opté était de m'enfoncer dans la mer d'un pas lent mais déterminé, les poches remplies de pierres, les yeux rivés sur l'horizon. Après ça, la seule trace de mon existence serait un foulard turquoise ballotté par la houle.

Je restai un moment sans bouger avant de me retourner pour voir si quelqu'un avait été témoin de l'accident. Le sentier était désert. Je m'avançai timidement vers le bord pour regarder en bas. Maman gisait sur le dos, les bras le long du corps. Si elle n'avait pas été habillée, on aurait pu croire qu'elle prenait un bain de soleil (bien qu'elle eût horreur de cela). Il ne faisait aucun doute qu'elle était morte. Par la suite, certains feraient observer que je m'étais comportée avec grand calme. Je ne criai pas à l'aide. À quoi aurait-ce servi ? Je ne courus pas non plus sur le sentier d'une façon qui aurait pu mettre ma vie en péril. À la place, je marchai d'un pas vif jusqu'à retrouver papa et Veronica qui patientaient sur un banc. Quand je les rejoignis, papa me demanda où était maman et je le lui dis. Il me dévisagea d'un air incrédule puis partit en courant sur le sentier avec une telle imprudence que je faillis lui crier qu'il n'avait pas besoin de se presser. Lorsqu'il revint, il était blanc comme un linge. Il nous attrapa, Veronica et moi, et nous tira par le bras en serrant mon poignet si fort que j'eus l'impression qu'il m'en voulait pour ce qui s'était passé. Veronica se mit à pleurer et, comme cela me semblait de rigueur en pareilles circonstances, je décidai d'imiter ses petits sanglots hachés. Quand je dus raconter ma version des faits aux policiers, ils parurent satisfaits. Plus tard, je la répétai lors de l'enquête (à ce stade, je la connaissais par cœur) et la magistrate, une femme d'une cinquantaine d'années qui aurait pu être jolie sans ses hideuses lunettes à écailles, me dit que je m'étais conduite d'une façon exemplaire et que je ne devais pas m'en vouloir de ce qui était arrivé. Je baissai les yeux et hochai la tête avec gravité.

Quand Veronica et moi revînmes à St Paul après les vacances, je constatai que mon statut auprès de mes camarades s'était nettement amélioré. On me traitait avec une révérence d'ordinaire réservée aux filles qui professaient avoir « fait la chose ». La directrice, Mlle Osborn, nous convoqua dans son bureau pour nous dire que, si nous avions besoin de sortir de la classe par moments, nous y étions autorisées, mais que nous ne devions pas pour autant nous servir de notre malheur comme d'un prétexte pour négliger nos études. À cet instant, elle fixa ma sœur du regard et ajouta : « Surtout toi, Veronica, en qui nous plaçons tant d'espoirs. »

Inutile de dire que le sujet n'était jamais abordé à la maison. La politique de papa fut de se comporter comme si rien n'avait changé. Les vêtements de maman sont encore aujourd'hui pendus dans l'armoire, et sa coiffeuse est restée telle qu'elle l'avait laissée. Si ça ne tenait qu'à moi, j'aurais tout brûlé, mais il semblait tirer un plaisir mélancolique de la présence de ces objets. Une ou deux fois, je l'ai épié par la porte de la chambre, assis à la place de ma mère à les manipuler, et je me suis sentie terriblement coupable, comme si tout son chagrin était de mon fait.

Ne pouvant divulguer cela, je racontai au Dr Braithwaite que maman s'était fait renverser par un bus sur Oxford Street. Le bus numéro 7. Je ne savais même pas si le 7 passait par Oxford Street, mais je sentais que ce détail apportait de l'authenticité à mon histoire. Je ne pouvais pas imaginer que Braithwaite soit du genre à se déplacer en bus.

« Le numéro 7 ? répéta-t-il.

— Enfin, je ne suis pas sûre du numéro, je n'étais pas là. Apparemment elle est descendue du trottoir sans regarder, et voilà.

— Ça n'a pas l'air de beaucoup vous affecter.

— C'était il y a dix ans.

— Et sur le moment ? demanda-t-il.

— Sur le moment quoi ?

— Ça vous a affectée ?

— Je suppose. Je ne m'en souviens pas. »

Braithwaite m'observa pendant peut-être une minute. J'étais persuadée qu'il n'en croyait pas un mot. D'ailleurs, pourquoi m'aurait-il crue ?

Toujours assis en tailleur, il se releva comme une marionnette tirée vers le haut par des fils invisibles. Je le pris comme un signal que ma visite touchait à sa fin. Il me laissa rassembler mes affaires et sortir en silence. Il semblait ne faire aucun doute pour lui que je reviendrais la semaine suivante.

Une fois dehors, il ne me parut pas nécessaire de répéter mon petit numéro stupide de la fois d'avant. J'étais sûre d'en avoir largement assez fait pour convaincre Braithwaite que je n'étais pas saine d'esprit. Je m'arrêtai néanmoins pour inspecter mon travail. J'ôtai un de mes gants et passai les doigts sur l'endroit du réverbère que j'avais limé. Je le trouvai d'une douceur agréable. C'est à ce moment que la rue se mit à tanguer. Ce n'était guère plus qu'une légère ondulation au début, comme si le trottoir était soulevé par la houle. Mais je dus néanmoins appuyer ma paume au réverbère et planter mes deux pieds dans le sol pour garder l'équilibre. Le tangage devint alors plus sévère. La rue entière pencha, d'abord à gauche, puis à droite. Je fus contrainte d'enlacer le réverbère de mes deux bras. Je fermai les yeux et pressai ma joue contre le métal. Inutile de paniquer, me dis-je. Ça passerait. Et, en effet, ça passa. Le tumulte se dissipa presque aussi vite qu'il était survenu. Je rouvris les yeux. Une femme plus large que haute me regardait d'un air réprobateur. Sa corpulence devait faire office de lest. Je me reculai prestement du réverbère et lui souhaitai une bonne soirée. Elle ne me répondit pas. Sans doute pensa-t-elle que j'étais ivre.

Je m'éloignai en direction de Primrose Hill. Ignorant la maxime de ma mère selon laquelle seules les catins fument dans la rue, je sortis mes cigarettes de mon sac. Depuis le jour où j'ai commencé à fumer, j'aime ça par-dessus tout. Fumer est un voile, j'en savoure tous les aspects : tapoter le paquet de son doigt ganté pour en extraire une cigarette ; le grincement métallique du briquet ; l'odeur âcre de l'essence ; la première inhalation profonde et le panache bleu de la fumée recrachée ; la légère obscénité du rouge à lèvres sur le filtre ; le plaisir douillet de simplement tenir une cigarette entre l'index et le majeur. J'adore regarder les femmes fumer. Une femme qui fume ne se sent jamais seule, mais solitaire. Elle est sensuelle, expérimentée. Les hommes ne savent pas fumer. Pour eux, c'est une fonction utilitaire, comme aller aux toilettes ou prendre le bus. C'est toujours annexe à une autre activité, jamais une chose en soi. Je n'avais pas vu Tom (ou quelque chose comme ça) fumer. J'imaginais qu'il optait pour ces fines cigarettes russes, ou peut-être une pipe, comme le font certains jeunes gens afin de se donner un air intellectuel. Mais Tom n'avait pas besoin de ce genre d'artifices. Comment avait-il tourné ça, déjà ? « Le hasard fait bien les choses. » Et, en terminant sa phrase, il m'avait regardée droit dans les yeux. C'était comme le claquement d'une petite cymbale. Ça aussi, c'était le hasard ? Ou bien le simple fait qu'il ait employé ce terme suggérait-il précisément l'inverse : qu'il m'avait guettée, armé par avance de mots enjôleurs et doux à l'oreille. Quelle femme pouvait résister au hasard ?

Il y avait une cabine téléphonique au coin de la rue. J'appelai à la maison pour prévenir que je ne rentrerais pas dîner. Ce fut, comme toujours, Mme Llewelyn qui répondit. Nous avons chez nous deux téléphones, un sur le bureau de mon père, un autre dans l'entrée. Mais, où qu'elle soit, Mme Llewelyn réussit toujours à décrocher avant la troisième sonnerie. Je la chargeai de prévenir papa que je ne serais pas là à temps pour dîner et qu'il ne fallait pas m'attendre. Bien sûr, cette information concernait au premier chef Mme Llewelyn, puisque c'était elle qui préparait et servait les repas, mais je pris un malin plaisir à la traiter comme un simple intermédiaire qui ne méritait pas d'être considéré comme une personne à part entière. Une petite rebuffade qui ne lui échapperait pas. Et puis, à mon père, je me serais sentie obligée d'expliquer la raison de mon retard. « Oh, c'est merveilleux, bravo ma chérie », l'imaginais-je me répondre, comme à une gamine qui aurait réussi à faire dans son pot. Ensuite, il y aurait eu le discret interrogatoire pour savoir « comment ça s'est passé ». Papa me demande sans cesse si je n'ai pas rencontré un beau garçon, et je suis blessée qu'il ait l'air si impatient de me voir dans les bras d'un autre homme.

C'est seulement après avoir raccroché et nettoyé mes empreintes sur le combiné que je commençai à envisager ce qui pourrait « se passer » avec Tom. Je me mis à marcher lentement autour du parc. J'avais accepté son invitation sans réfléchir aux conséquences. Alors que je longeais le côté est, je songeai aux indignités auxquelles il espérait peut-être me soumettre. Je l'imaginai me traîner dans le buisson à ma gauche et essayer de m'écarter les cuisses de force. Je ne doutais pas qu'un beau jeune homme comme lui avait déjà écarté les cuisses de nombreuses femmes, et il se pouvait même que quelques dévergondées se soient offertes à lui sans résistance. Je pensai à la pauvre Lady Chatterley, qui s'était avilie avec le garde-chasse Mellors. Il y avait des limites à ce que je serais prête à endurer. À St Paul, les autres filles avaient souvent des conversations animées au sujet du Pénis, en particulier à propos de ses dimensions. Il n'était pas toujours possible de me tenir à l'écart de ces discussions, ni plus tard de chasser de mon esprit les images invoquées. En ce qui me concerne, je ne vois pas pourquoi aucune femme souhaiterait voir ses parties intimes violées par le membre viril, quelle qu'en soit la magnitude. À ce que je comprends, cet aspect de l'acte sexuel n'existe que pour la gratification de l'homme, charge ensuite à la femme de se satisfaire elle-même.

Mais avant que j'aie besoin de m'inquiéter de ce genre de choses, il y aurait d'abord la question tout aussi déroutante de la conversation. Comme cela doit maintenant sauter aux yeux, c'est une activité pour laquelle j'ai peu d'aptitude. Dans les endroits publics, il m'arrive parfois d'écouter discrètement les gens autour de moi dans un souci de mimétisme. Plus tard, dans ma chambre, je me répète des phrases tout haut comme un enfant qui pratique ses gammes, mais ça ne sonne jamais juste. C'est à cause de ma mère. « La culture, c'est comme la confiture, moins on en a, plus on l'étale », aimait-elle à dire, et j'ai naturellement retenu la leçon. Les personnes volubiles étaient invariablement qualifiées de « moulins à parole », une expression qui à mes jeunes oreilles convoquait des images fantasmagoriques effrayantes.

Arrivée au bout de ma boucle autour du parc, je regrettais amèrement d'avoir accepté l'invitation de Tom. Je marchai jusqu'au banc sur lequel je m'étais envolée la semaine précédente. J'eus beau l'observer sous toutes ses coutures, il ne m'évoqua rien d'autre qu'un vulgaire banc public. Il ne montrait aucun signe de vouloir déguerpir dans les buissons, ni d'être en capacité de le faire. C'était un objet inanimé. Rebecca se moqua des idées farfelues que j'avais eues. « C'est juste un banc, espèce de gourde ! » ricana-t-elle. Je lui répondis qu'elle avait raison. J'étais une gourde. J'avais appris de longue date que les bourreaux sont souvent désarmés quand vous admettez qu'ils disent vrai. Nous nous assîmes côte à côte. Rebecca déclara qu'elle se chargerait de Tom. Après tout, c'était elle qu'il avait invitée. Je n'aurais qu'à tenir ma langue et éviter de tout gâcher. J'acquiesçai d'un hochement de tête solennel. Si des cuisses devaient être écartées de force, ce seraient celles de Rebecca, pas les miennes.

Le bitume du chemin luisait comme de l'encre. Je m'imaginai marcher dedans et m'enfoncer lentement jusqu'à la taille, puis jusqu'aux épaules, avant qu'il engloutisse ma tête sans laisser aucune trace de moi. L'homme au chien noir s'approcha et s'arrêta devant nous. Le chien leva la patte contre la traverse métallique du banc, et un filet d'urine ruissela vers mes chaussures.

« Ça va mieux, on dirait ? » fit l'homme.

Rebecca lui répondit en des termes que j'aurais eu honte d'employer. L'homme secoua la tête et passa son chemin en marmonnant dans sa barbe.

J'arrivai au Pembridge Castle à 18 h 40. Tom n'avait pas précisé si nous devions nous retrouver à l'extérieur ou à l'intérieur du pub, mais comme il n'était pas devant la porte et que j'étais volontairement en retard de dix minutes, je supposai qu'il devait m'attendre dedans. Les seuls établissements publics que j'avais jamais fréquentés jusque-là étaient les auberges chics du Devon ou du Hertfordshire. L'image que je me faisais de l'intérieur d'un pub londonien ressemblait à un tableau de Jérôme Bosch, peuplé de prostituées, de dockers, de dipsomanes et d'invertis, tous ivres morts et se livrant aux actes les plus licencieux. Mais une femme indépendante et moderne comme Rebecca Smyth n'aurait aucun scrupule à pénétrer dans un endroit pareil. Je pris donc une grande inspiration, me redressai de toute ma hauteur et poussai la porte.

L'éclairage de la salle était agréablement lumineux. Les meubles et les appliques étaient en bois foncé. À droite de l'entrée, un homme coiffé d'une casquette était assis à une table devant une pinte de bière et un journal. Debout au bar, deux autres hommes en costume rayé discutaient à voix basse, un verre de whisky à la main. Trois ouvriers du bâtiment se tenaient autour d'un pilier, des pintes de bière dans leurs grosses paluches sales. Tom n'était nulle part en vue. Derrière le comptoir, le patron était penché sur son journal. Jusque-là, personne ne semblait avoir remarqué ma présence, si bien que j'aurais encore facilement pu battre en retraite et attendre dehors mais, quand la porte se referma, le bruit fit relever la tête au patron, qui regarda dans ma direction. Son expression demeura impassible, comme s'il avait l'habitude de voir des femmes seules entrer dans son établissement. Cela me rassura quelque peu, tout comme le fait que sa chemise, du moins à cette distance, paraissait propre et repassée. Je jetai un coup d'œil à ma montre puis, consciente de son regard sur moi, allai m'asseoir sur la banquette qui occupait toute la longueur du mur à ma droite. Je posai mon sac à mes pieds et, afin de donner l'impression que j'étais à l'aise, ôtai lentement mes gants. J'étais à présent assez près des deux hommes au bar pour entendre que leur conversation concernait la vente d'une propriété dans les environs. Le plus petit des deux avait le teint rougeaud. La chaîne d'une montre à gousset traversait sa bedaine. Comme j'étais pile dans sa ligne de mire, il inclina la tête dans ma direction, de sorte que son compagnon pivota pour jeter un regard par-dessus son épaule. Il me jaugea ouvertement avant de hausser brièvement les sourcils, comme pour exprimer son approbation. Puis il se retourna vers l'autre et fit une remarque que je ne parvins pas à entendre. Je sentis des picotements sur mon cuir chevelu. Peut-être pensaient-ils que je cherchais des clients et que le fait de retirer mes gants était la première étape d'un numéro de strip-tease. Au bout de quelques minutes, le patron poussa un grand soupir théâtral, souleva l'abattant au bout du comptoir et s'avança jusqu'à ma table.

« Qu'est-ce que je vous sers, mademoiselle ? » demanda-t-il d'un ton qui n'était ni amical ni hostile.

Je lui répondis que j'attendais un ami.

Il m'informa que son établissement n'était pas une salle d'attente.

« Oui, bien sûr », dis-je.

Je commandai un gin-fizz, car j'avais cru comprendre que c'était ce qu'on buvait à Paris.

Il pouffa et me demanda si un gin-tonic ferait l'affaire. Je rétorquai que ce serait tout à fait satisfaisant. Les deux hommes au bar avaient suivi notre échange d'un air amusé. Quand le patron revint au comptoir, le petit au teint rougeaud le taquina sur son inaptitude à préparer un gin-fizz.

« Il est interdit de servir des gin-fizz en Angleterre depuis la loi sur les débits de boissons de 1902, section 19, paragraphe 2, répliqua-t-il.

— Et c'est aussi interdit de me resservir ? » demanda l'homme en tendant son verre vide.

Tout ceci fut prononcé sur un ton exagérément comique, comme s'il s'agissait d'un numéro de music-hall. Le patron remplit à nouveau leurs verres avant de préparer le mien, qu'il m'apporta sur un plateau avec ostentation.

« Ça nous fera deux shillings et six pence, madame la marquise », déclara-t-il.

Il essayait, je crois, de signifier par là que je bénéficiais d'un traitement de faveur mais qu'il ne m'en voulait pas pour autant. L'attribution de surnoms, même moqueurs comme celui-ci, est une façon d'exprimer son acceptation. On ne m'avait encore jamais donné de surnom et j'en fus plutôt flattée. Je tendis trois shillings au patron en lui disant de garder la monnaie.

« Merci bien ! s'exclama-t-il. Continuez comme ça et je vais finir par vous le faire, ce gin-fizz. »

Je sentis une bouffée de chaleur. J'imaginai un futur dans lequel je serais devenue une habituée du Pembridge Castle, connue de tout le monde sous le sobriquet de « Mme la marquise ». Le patron me ferait des gin-fizz, et les gens appelleraient bientôt ce cocktail un « Marquise », d'abord seulement au Pembridge Castle, puis dans tout Londres. On m'attribuerait une rubrique dans le *Woman's Journal*, intitulée « Les conseils de Mme la marquise », dans laquelle je prodiguerais des avis sur les bonnes manières, les arts et la mode. Je serais invitée à des avant-premières de cinéma et de théâtre, je dînerais en compagnie de Laurence Olivier, avec qui la rumeur dirait que j'entretiendrais une liaison.

Je regardais les bulles de tonic monter à la surface de mon verre et éclater. Si Veronica avait été là, elle se serait lancée dans une explication scientifique du phénomène. Comme le patron m'observait, je bus une gorgée. Je sentis d'abord les bulles, telles des piqûres d'épingle sur ma langue, suivies d'un goût âcre comme celui des choux de Bruxelles trop cuits, puis, en avalant, d'une sensation de brûlure dans ma gorge. Cela était fort désagréable et me fit tousser. Mais j'étais quand même en train de boire un gin-tonic dans un pub londonien sans désastre à signaler (jusque-là).

Le pub se remplissait. Le patron tirait des pintes pour les trois ouvriers, dont je compris à leur accent qu'ils étaient gallois. Pendant qu'il attendait sa bière, le plus gros des trois me dévisageait ouvertement. C'était un grand gaillard, de plus d'un mètre quatre-vingts, avec d'énormes épaules arrondies et un ventre qui cachait le haut de son pantalon. Il me regardait fixement, le menton sur la poitrine et la bouche béante, comme un saint-bernard. Je détournai les yeux. Chaque fois que la porte s'ouvrait, je maudissais Tom de m'avoir mise à la merci de ces brutes. Ce n'était qu'une question de temps, sentais-je, avant que l'un d'eux ne vienne m'aborder pour « tenter sa chance » avec moi. Mais ce serait encore plus humiliant si, bien que je fusse la seule femme présente, aucun ne m'accordait cette douteuse galanterie.

Une chose que j'ai apprise en travaillant chez M. Brownlee est que je ne suis ni assez quelconque ni assez jolie pour donner envie de flirter avec moi. Les hommes flirtent avec les filles quelconques parce qu'ils ont pitié d'elles, et parce qu'ils savent qu'une fille quelconque ne sera jamais assez stupide pour prendre leurs flatteries au sérieux. Les filles quelconques savent qu'elles le sont. Les hommes flirtent avec les jolies filles pour se prouver de quoi ils sont capables. Ils s'attendent à être snobés. Mais cette joute imprudente est une parade contre le regret, des années plus tard, quand ils seront coincés avec une femme médiocre et des enfants médiocres, de n'avoir pas tenté leur chance. Sauf que, tout comme les filles quelconques se savent quelconques, les jolies filles se savent jolies. Si une fille quelconque n'a d'autre choix que de sauter sur le premier venu dont les avances ne relèvent pas de la plaisanterie, le dilemme de la jolie fille est différent. À force de croire le flot de ses prétendants intarissable, elle risque de s'habituer à les éconduire systématiquement et de se retrouver tout d'un coup à trente ans, plus si jolie que ça, vouée à une triste existence de célibat. Les hommes, quant à eux, n'ont pas ce genre de dilemmes. De la même façon que les jolies filles se savent jolies, les beaux hommes se savent beaux.

En revanche, les hommes laids n'ont pas l'air de le savoir. J'ai souvent vu les hommes les plus affreux aborder les filles les plus ravissantes, indifférents au fait qu'ils contrarient par là l'ordre naturel des choses. Ce manque de lucidité des hommes sur eux-mêmes serait grotesque si les femmes ne les y encourageaient pas. Je ne compte pas le nombre de fois où j'ai observé une jolie fille au bras d'un homoncule repoussant. En revanche je n'ai jamais vu le contraire. L'explication à cela est simple : la malédiction de la jolie fille est que tout le monde la croit idiote. On présume qu'elle n'a rien d'autre à faire qu'avoir l'air jolie pour attirer un partenaire. Mais, d'après mon expérience, il n'y a aucune corrélation entre l'intelligence et la beauté. J'ai connu des jolies filles parfaitement capables de tenir des conversations brillantes et, inversement, des filles quelconques dont l'esprit était tout aussi défectueux que leur physique. La jolie fille au bras d'un homoncule ne fait rien d'autre que déclarer son intelligence à la face du monde. Et le monde la regarde avec admiration, à la fois pour elle et pour lui. Il me semble pourtant qu'il ne saurait y avoir plus grande preuve de bêtise que de choisir un homme laid quand on pourrait en avoir un beau. Si, à l'inverse, on voyait un bel homme avec une fille quelconque à son bras, on le regarderait avec pitié. Et on regarderait la fille avec haine pour avoir eu le culot de prendre ce qu'elle ne méritait pas.

Mais moi, donc, je ne suis ni assez quelconque ni assez jolie pour qu'on ait envie de flirter avec moi. Je suis dans la catégorie des filles moyennes, avec qui le flirt n'est ni une bouffonnerie dégradante ni une tentative pour approcher le soleil, à la Icare. Flirter avec une fille moyenne est un pari risqué, car nous pourrions bien – c'est même assez probable – le prendre au sérieux. Et avant que le pauvre type ait le temps de dire ouf, il se retrouve avec un polichinelle dans le tiroir et un rendez-vous en urgence devant M. le maire.

Tout ceci me rendait perplexe quant à l'attitude de Tom à mon égard. Inutile de dire que j'avais disséqué dans tous les sens notre première brève conversation et, quel que soit l'angle sous lequel on la considérait, il était impossible d'échapper à la conclusion qu'il flirtait avec moi. Son insistance pour m'accompagner vers ma destination pouvait, à la rigueur, être interprétée comme innocente, mais pas son commentaire affirmant qu'il n'avait pas l'intention de m'agresser. S'il avait dit cela, c'était bien que l'idée d'une agression lui avait traversé l'esprit. Mais, plutôt que de la garder pour lui, il me l'avait mise en tête, sous le prétexte fourbe de m'assurer qu'il ne passerait pas à l'acte. Le tout, bien sûr, sur le ton de la badinerie. Une plaisanterie peut toujours être excusée comme telle, raison pour laquelle c'est le répertoire classique des rapports de séduction. Je n'ai quant à moi aucun sens de l'humour. Je ne suis pas assez vive d'esprit pour placer à brûle-pourpoint une remarque spirituelle dans la conversation, et j'ai une tendance idiote à prendre les plaisanteries au pied de la lettre. Si j'avais été plus versée dans l'art de la séduction, j'aurais répondu – d'un ton malicieux, bien sûr – que rien ne me plairait davantage que d'être agressée par lui. Nous aurions ri en chœur, montrant par là que nous n'étions pas plus sérieux l'un que l'autre, tout en sachant que nous venions de sceller une sorte de pacte complice.

Le fait que Tom ait flirté avec moi, si nous pouvons désormais le considérer comme acquis, nécessite une explication. Tom est sans conteste un bel homme (plus je pense à lui, plus je le trouve beau), et je suis une fille moyenne. À un détail près : Tom ne flirtait pas avec moi, il flirtait avec Rebecca, et Rebecca n'est pas une fille moyenne. Rebecca est une jolie fille. Le genre de fille habituée à ce qu'on flirte avec elle, et dont on n'attend pas qu'elle le prenne au sérieux.

J'ouvris mon sac à main pour en sortir mon rouge à lèvres et mon poudrier. Il s'en échappa une odeur rance. Je me remaquillai rapidement. Si je devais être une jolie fille, il fallait que je me donne le même mal qu'elles. Du coin de l'œil, je vis une des trois brutes près du pilier donner un coup de coude à ses compères. Je me tournai vers la porte, qui s'ouvrit pile à cet instant. Ce n'était pas Tom. Deux hommes et une femme avec une coiffure à la mode entrèrent, bras dessus, bras dessous. La femme, vêtue d'un corsage à rayures bleues et blanches et d'un pantalon corsaire, était de la catégorie moyenne, mais de la sous-catégorie qui tente de compenser ses insuffisances physiques par une attitude joviale de garçon manqué. Ils riaient à gorge déployée, clairement dans l'intention de montrer à tout un chacun quelle bande de joyeux lurons ils faisaient. Le trio salua le patron par son prénom (Harry) et commanda à boire. Ils continuèrent à parler à bâtons rompus tout en s'installant à la table à côté de la mienne. La fille s'assit en face de moi. Un des hommes m'adressa un signe de tête, une touche de pitié dans les yeux. Je restai de marbre, le regard rivé sur mon cocktail à peine entamé. Je me demandai ce qui était le pire, entre passer pour une alcoolique solitaire et s'être fait poser un lapin. La seconde option, décidai-je. Mes voisins papotaient avec une telle bonhomie que j'aurais pu en pleurer. Comme je leur enviais cette familiarité naturelle ! Et comme je leur souhaitais tous les malheurs possibles ! J'avais envie de me pencher vers la fille pour lui chuchoter qu'elle avait peut-être du succès maintenant, mais qu'aucun homme n'épouserait jamais une dévergondée pareille. Elle finirait vieille et desséchée, comme tout le monde.

C'est alors que Tom apparut. Je fus si soulagée de le voir que tout ressentiment dû à son retard s'évapora aussitôt. Il ne s'excusa pas, déclarant simplement qu'il mourait de soif. Il me demanda ce que je buvais, avant de répondre lui-même à sa question :

« Ah, du gin, parfait ! On va se pinter ensemble, d'ac ? »

Devant son absence de contrition, je songeai un instant que je m'étais peut-être trompée sur l'heure de notre rendez-vous, mais il était plus probable que, dans les milieux bohèmes qu'il fréquentait vraisemblablement, la ponctualité soit considérée comme irrémédiablement « ringarde ». Je ne devais surtout pas être ringarde. Rebecca Smyth n'était pas ringarde. Mais ce qui importait, c'était qu'il soit là. Il ne m'avait pas posé de lapin, et j'étais maintenant à l'abri à la fois des avances non sollicitées des trois ouvriers crasseux et des regards apitoyés de mes voisins.

Pendant que Tom était au bar, je bus une autre gorgée de gin. Je touchais rarement à ce que ma mère surnommait « la boisson du démon ». Qu'un homme s'enivre était peut-être vu d'un mauvais œil, mais une femme en état d'ébriété était la définition même de la dégénérescence et ne méritait aucune compassion pour les infortunes qu'elle pourrait bien s'attirer. Non que ma mère ne bût pas (un abstinent total étant tout aussi suspect qu'un ivrogne), mais chaque fois qu'une occasion mondaine exigeait d'elle qu'elle s'autorise un verre de sherry, elle déclarait toujours : « Juste quelques gouttes pour moi », en insistant lourdement sur les deux derniers mots tout en jetant un regard appuyé à mon père. Après la mort de notre mère, papa prit l'habitude de laisser Veronica et moi boire un petit verre de sherry à Noël. Il semblait impossible que ce truc écœurant puisse être associé à une quelconque attitude démoniaque.

La deuxième gorgée de gin me parut avoir un peu meilleur goût que la première, mais j'avais tout de même du mal à comprendre ce qui pouvait bien pousser quiconque à absorber volontairement une chose pareille. Quand Tom revint du bar, je constatai avec effarement qu'en plus d'une pinte de bière pour lui, il m'avait commandé un second gin. Il posa les verres sur la table et s'assit en face de moi. Nous trinquâmes. « À la tienne, Étienne », lançai-je. Il répéta la phrase d'une façon laissant clairement entendre qu'il la trouvait d'un comique antédiluvien. Je me félicitai d'avoir fait une blague par inadvertance. Il avala une si longue lampée de sa bière qu'on aurait pu croire qu'il avait passé sa journée à trimer aux champs. Je bus docilement une gorgée de gin. Ces préliminaires accomplis, Tom reposa sa pinte à moitié vide sur la table et se pencha vers moi comme si nous nous apprêtions à ourdir quelque complot.

« Alors, Rebecca Smyth, dit-il. Parlez-moi un peu de vous. »

Il appuya le menton entre ses deux grosses mains et haussa un sourcil. Il avait les cheveux épais et gominés. Des poils noirs hérissaient le dos de ses doigts. Si quelqu'un avait dû le décrire à la police, le mot « hirsute » aurait certainement été employé. Je me demandai même s'il n'avait pas du sang grec.

Ma première réaction aurait été de répondre qu'il

n'y avait pas grand-chose à dire, mais Rebecca Smyth n'était pas du genre à se défiler ainsi. Elle but allègrement une gorgée de gin.

« Eh bien, vous savez déjà que j'ai un grain, dit-elle.

— Oui, mais je ne sais pas quel genre de grain.

— Oh, un grain classique, un banal grain de blé ou d'orge.

— Ah, fit-il, j'espérais quelque chose d'un peu plus exotique. Un grain de raisin, peut-être, voire un grain de poivre.

— Désolée de vous décevoir, rétorqua Rebecca, mais je suis plutôt du genre grain de sel. »

Je n'aurais moi-même jamais eu l'idée d'une repartie aussi pleine d'esprit.

« Je n'ai rien contre les grains de sel, dit-il. Bien au contraire, j'adore ça. »

Je n'arrivais pas à savoir s'il continuait à jouer sur les mots ou si, de nouveau, il flirtait avec moi. Il y eut un blanc dans la conversation. En temps normal, j'aurais eu tendance à le combler par une remarque anodine sur la météo, mais Rebecca me souffla de tenir ma langue. C'était à Tom de prendre l'initiative. J'attaquai mon second verre de gin. Il était bien meilleur que le premier. Je m'allumai une cigarette et m'appuyai au dossier de la banquette en laissant la fumée s'échapper de mes lèvres à son rythme.

« Mais avoir un grain ne vous occupe sans doute pas à plein temps », reprit Tom.

Comme il était clair qu'on ne pourrait pas échapper à une conversation en bonne et due forme, Rebecca lui raconta son travail chez M. Brownlee. Bien entendu, elle enjoliva sans scrupule. Sa vie était une suite ininterrompue de cocktails et d'avant-premières. Elle parla de Laurence Olivier en l'appelant « Larry » et ajouta que c'était un type absolument charmant. Pas plus tard que l'autre soir, poursuivit-elle, elle était à une fête avec Richard Burton et Claire Bloom, où tout le monde fumait de l'herbe. Cela s'était fini en véritable orgie et elle était rentrée chez elle à pied en traversant Hyde Park au petit jour. Rebecca débita ce flot de mensonges en ne s'arrêtant que pour siroter son gin. Quand à la fois le flot et le gin furent à sec, je me sentis honteuse d'être associée à elle. Tom, quant à lui, avait l'air franchement impressionné. Il avait vraiment un physique saisissant. Ses yeux noisette brillaient comme s'ils étaient recouverts d'un voile d'humidité. Je surpris la garçonne de la table voisine à le dévisager d'un air admiratif. Il était incomparablement plus beau que ses deux acolytes.

Deux des péchés cardinaux qu'on m'interdisait quand j'étais enfant étaient de fixer les gens du regard et de poser des questions. J'ai cependant observé que le second, en tout cas, était loin d'être aussi choquant qu'on a bien voulu me le faire croire. À vrai dire, dans des situations sociales comme celle dans laquelle je me trouvais à présent, c'était même considéré comme quasi obligatoire. Aussi, je demandai :

« Et vous ? »

Tom haussa les épaules. C'était apparemment son geste favori, mais il pouvait avoir beaucoup de significations différentes. Dans ce cas précis, il impliquait quelque chose comme : « Ce n'est pas très intéressant, mais puisque vous me posez la question… » Il me confia qu'il venait d'un village de ce qu'il appelait le Pays noir. Son père était mort à la guerre. Sa mère était institutrice. Il avait deux petites sœurs. À l'âge de douze ans, on lui avait offert un appareil Kodak Brownie et depuis lors il avait rêvé de devenir photographe. Voilà pourquoi il était venu à Londres. Le genre de choses qu'il faisait en ce moment n'était pas trop sa tasse de thé, mais c'était mieux que rien. Il me demanda si j'avais vu la réclame pour le robot mixeur Mixmaster de Sunbeam. Rebecca inventa qu'elle l'avait vue dans le *Woman's Journal*. Tom haussa de nouveau les épaules, cette fois avec dédain, mais il ne put dissimuler une certaine fierté.

« C'est moi qui ai pris les photos pour cette campagne, dit-il.

— Merveilleux ! s'exclama-t-elle.

— Et celles pour la soupe Bon Vivant aussi. »

J'étais relativement impressionnée. L'idée de me trouver en compagnie d'un homme qui prenait des photos pour le *Journal* (même d'une chose aussi barbante que de la soupe) était des plus excitantes.

« La semaine prochaine, j'ai rendez-vous avec un type qui s'occupe de photos de mode, ajouta Tom. C'est là qu'il y a du fric à se faire.

— Et des filles ! » glissa Rebecca avec malice.

Il avait terminé sa bière. Je voyais derrière son épaule que le pub était à présent noir de monde. Les gens tournoyaient comme s'ils étaient sur un manège. Le brouhaha des conversations était assourdissant. Tom recula sa chaise et se leva.

« La même chose », dit-il en désignant mon verre.

C'était davantage une affirmation qu'une question. Mais, après tout, le gin n'était pas si mauvais qu'il m'avait paru au début. J'allais peut-être même finir par aimer ça.

Pendant que Tom était parti, j'en profitai pour retoucher mon maquillage. Le visage que me renvoya le miroir de mon poudrier n'était pas si affreux que ça. Je formai un grand O avec la bouche pour me remettre du rouge à lèvres. Alors que je refermais le poudrier, je vis qu'un des hommes de la table voisine me fixait. Rebecca lui décocha un regard hautain et il détourna les yeux.

Tom revint avec les boissons. Il reprit sa place et but une gorgée de bière, qui lui laissa une chenille de mousse au-dessus des lèvres. Il la lécha d'un coup vif, le bout de sa langue s'attardant un instant au coin de sa bouche avant de se rétracter telle une petite souris surprise. Quand il parla de nouveau, ce fut avec un sérieux inédit.

« Alors, dit-il, il est comment ? »

Je savais pertinemment à qui il pensait, mais je feignis l'ignorance.

« Qui est comment ? demandai-je.

— Braithwaite. Le grand Collins Braithwaite. »

J'étais contrariée, comme si notre conversation jusque-là n'avait été qu'un simple préambule, et que ceci était sa véritable motivation pour m'avoir proposé un verre.

« Pourquoi cette question ? » rétorquai-je.

Tom m'expliqua qu'il avait croisé Braithwaite à plusieurs reprises dans le quartier.

« Un curieux personnage, commenta-t-il. On entend dire toutes sortes de choses à son sujet.

— Comme quoi ? »

Nouveau haussement d'épaules.

« Oh, vous savez, les trucs habituels : des histoires de filles, de fêtes, de drogues. »

Rebecca fit la moue, comme si ce genre de choses ne l'intéressaient pas.

« S'il vous fascine tant, pourquoi ne pas aller le consulter vous-même ? » suggéra-t-elle.

Tom baissa les yeux vers sa pinte. Il marmonna un

début de phrase, mais s'interrompit pour boire une nouvelle gorgée.

« Pardon ? fit Rebecca.

— C'est-à-dire que je n'ai pas tellement de raisons d'aller le consulter.

— Vous voulez dire que vous n'êtes pas cinglé comme moi ?

— Mais vous n'êtes pas vraiment cinglée non plus, si ? Enfin, pas au sens propre. C'est très à la mode ces temps-ci d'aller voir un psy pour lui raconter ses rêves. Surtout si le psy s'appelle Braithwaite.

— Il ne croit pas un mot de toutes ces bêtises sur les rêves, répliquai-je, sans bien savoir pourquoi j'éprouvais le besoin de le défendre.

— Ah non ? s'étonna Tom, avide d'en apprendre davantage. Alors à quoi il croit ?

— Je ne saurais pas vous le dire. Mais je sais qu'il est unique en son genre. »

J'étais agacée que la tournure de la conversation ait gâché l'atmosphère conviviale entre nous. Je bus une gorgée de gin.

« Vous avez l'air de plus vous intéresser à lui qu'à moi, repris-je.

— Pas du tout. Rien ni personne ne pourrait m'intéresser plus que vous, Rebecca. »

J'allumai une cigarette et lui soufflai la fumée au visage.

Tom alla nous chercher d'autres boissons. Il avait visiblement décidé qu'il était plus prudent de s'en tenir aux objets qu'il avait photographiés. Cela incluait des aspirateurs, des services de table et des chaudières à gaz. La chaudière n'avait pas été une mince affaire, me dit-il. Il n'était pas évident de rendre une chaudière intéressante. À ce stade, je commençais à avoir du mal à me concentrer ; tout comme à me souvenir d'être Rebecca. Il me fallait beaucoup plus d'efforts pour être Rebecca que moi-même. Mais si ça n'avait tenu qu'à moi, je ne serais même pas venue au rendez-vous. Voilà donc ce que faisaient les gens. Ils s'asseyaient dans des pubs pour boire de la bière et du gin et s'écouter parler les uns les autres. Ils prenaient un air faussement intéressé avant de parler à leur tour. Il était difficile de comprendre quel intérêt ça pouvait avoir. J'étais sûre que les trois ouvriers du bâtiment se moquaient complètement de ce que racontaient les deux autres. Ils étaient juste là pour s'abreuver de bière, pourtant même eux se sentaient obligés d'entretenir un simulacre de conversation. À la table voisine, le concours de reparties n'était qu'une joute entre les deux hommes afin de remporter les faveurs de la fille assise entre eux comme un lot à la tombola de la fête paroissiale. Le type à la table près de l'entrée était toujours là avec son journal. Il était resté sans rien dire devant le même verre de bière depuis le début. Je l'enviais.

J'avais perdu le fil de ce que disait Tom. Je le fixai du regard. Ses lèvres continuaient à bouger, mais ses paroles étaient noyées dans le brouhaha général. Je décidai que j'avais besoin d'aller aux toilettes et me levai. Tom me désigna une porte à l'autre bout de la salle. Je tenais difficilement sur mes pieds, comme si j'avais reçu un coup sur la tête. Je ressentais aussi le même genre d'étourdissement. J'avais souvent vu des hommes tituber sur les trottoirs de Soho, et j'avais toujours cru qu'ils n'étaient pas réellement ivres, mais simplement, pour des raisons qui leur appartenaient, qu'ils simulaient l'ivresse. À l'évidence, je m'étais trompée, car je me trouvais maintenant à chanceler à travers le bar précisément de la même manière. Pour mon plus grand effroi, je ne pouvais que le constater : j'étais ivre.

Je réussis à pousser la porte des toilettes pour dames. Il n'y avait qu'une seule cabine et un petit lave-mains. Je craignis de m'évanouir et pris appui sur le mur. Puis je sentis un haut-le-cœur et régurgitai sur mon corsage. Je n'avais pas grand-chose à rendre. Un peu de bile jaunâtre et les restes du scone que je m'étais forcée à avaler chez Mme Clay. Je m'agrippai au lave-mains. Il y avait une petite serviette pendue à un crochet. En me félicitant de ma présence d'esprit, je la mouillai au robinet et entrepris de nettoyer la tache. Les morceaux de scone partirent facilement, mais je ne parvins qu'à faire pénétrer davantage la bile dans le tissu. Mon corsage, que j'avais payé une livre et quinze shillings, serait fichu. Je sentis alors une seconde vague de nausée et ma bouche se remplir à nouveau de vomi. Je ravalai ce que je pus, mais ça ne fit que me déclencher d'autres spasmes. Lorsque le garçon manqué de la table voisine entra, j'étais penchée sur le lavabo avec un filet de bave accroché au menton. Elle eut l'élégance de rester impassible. Mon petit ami, m'expliqua-t-elle, l'avait envoyée voir comment j'allais, car j'étais partie depuis un moment. Même dans mon état déplorable, je me réjouis qu'elle ait parlé de Tom comme de mon petit ami. Elle m'aida à me redresser et m'essuya la bouche. Je m'étais mise dans un sale état, me dit-elle. J'acquiesçai tristement et fondis en larmes. La fille m'assura qu'il n'y avait pas de quoi pleurer, que ces choses arrivaient aux meilleures d'entre nous. Je restai plantée là comme une enfant pendant qu'elle déboutonnait mon corsage et me faisait l'enlever. Puis elle le retroussa à l'envers et m'ordonna de le remettre. Nous eûmes quelque difficulté à le reboutonner de l'intérieur. « Les hommes ne remarquent jamais ce genre de choses », déclara-t-elle. Elle écarta les cheveux de mon visage et me promit qu'on n'y voyait que du feu. Je m'en voulus des mauvaises pensées que j'avais eues plus tôt à son égard. Elle me guida par la main pour retraverser la salle. Tom me demanda si tout allait bien. Je répondis que oui, mais qu'il était tard et que je devais rentrer. Il termina sa pinte et me raccompagna jusqu'à la sortie en me tenant par le coude. Après m'avoir mise dans un taxi, il le rattrapa en courant et toqua à la vitre. Le chauffeur s'arrêta. Je parvins tant bien que mal à baisser ma fenêtre. Tom avait oublié de me demander mon téléphone. Je le lui donnai docilement. Cette Rebecca, songeai-je, était décidément un sacré numéro.

BRAITHWAITE II
OXFORD

C'est lors de son second passage à Oxford que le personnage de « Collins Braithwaite » vit véritablement le jour. À vingt-huit ans, Braithwaite était à la fois plus âgé et moins profane que la plupart de ses camarades. Il avait vécu en France, un peu roulé sa bosse et, surtout, il avait de quoi puiser dans ses expériences à Netley. Il n'éprouvait plus le besoin de se fondre dans le moule de l'élite et même, au contraire, tendait désormais à exagérer son accent traînant du Nord et ses manières grossières. C'est à cette époque qu'il développa la curieuse élocution qui susciterait tant de commentaires par la suite. Lorsqu'il présentait son travail ou lisait un passage à voix haute, il insistait sur des mots sans importance, typiquement des prépositions ou des articles, avant de laisser un long blanc. « Ses phrases, nota un de ses professeurs, titubaient de proposition en proposition tel un ivrogne dans un couloir. » L'effet était « à la fois comique et fascinant ». Bien sûr, c'était une affectation : simplement en altérant sa façon de parler, Braithwaite avait trouvé le moyen de captiver ses interlocuteurs. La psychologie était encore considérée, de même que la littérature, comme une matière « molle », et la majorité des étudiants était de la gent féminine. Braithwaite sut tirer parti de son nouveau pouvoir pour multiplier les conquêtes. Les mœurs de l'après-guerre se relâchaient et, à Oxford, les filles commençaient à s'émanciper des idées de leurs parents sur le sexe et la classe.

Dès le départ, Braithwaite se retrouva au centre du jeu. Il n'avait pas beaucoup de mal à se donner pour plaire aux femmes, se servant de la licence que lui procurait la singularité de ses origines nordiques et populaires pour se dispenser des rituels habituels de la séduction. Sara Chisholm, future présentatrice à succès de la BBC, fut l'une de celles qui succombèrent à son charme douteux. « Il était généralement distant et méprisant à l'égard des femmes, m'a-t-elle confié, mais bizarrement ça ne faisait qu'ajouter à l'attirance qu'il exerçait[1]. » À l'issue d'une soirée particulièrement endiablée dans la résidence universitaire d'un ami, il l'avait invitée dans sa chambre pour baiser. « Je n'avais encore jamais entendu ce mot prononcé tout haut, se souvient-elle, mais, évidemment, je l'ai suivi. À l'époque, ça paraissait libérateur. Il vous mettait au défi de prouver que vous étiez au-dessus de toutes les conneries petites-bourgeoises sur la drague que nos parents nous avaient apprises. Après coup, il vous faisait clairement comprendre qu'il n'avait que faire de vous, mais vous y retourniez parce que vous saviez qu'il y avait des tas d'autres filles prêtes à se jeter dans son lit. » Et puis, reconnaît-elle, il savait comment satisfaire une femme sexuellement. Il n'avait pas la pruderie frustrante qu'elle avait connue chez d'autres garçons d'Oxford venant de milieux plus conventionnels.

1. Entretien téléphonique avec l'auteur, 17 janvier 2020.

Sara Chisholm fréquenta Braithwaite par intermittence pendant environ un an, même s'ils ne se considérèrent jamais comme un couple. Avec le recul, elle juge cette relation à la limite de la maltraitance, mais sur le moment elle était aux anges. « Tout le monde – hommes et femmes – voulait être dans son orbite. »

Un dimanche sur deux, Braithwaite tenait salon dans sa chambre. Le Wagstaff Club tirait son nom du personnage de Groucho Marx dans *Plumes de cheval* qui, après avoir été nommé directeur de l'université Huxley, entonne la chanson « *(Whatever It Is) I'm Against It* » (« Quoi qu'il en soit, je suis contre ») tout en raillant les anciens membres de la faculté. À la fin de chaque réunion du Club, Braithwaite et quiconque tenait encore debout braillaient le morceau en chœur. Les paroles résument assez bien sa position intellectuelle, qui était essentiellement destructrice et oppositionnelle. Quel que soit l'argument que ses interlocuteurs avançaient, Braithwaite adoptait un point de vue inverse, ou plus radical. Il n'avait par ailleurs aucun scrupule à se contredire d'une semaine sur l'autre. Ainsi, personne ne connaissait réellement ses convictions. La vérité, c'est qu'il n'en avait pas. La seule chose à laquelle il valait la peine de croire, disait-il, était l'ici et maintenant, qui, par définition, était purement transitoire : il fallait reconnaître la nature éphémère et futile de l'existence. Tout le reste n'était qu'aveuglement.

Chaque réunion du Wagstaff Club se structurait autour d'un texte proposé par Braithwaite. Y participaient des étudiants de diverses disciplines, et même certains jeunes professeurs. Les extraits étaient tirés d'ouvrages de philosophie, de littérature ou de psychologie, selon ce à quoi Braithwaite s'intéressait à ce moment-là. De grandes quantités de whisky et de bière étaient consommées, et les débats se poursuivaient jusqu'au petit jour. Braithwaite lisait des passages à haute voix avant de solliciter des réactions. S'il y avait aussi bien des hommes que des femmes, ces dernières, selon Sara Chisholm, n'étaient là que pour hocher la tête et en aucun cas pour exprimer des opinions personnelles. Braithwaite faisait mine d'écouter patiemment les divers points de vue avant de livrer un verdict qui était invariablement entériné comme la nouvelle orthodoxie. Les participants mesuraient le succès de leurs propres contributions en fonction de leur degré d'alignement avec celle de Braithwaite. Tout cela était, d'après Chisholm, « assez pathétique ».

Malgré ce cénacle, il semble que Braithwaite ait eu peu d'amis intimes. La personne la plus proche de lui était Stuart Macadam, fils d'un médecin de Dunfermline, étudiant en littérature anglaise, seul individu dont Braithwaite paraissait respecter le jugement. Macadam publierait par la suite deux romans (dont le premier, *Une vie recluse*, met en scène un personnage clairement inspiré de son ami) avant d'occuper une chaire d'enseignement à l'université de St Andrews. Comme Sara Chisholm, il est aujourd'hui partagé sur sa relation avec Braithwaite. Je l'ai rencontré chez lui, à Anstruther, en février 2020. « Bien sûr qu'il nous manipulait, m'a-t-il raconté. Il était plus âgé que nous, et il s'en servait à son avantage. Mais quand il vous demandait votre avis sur quelque chose, vous aviez l'impression de faire partie des élus. Il n'aimait pas être contredit, mais si vous aviez le cran de vous opposer à lui, il ne vous en respectait que plus. » Un soir, après une réunion dominicale particulièrement longue et éprouvante, Braithwaite pestait contre ce qu'il considérait comme la tradition décadente de la poésie romantique anglaise. En réaction, Macadam se leva et déclama, ivre mort, quelques vers du poème *Men of England* de Shelley. À la fin de sa récitation, il y eut un silence, puis Braithwaite bondit de son siège et se précipita vers lui. Macadam ne savait pas s'il allait le serrer dans ses bras ou lui décocher un coup de poing. Finalement, il l'enlaça vigoureusement par le cou dans un geste qui pouvait être interprété soit comme une agression, soit comme de l'affection. C'était typique de Braithwaite : on ne savait jamais à quoi s'en tenir avec lui, mais s'il percevait de la faiblesse, vous étiez fichu.

En ce qui concerne ses relations avec les femmes, Macadam a deux mots pour les qualifier : sans vergogne. « Il disait des choses que personne d'autre n'oserait dire ; le genre de choses qui en temps normal vous valent une gifle dans la figure. Mais à lui, on les lui passait. Mieux que ça, les femmes, ou du moins une certaine proportion de femmes, s'en trouvaient séduites. » Et quand l'une l'éconduisait, il se contentait d'en rire et de reporter son attention sur une autre. Macadam admet avoir envié à Braithwaite son pouvoir sur le sexe opposé, mais il n'eut jamais le courage d'imiter ses méthodes. Dans ses mémoires, Braithwaite explique sa version peu conventionnelle du féminisme : « Les femmes ne veulent pas être *traitées* comme des égales ; ce *sont* nos égales. À vrai dire, elles nous sont même supérieures à bien des égards. Elles méritent d'être traitées avec la même honnêteté que les hommes. Si vous voulez une glace, vous ne demandez pas unc banane. Si vous voulez coucher avec quelqu'un, pourquoi lui proposer une lecture de poésie ? »

Il semble cependant y avoir eu une exception à ce credo sans pitié. Alice Trevelyan était la fille d'Andrew Trevelyan, l'avocat londonien qui plus tard allait défendre avec succès Iain Stott lors du procès pour obscénité du *Coq rouge* en 1962. Alice était une jolie jeune femme d'une intelligence exceptionnelle, toujours dans les premières de sa classe au lycée pour filles de St Paul, à Hammersmith. À Oxford, elle étudiait la littérature anglaise, matière de prédilection des demoiselles qui n'auraient jamais besoin de gagner leur vie. C'était une fille sérieuse et charmante, qui affectionnait Keats, *La Reine des fées* du poète Edmund Spenser et les peintres préraphaélites. Macadam la présenta à Braithwaite par un après-midi ensoleillé sur les pelouses devant le Balliol College. Il fut surpris de constater que Braithwaite se montrait exceptionnellement courtois avec elle, allant même jusqu'à la questionner sur sa famille et ses études. Il ne restait rien de sa fanfaronnade habituelle. Macadam dut partir pour assister à un TD et fut stupéfait de les retrouver plus d'une heure après toujours en grande conversation. Il n'avait jamais vu Braithwaite se conduire avec autant de sollicitude envers quiconque. Il semblait même avoir adouci son ton d'ordinaire si bourru, hochant la tête le plus sérieusement du monde tandis qu'Alice lui racontait son enfance à Londres et dans les Cornouailles, où sa famille possédait une résidence secondaire. Au début, Macadam trouva ça amusant. La bête sauvage avait été apprivoisée par le genre de fille à papa qu'il mettait d'habitude un point d'honneur à insulter ou à choquer par quelque démonstration de sa cuistrerie. Lorsqu'il le lui fit remarquer en plaisantant, Braithwaite balaya ses commentaires en disant qu'Alice n'était « rien qu'une gonzesse ».

Plus tard, cependant, Macadam s'en voudrait terriblement de les avoir présentés.

Au cours du troisième semestre 1955, Braithwaite et Alice partaient souvent se promener ensemble, ou déjeuner sur le pouce d'une assiette de fromages et de pickles. Il se conduisait toujours avec une impeccable galanterie. Alice n'était jamais conviée aux réunions du Wagstaff Club. Clairement, Braithwaite ne pouvait concilier les personnalités opposées qu'il endossait pour ces différents compartiments de sa vie. Pendant l'été de cette même année, il passa une semaine dans la propriété des Trevelyan près de Truro, où Alice et lui dormirent dans des chambres séparées et où Braithwaite témoigna un grand respect aux parents d'Alice ainsi qu'à son frère cadet, Anthony, avec qui il joua au tennis et discuta de poésie. En somme, il fit tout son possible pour s'attirer les bonnes grâces de la famille. Après la rentrée universitaire à l'automne, Braithwaite emmena Alice en week-end dans les landes du North York. Bizarrement, ils logèrent au Buck Inn – la même auberge que celle où s'était arrêté George Braithwaite le jour de son suicide –, et c'est là que leur union fut enfin consommée. Bien qu'il ne fût pas question de demande en mariage, Alice dut sentir que c'était à cela que les menait la cour assidue que lui faisait Braithwaite. Même si les mœurs se relâchaient, la grande majorité des femmes restaient encore vierges jusqu'à leur nuit de noces, ou n'avaient jamais couché qu'avec leur fiancé. Après cette escapade dans le North York, cependant, les ardeurs de Braithwaite refroidirent. Il déclara à Alice qu'il n'avait pas l'intention de l'épouser, ni elle ni personne d'autre. D'ailleurs, il ne lui avait jamais donné aucune raison de le croire. Alice fut humiliée. La veille de

Noël, au domicile familial londonien, elle avala une grande quantité de comprimés. C'était, il faut dire, une tentative de suicide sans grande conviction, qui ne nécessita que deux jours de convalescence à l'hôpital. Mais Braithwaite venait de se faire, en la personne d'Andrew Trevelyan, son premier ennemi puissant.

Bien que Braithwaite consacre plus de quarante pages de *Mon moi et autres inconnus* à ses années oxfordiennes, essentiellement à relater ses exploits sexuels, Alice Trevelyan n'y mérite pas une seule mention. Elle ne garda de cet épisode aucune séquelle durable et épousa en 1960 un jeune avocat du nom de Fredrick Drummond. Le couple eut quatre enfants et resta marié jusqu'à la mort d'Alice en 2016. Il serait facile de se laisser aller à une explication pseudo-psychanalytique du comportement de Braithwaite. On y soulignerait que la jeune Alice portait le même prénom que sa mère et lui ressemblait à certains égards, à la fois physiquement et par son caractère. Soit Braithwaite voulait coucher avec sa mère, selon un schéma œdipien classique, soit il cherchait inconsciemment à la punir de l'avoir abandonné, enfant. Mais la vérité est sans doute encore moins reluisante. Quand Stuart Macadam apprit ce qu'avait fait Alice, il voulut consoler son ami. La réponse de celui-ci le glaça : « C'est quand même le must, non ? dit-il. D'avoir une nana qui essaye de se foutre en l'air pour toi. » Macadam se souvient encore du ton méprisant sur lequel Braithwaite avait livré ce verdict. À partir de là, il fit de son mieux pour prendre ses distances avec lui, même s'il n'eut pas le courage de rompre explicitement la relation.

Braithwaite obtint sa maîtrise avec mention très bien en 1956. Il n'assista pas à la cérémonie de remise des diplômes, faisant savoir à qui voulait l'entendre qu'il n'accordait aucune valeur à ces foutaises et qu'il n'avait fourni que le minimum syndical d'efforts. Ça n'était pas vrai. Son professeur de psychologie de l'époque, George Humphrey, avait depuis longtemps détecté le talent de Braithwaite. C'était précisément son aversion pour l'autorité et les idées reçues qui le distinguait de ses pairs. Même s'il avait tendance à cultiver un iconoclasme un peu systématique, il avait une capacité à penser des choses que personne d'autre ne pensait. « C'est incontestablement l'étudiant le plus doué que j'aie eu pendant les neuf années où j'ai dirigé le département », écrivit le professeur Humphrey. C'est lui qui le persuada de poursuivre ses études. Il peut sembler incongru que Braithwaite ait choisi de rester trois ans de plus dans l'atmosphère compassée d'Oxford. Dans ses mémoires, il élude cette décision sans commentaire. Il n'en reste pas moins que sa maîtrise ne le qualifiait pas pour grand-chose, qu'il n'avait pas d'argent et qu'Oxford avait fini par devenir un peu chez lui. Sur le campus, il était quelqu'un. Les gens le respectaient, et les filles se bousculaient au portillon pour coucher avec lui.

Dans la même semaine du mois de mai cette année-là, la pièce de John Osborne *La Paix du dimanche* débuta au Royal Court Theatre de Londres et l'essai de Colin Wilson sur la littérature existentielle, *L'Homme en dehors*, fut publié. Osborne était né à Londres dans une famille de la classe moyenne puis avait grandi dans le Surrey. À vingt-six ans, Wilson était issu du milieu ouvrier de Leicester et, après une série de petits boulots sans avenir, il avait rédigé *L'Homme en dehors* dans une salle de lecture de la Bibliothèque nationale, alors qu'il dormait à la dure dans le parc de Hampstead

Heath. Osborne et Wilson ne s'étaient jamais rencontrés mais, grâce à un gros titre du *Daily Express*, l'ère des *angry young men*, les jeunes auteurs « en colère » de la littérature britannique, était née. Tous les deux furent salués comme des porte-parole de la génération d'après-guerre. Il s'ensuivit une avalanche d'œuvres, d'abord romanesques puis adaptées au cinéma, dépeignant la vie dans le nord de l'Angleterre, produites par des écrivains de la classe populaire comme John Braine, Alan Sillitoe, Stan Barstow et (la seule « jeune femme en colère ») Shelagh Delaney. Quoi qu'aient eu réellement en commun les auteurs regroupés sous cette bannière, il est clair que ce mouvement constituait un assaut contre les traditions établies de la culture britannique.

La Paix du dimanche comme *L'Homme en dehors* eurent un impact considérable sur Braithwaite. Dans ses mémoires, il relate sa lecture du second : « Il ne faisait aucun doute que, malgré ses défauts, il y avait là quelque chose d'électrisant. » Il écrivit aussitôt à Wilson pour solliciter une entrevue. Wilson, qui n'avait aucun scrupule à se présenter comme « le penseur le plus important de l'époque », accepta.

Deux semaines plus tard, Braithwaite fit du stop jusqu'à Londres et les deux hommes se retrouvèrent au pub Three Greyhounds de Greek Street, à Soho. Étaient également présents l'ami de Wilson, Bill Hopkins, et Edward Seers, éditeur chez Methuen. Wilson avait pris l'habitude de tenir salon et attendait de la part d'un simple étudiant d'Oxford la déférence qui lui était due. Après un échange de poignées de main et une première tournée de boissons, Braithwaite se lança dans une critique du travail de Wilson, l'accusant d'être esclave d'idées nébuleuses sur la spiritualité et d'une conception dépassée de la moralité. Loin de se placer « en dehors », Wilson étayait au contraire des façons de penser établies. Toute l'admiration que Braithwaite pouvait avoir pour le livre de Wilson, ou pour Wilson lui-même, était entièrement éclipsée par le besoin qu'il avait de s'imposer comme le mâle dominant du groupe. On raconte que Wilson le dévisagea un moment de l'autre bout de la table, comme pour jauger son adversaire, puis qu'il demanda : « Et vous, vous m'avez apporté un exemplaire de votre livre ? » Braithwaite rétorqua que, lorsqu'il écrirait un livre, ce serait clairement un cran au-dessus de *L'Homme en dehors*. Hopkins intervint en proposant une tournée générale. La séance se prolongea encore plusieurs heures. Quand la conversation s'en tenait à des sujets neutres, l'humeur était plutôt joviale, mais le combat de coqs n'était jamais loin. Au bout du compte, cependant, Wilson finit par accuser Braithwaite de n'être rien d'autre qu'un nihiliste, résolu à tout détruire. À quoi Braithwaite répliqua qu'il était en effet nihiliste, mais que c'était mieux qu'être une femmelette pleurnicheuse comme Wilson. Ce dernier lui répondit de retourner se faire foutre à Oxford. Braithwaite l'agrippa par le col, renversant plusieurs pintes de bière au passage, mais, avant qu'aucun coup ne soit échangé, les deux combattants furent séparés et Braithwaite jeté dehors. On l'entendit brailler sur le trottoir contre « ces mauviettes de Londres ». Des années plus tard, Wilson prit sa revanche dans une critique d'*Antithérapie* parue dans l'*Observer*, où il qualifiait le livre (entre autres) de « délire dégénéré d'un esprit demeuré ».

Lors de ce même séjour à Londres, Braithwaite alla voir la pièce d'Osborne au Royal Court Theatre sur Sloane Square, et bien qu'il ne se soit jamais tellement intéressé à la politique, il se reconnut en partie dans le personnage principal, l'écrasant Jimmy Porter. Mais, surtout, ce fut le début chez lui d'une fascination pour la scène et les gens qui l'habitent : les comédiens. Durant son enfance à Darlington, le théâtre ne faisait pas partie du paysage familial des Braithwaite, et à Oxford le club théâtre était la chasse gardée du genre de bourgeois dilettantes qu'il méprisait. Il considérait ça comme un art décadent. Pourtant, dans *La Paix du dimanche*, il trouva une forme de théâtre viscérale et connectée à un monde qu'il reconnaissait. Après la représentation, il repéra Kenneth Haigh, l'interprète de Jimmy Porter, au pub voisin, Fox & Hounds. « J'étais fasciné, écrivit-il plus tard. Une demi-heure avant, je l'avais vu tempêter sur scène, s'identifiant totalement à Jimmy Porter. Et le voilà qui parlait d'un ton affable, avec un accent qui m'était familier. [Haigh était originaire de Mexborough, dans le Yorkshire du Sud.] Je me suis demandé lequel des deux personnages était le plus réel. »

Braithwaite rentra à Oxford revigoré. Sa douloureuse rencontre avec Colin Wilson n'avait eu aucun effet sur lui. Il adorait le conflit, et la bonne opinion des autres lui importait peu. Il avait le sentiment que quelque chose était en train de bouger en Grande-Bretagne, que la culture se libérait des idées traditionnelles ; que le système de classes devenait moins rigide ; bref, que l'époquc était mûre pour un gamin pauvre du Nord caressant des rêves de grandeur. Mais le frémissement de révolte qu'il avait perçu à Londres n'était pas encore arrivé jusqu'à Oxford, où l'atmosphère vieux jeu et l'immuable démographie du corps étudiant commencèrent à lui peser. Le Wagstaff Club appartenait au passé. Cela n'intéressait plus

Braithwaite d'avoir autour de lui une coterie d'admirateurs serviles. Son esprit était ailleurs, et régulièrement il se rendait à Londres en auto-stop et dormait par terre dans le minuscule meublé de Stuart Macadam à Kensington. Ce dernier travaillait alors dans une librairie de Charing Cross Road tout en écrivant son premier roman. Braithwaite, expliqua-t-il, débarquait chez lui à l'improviste, souvent ivre, et râlait parce que Macadam n'avait pas de bière au frais pour lui. Il mangeait ce qu'il dégottait dans les placards et refusait de nettoyer derrière lui. Si Macadam devait sortir travailler, il laissait sa clé à Braithwaite afin qu'il puisse aller et venir à sa guise. Plus d'une fois, il se retrouva à la porte de son propre appartement parce que Braithwaite était dans son lit avec une fille. Lorsqu'il s'en plaignit, Braithwaite lui répondit simplement de se faire faire un double des clés. Finalement, Macadam n'eut d'autre choix que de se chercher une nouvelle piaule. Pendant des années, il vécut dans la crainte de retomber par hasard sur son ancien ami, mais en fait il ne le revit jamais. « Sans doute s'était-il trouvé d'autres gens assez stupides pour le supporter », dit-il.

La seule personne qui arrivait à le tolérer à cette époque était Zelda Ogilvie, fille de deux instituteurs de la classe moyenne, Robert « Rab » Ogilvie et Diane Ogilvie (née Carmichael). À côté de son métier d'enseignant, Rab était un poète mineur qui avait publié trois recueils dans les années 1920 et dont le poème *Ces terres honnies d'en haut* avait reçu l'approbation de l'écrivain Hugh MacDiarmid et était devenu une sorte de cri de ralliement pour le mouvement nationaliste écossais alors naissant. Diane était une assez bonne aquarelliste, membre du Edinburgh Art Club, où elle exposait souvent. Les murs de la maison de famille dans le quartier de Morningside étaient recouverts de nombre de ses œuvres. Une fois par mois, le couple tenait un salon auquel étaient conviés des artistes, des écrivains et des étudiants. C'était une éducation non conventionnelle, au sein de laquelle Zelda était encouragée à développer ses propres talents artistiques et créatifs. Fille unique, elle s'était inventé un frère imaginaire nommé Zeno, avec qui elle avait de fréquentes et très sérieuses discussions. Aux repas, elle ne mangeait que la moitié de son assiette, laissant le reste à Zeno. Sa mère aborda le problème en ajoutant un couvert à table pour Zeno et en l'incluant dans les conversations. Zelda devint alors jalouse et, quelques semaines plus tard, déclara qu'il n'y avait plus besoin de place pour Zeno car il était mort d'une pneumonie. Elle avait sept ans.

Zelda arriva à Oxford en 1954 pour étudier l'histoire de l'art. Elle avait un style vestimentaire excentrique, avec des vestes d'homme en tweed trop grandes pour elle, des pantalons de golf et parfois même un monocle. Elle ne se maquillait jamais et portait une coupe de cheveux masculine, dégagée derrière et sur les côtés. Tout le monde la prenait pour une lesbienne mais, comme elle le confia dans une interview en 1988 : « Je n'y ai même jamais tâté. J'ai toujours aimé les hommes. » En 1956, l'année où Braithwaite entamait son doctorat, elle entrait en licence. Elle connaissait Braithwaite de réputation et avait assisté à deux ou trois réunions du Wagstaff Club. « Je le trouvais insupportable, dit-elle, je n'arrivais pas à comprendre l'attirance qu'il semblait exercer sur les gens. » Quand, inévitablement, Braithwaite lui fit des avances avec sa grossièreté habituelle, elle lui répondit en des termes tout aussi crus qu'il pouvait se les mettre là où elle pensait.

Sa réticence ne fit qu'attiser l'intérêt de Braithwaite pour elle. Avec la finesse qui caractériserait par la suite ses relations avec tant de ses patients, il lui écrivit une série de lettres signées « Colin Arthur ». Ces lettres n'étaient pas destinées à la tromper, mais à plaire à quelqu'un dont il voyait bien qu'elle se donnait consciemment un personnage. « Colin » y exprimait son admiration pour la façon dont Zelda avait repoussé les avances de « ce rustre de Braithwaite ». « Il est bidon, écrivait-il, mais personne à part vous ne semble l'avoir percé à jour. Je loue votre perspicacité ! » Lui-même admirait Zelda depuis longtemps, poursuivait-il, mais il était trop timide pour se présenter à elle. Les lettres aiguisèrent la curiosité de la jeune femme, et elle accepta de rencontrer leur auteur au pub Three Goats Head sur St Michael's Street.

Zelda arriva au rendez-vous dans son accoutrement habituel, avec en plus, pour l'occasion, un binocle et une casquette. Braithwaite lui expliqua que Colin Arthur avait eu un empêchement mais que de toute façon elle l'avait échappé belle, car c'était un voyou dont il fallait se méfier. Zelda le dévisagea d'un air hautain, la tête légèrement penchée sur le côté, dans une posture caractéristique qu'on lui reconnaîtrait sur de nombreuses photos ultérieures. Elle lui répondit qu'elle n'avait pas encore décidé si elle comptait coucher avec lui ou pas. Braithwaite lui demanda ce qu'il pouvait faire pour l'aider à trancher.

« Rien du tout, lui dit-elle. Je suis capricieuse.

— Dans ce cas, j'en déduis que vous finirez par le faire », déclara Braithwaite.

Zelda se contenta de hausser les épaules.

Braithwaite se leva pour aller leur chercher à boire. Comme l'établissement refusait de servir une pinte à une femme, elle insista pour qu'il lui achète deux demis et qu'il lui apporte une pinte vide dans laquelle elle pourrait les transvaser. La soirée s'écoula autour de conversations sur divers auteurs et artistes. Ils n'avaient pas les mêmes goûts. Zelda aimait Brueghel. Braithwaite ne connaissait pas son œuvre. Il adorait Picasso, au motif qu'il se réinventait perpétuellement. Zelda prétendait que c'était uniquement parce qu'il n'avait jamais rien réussi de bon. Ensuite, ils échangèrent des anecdotes sur leur éducation respective. Braithwaite la traita de « petite bourgeoise écossaise ». « Sans la bourgeoisie, rétorqua-t-elle, vous les prolos ne pourriez vous en prendre qu'à vous-mêmes pour vos malheurs. »

Après la fermeture, chacun repartit de son côté, mais Braithwaite avait été impressionné par Zelda comme par personne auparavant. « J'avais croisé des tas de gens plus intelligents que moi, écrivit-il par la suite, mais Zelda était la première qui s'en rendait compte. » En somme, c'était quelqu'un qu'il ne pouvait ni écraser, ni amadouer, ni intimider.

Ils se revirent, dans des circonstances similaires, quelques semaines plus tard. Les vacances de Pâques approchaient et Zelda expliqua qu'elle allait rentrer à Édimbourg voir ses parents. Ils s'inquiétaient qu'elle soit lesbienne et il lui rendrait un grand service s'il voulait bien l'accompagner quelques jours en se faisant passer pour son petit ami. Braithwaite accepta et, le moment venu, prit le train avec elle en direction du nord. Inutile de dire que les Ogilvie, heureux de pouvoir professer leur credo bohème, insistèrent pour que le couple partage la même chambre.

Les choses continuèrent dans une veine similaire les trois années suivantes. La relation ne fut jamais exclusive. Zelda évitait soigneusement tout ce qui pouvait s'apparenter à de la routine. Parfois, ils passaient un dimanche dans la chambre de Braithwaite, à lire et à faire l'amour par intermittence. De temps en temps, ils partaient en week-end ensemble. À d'autres moments, il pouvait s'écouler des semaines sans même qu'ils s'adressent la parole. On pourrait penser qu'une inconstance aussi travaillée constituait une forme de routine en soi, mais en dépit de son excentricité, cet arrangement semblait convenir aux deux intéressés.

La thèse de doctorat de Braithwaite, *Fantasmes et hallucinations*, rédigée pendant cette période, s'ouvre par une discussion sur l'étude du cas d'Anna O. par Josef Breuer en 1895. Ce chapitre introductif est malicieusement intitulé « Histoire d'O », clin d'œil au roman érotique de Pauline Réage de 1954, que Braithwaite s'était procuré lors d'un séjour à Paris (c'était un aficionado de longue date de la pornographie). D'après Breuer, Anna O. « se plaignait de ténèbres dans son cerveau, disant [...] qu'elle avait deux "moi", l'un qui était le vrai et l'autre, le mauvais. [...] Pendant toute la maladie, les deux états du conscient ont subsisté parallèlement : l'état primaire, celui où le psychisme de la malade se montrait tout à fait normal, et l'état "second" comparable au rêve à cause de sa richesse en fantasmes et en hallucinations, de ses grandes lacunes mnémoniques, de l'absence de frein et de contrôle dans les idées. Dans ce second état, la patiente était aliénée. »

Dès le départ, Braithwaite conteste la hiérarchie qu'établit Breuer entre l'état primaire et le second. Qui peut dire, demande-t-il, dans quel état la patiente est aliénée, voire si elle l'est dans aucun des deux ? L'assertion de Breuer repose sur le fait qu'il relègue les fantasmes et les hallucinations d'Anna au rang d'expériences invalides et défend au contraire la notion de « contrôle dans les idées ». Aux yeux de Braithwaite, l'état second décrit dans le cas d'Anna O. devrait être considéré comme tout aussi « vrai » que l'état primaire. Pour Breuer, la situation peut se résumer ainsi : « On se voit presque obligé de dire que la malade était partagée en deux personnes, l'une psychiquement normale, l'autre mentalement malade » ; pour Braithwaite en revanche, la solution au problème d'Anna O. n'était pas que « la maladie suive son cours » jusqu'à ce que la patiente se voie comme « une personne non partagée », mais plutôt d'accepter l'idée qu'une personne n'est pas un moi unique mais un faisceau de personnalités, qui doivent toutes être valorisées équitablement. « On n'attend pas d'une mère qu'elle préfère un de ses enfants aux autres, écrit-il. Pourquoi en serait-il autrement avec nos différents moi ? »

Il prend ensuite des exemples dans la littérature sur la thématique du double. Il y a d'abord une longue discussion autour du roman de Dostoïevski *Le Double*, essentiellement pour dire que si l'histoire était racontée du point de vue opposé, ce serait M. Goliadkine qui serait considéré comme l'intrus, plutôt que le fameux « double » qui partage son nom et son apparence physique. Il en va de même, conclut Braithwaite, pour le moi : nous endossons le rôle de celui que nous connaissons en premier et balayons tous les autres comme des imposteurs.

Braithwaite développe ensuite son raisonnement avec une discussion autour de la nouvelle *William Wilson*, publiée par Edgar Allan Poe en 1839. Il y est question d'un homme harcelé depuis son enfance par un personnage qui a le même nom, la même date de naissance et la même apparence que lui. Après avoir décrit ses années d'écolier, le narrateur raconte à la première personne comment, afin d'échapper à ce double, il sombre dans le vice. Le double apparaît à travers tout le récit comme une influence moralisatrice qui s'efforce d'empêcher le narrateur de commettre ses bassesses. Une lutte constante se déroule entre eux : « Wilson continuait ses tentatives pour me dominer, tandis que je continuais les miennes pour triompher de lui. »

À la fin de *William Wilson*, le narrateur affronte son double et lui plante une épée dans le cœur. Sauf que ce n'est pas son double qu'il a embroché, mais lui-même. Les derniers mots de Wilson, et ceux de la nouvelle, sont : « Tu as vaincu, et je succombe. Mais dorénavant, tu es mort aussi. [...] En moi tu existais, et vois dans ma mort, vois par cette image qui est la tienne, comme tu t'es radicalement assassiné toi-même. »

La thèse de Braithwaite est chaotique, inégale, parfois éblouissante, souvent déroutante. La palette de références est éclectique, reflétant l'étendue de ses propres lectures, mais cela fait partie du problème. Il puise dans Sophocle, Platon, Freud et Jung, sans jamais vraiment se plonger dans aucun des auteurs qu'il cite. Leurs mots ne servent que de fioritures décoratives à ses arguments. Il rejette avec mépris les théories des autres mais ne propose de son côté pas la moindre piste méthodique. Le tout est une sorte de bûcher des idées d'autrui (« Quoi qu'il en soit, je suis contre »). Pourtant, ce texte contient en germe tout ce qu'on retrouverait ensuite dans le livre qui le rendrait bientôt célèbre : *Tuez votre Moi*.

TROISIÈME CAHIER

J'avoue que j'attends désormais avec impatience le moment de m'asseoir avec mes cahiers le soir. Ils m'ont donné un but. Jusqu'à présent, je tenais compagnie à papa au salon ; lui avec ses mots croisés, moi avec un livre ou un magazine. À part l'habitude, il n'y avait pas de réelle raison à cela. Tous les sujets de conversation avaient déjà invariablement été épuisés au dîner, mais si je me retirais dans ma chambre, j'avais l'impression de l'abandonner aux griffes de Mme Llewelyn. Peu après son embauche, Mme Llewelyn m'avait demandé pourquoi je n'avais pas un hobby avec lequel m'occuper. Naturellement, j'avais trouvé sa question impertinente et le lui avais fait savoir.

J'ai toujours détesté les épouvantables loisirs auxquels les jeunes filles sont encouragées à consacrer leur vie. Passer des heures à plisser les yeux sur un métier à broder ne me paraît pas une manière très utile d'user de son temps. Dans les classes inférieures, la couture ou le tricot sont peut-être des nécessités, mais nous ne sommes pas des miséreux et je n'ai pas besoin de me promener dans des nippes fabriquées maison. Certes, il y a le piano, mais depuis la mort de Veronica ce n'est plus qu'un ornement. La totalité du talent musical de notre famille résidait dans ses petits doigts boudinés. Papa adorait l'écouter jouer et, ne serait-ce qu'en soulevant le couvercle du piano, j'aurais le sentiment cruel de convoquer son fantôme. Aussi passais-je mes soirées dans le fauteuil en brocart, à lire des romans sur des femmes indépendantes modernes qui renoncent à tout dès la première opportunité de mariage.

J'avais résolu depuis belle lurette de ne jamais devenir une femme indépendante moderne. Je ne comprends pas cette obsession actuelle pour la liberté. Il me semble que nous nous porterions tous beaucoup mieux si nous acceptions notre sort dans la vie au lieu de nous battre pour nous libérer de chaînes imaginaires. Je me rends bien compte que tout le monde n'est pas aussi privilégié que moi, mais cette aspiration constante à des choses au-dessus de son rang est la recette assurée du malheur. Je ne désire rien d'autre que de m'occuper de mon père et de pouvoir m'offrir de temps en temps un nouveau manteau ou une paire de bas. Ça ne signifie pas qu'il ne m'arrive pas quelquefois de ressentir une pointe de jalousie envers ceux à qui tout réussit sans effort, mais on ne peut pas tous être en haut de l'échelle. Mieux vaut accepter les cartes que la vie nous a distribuées. Toute la broderie et le piano du monde ne changeront jamais rien au fait que, pour la plupart d'entre nous, le désespoir silencieux est ce que nous pouvons espérer de mieux.

Je n'ai pas toujours été de cet avis. Il fut un temps où j'avais une vision du monde plus optimiste. Cet interlude embarrassant s'est produit dans les mois qui ont suivi mon vingt et unième anniversaire. Maman était morte depuis six ans, et Veronica était partie à la conquête de Cambridge. Un soir, au dîner, papa déclara que je ne devais pas me sacrifier pour lui. Quand je lui demandai ce qu'il voulait dire, il me répondit qu'il fallait que j'aille voir le vaste monde et pas que je me sente obligée de rester à la maison pour m'occuper de lui ; que ce n'était pas une vie pour une jeune femme, surtout en ces temps d'émaciation. Je suppose qu'il voulait dire « émancipation », mais je ne le corrigeai pas. Je ne lui dis pas non plus que je n'avais aucune envie de « voir le vaste monde », que j'étais parfaitement heureuse à la maison auprès de lui. Personne ne reproche à une femme de rester chez elle pour s'occuper de son mari. Pourquoi serait-ce différent si cet homme est son père ? Mais je savais qu'il avait raison. Les rares fois où je participais à un événement mondain, les gens changeaient de sujet quand je leur disais ce que je faisais, ou me regardaient comme si je ne tournais pas rond. En réalité, j'avais peur. De tout. Les femmes qui travaillaient me semblaient appartenir à une espèce totalement différente. Elles vivaient dans un monde où les gens « faisaient des choses », échangeaient des bons mots dans des cocktails et s'autorisaient allègrement des liaisons extraconjugales. L'intérêt principal de mon poste chez M. Brownlee a été de me rendre compte que le monde du travail était peuplé de cruches et de nigaudes dans mon genre.

La « recherche d'emploi » s'avéra une opération plus simple que je ne l'avais imaginé. J'attendis le lundi suivant et, ayant passé le week-end les nerfs à vif, je quittai la maison sur le coup de 8 heures. J'achetai un exemplaire du *Standard* et marchai dans la rue d'un pas déterminé, en tailleur et talons hauts, en me répétant mentalement mon nouveau mantra :

je suis une femme indépendante moderne. JE SUIS une femme indépendante moderne. Le temps d'atteindre le Lyons d'Elgin Avenue, je commençais presque à y croire. Je commandai un thé et ouvris le journal à la page des offres d'emploi. Je n'avais pas réfléchi au type de poste auquel je pourrais me présenter. Clairement, il fallait que ce soit quelque chose qui ne requérait aucun talent ni compétence particuliers car, à part mes capacités de dactylo – que toutes les élèves les moins brillantes de St Paul étaient forcées d'étudier –, je n'avais pas grand-chose à offrir. Je décidai cependant de ne pas me laisser décourager par ce manque de qualification et entourai toutes les annonces pour lesquelles je n'étais pas explicitement inapte. Après avoir fini mon thé, je remis du rouge à lèvres et me dirigeai vers la cabine téléphonique sur le trottoir. Les trois premiers emplois auxquels je postulai n'étaient plus à pourvoir. M'entendant dire cela une quatrième fois, je demandai avec une certaine condescendance pourquoi, dans ce cas, l'annonce était toujours dans le journal. On m'informa alors que, si les annonces paraissaient quinze jours d'affilée, les postes trouvaient généralement preneur en quelques heures. Je persévérai malgré tout. Une femme indépendante moderne ne se laisse pas abattre si facilement, et quelques coups de fil plus tard j'avais décroché un rendez-vous à 15 h 30 l'après-midi même. L'annonce disait seulement : « Agence cherche aide de bureau. Salaire en fonction de l'expérience. » Je ne savais pas bien ce qu'était une « aide de bureau », mais je pris ce succès éclair comme un bon signe.

Au fil des heures à attendre, cependant, la motivation que j'avais si résolument entretenue s'émoussa. Je n'étais pas une femme indépendante moderne.

Tout ce que je voulais, c'était rester chez moi, m'occuper de mon papa, lire des romans et me donner du plaisir devant le miroir de ma chambre. Je maudissais la suffragette Emmeline Pankhurst et toute sa clique de Jézabel d'avoir tout gâché. Nonobstant, je me présentai à l'heure dite au bureau de Charles Brownlee, agent artistique, sur Old Compton Street. J'indiquai mon nom à la réceptionniste modérément jolie et me vis répondre de prendre place à côté de deux autres candidates ; M. Brownlee me recevrait sous peu. Afin de me redonner confiance, je dressai l'inventaire des défauts de mes concurrentes. La première était une femme d'une quarantaine d'années, aux chevilles épaisses, avec un hématome disgracieux au tibia. Son manteau s'effilochait sur les bords et elle était assise les jambes écartées. La seconde représentait un plus grand défi. C'était une petite garce qui ne devait pas avoir plus de dix-huit ans. Jolie, les cheveux longs, elle portait un pull moulant jaune, des bottes blanches qui lui arrivaient aux genoux et une jupe qui, à n'importe quelle autre époque, aurait été jugée obscène. Elle me sourit avec condescendance, sans doute persuadée que son état à demi dénudé lui vaudrait les faveurs de M. Brownlee, toujours invisible. Je lui souris en réponse, réconfortée à l'idée du certificat de dactylographie soigneusement plié dans mon sac.

Quand vint mon tour, je m'assis sur la chaise devant le bureau de M. Brownlee, le dos bien droit, les mains à plat sur les cuisses. M. Brownlee m'observa quelques instants, non sans désapprobation. J'estimai à vue d'œil qu'il devait avoir autour de la cinquantaine. Il était vêtu d'un costume marron à rayures très fines particulièrement suranné et d'une cravate évasée à motif de masques grecs. Les rares cheveux qui lui restaient étaient rabattus sur son crâne de façon à couvrir sa calvitie. Il avait une moustache impeccablement taillée qui, en plus de son air bonhomme, compensait en partie sa tenue miteuse. Il écrasa sa cigarette dans un cendrier en étain. L'entretien consista en une seule question :

« Pensez-vous être capable de faire ce que fait Mlle Evans, qui vous a reçue ? Elle s'en va, voyez-vous.

— Eh bien, ça dépend de ce qu'elle fait », répondis-je.

M. Brownlee hocha la tête d'un air satisfait.

« Voilà une réponse sensée, mademoiselle… ? »

Je lui rappelai mon nom.

« Vous n'imaginez pas le nombre de filles qui arrivent ici et m'assurent pouvoir faire tout ce que fait Mlle Evans avant même que je leur explique de quoi il retourne.

— Quelle imprudence, commentai-je modestement.

— Je ne vous le fais pas dire.

— Et que fait-elle donc ? »

Les tâches énumérées ne me semblèrent pas spécialement difficiles : répondre au téléphone, taper des courriers, accueillir les visiteurs, faire quelques courses. Je sortis mon certificat de dactylographie et le fis glisser sur le bureau. Cela parut grandement impressionner M. Brownlee. Il haussa les épaules, comme s'il venait de prendre une décision en son for intérieur, et demanda :

« Vous pourriez commencer ce vendredi ? Evans se marie samedi. Elle vous mettra au parfum. Six livres par semaine, ça vous va ? Vous n'avez pas prévu de vous caser prochainement, j'espère ? »

Je lui garantis que non. Il se leva, contourna son

bureau et nous échangeâmes une poignée de main, tels Roosevelt et Churchill scellant un accord.

Je n'avais jamais compris jusque-là l'expression « marcher d'un pas élastique », mais alors que je remontais Charing Cross Road, cela m'apparut comme une évidence. Je souriais aux gens que je croisais. Comme je passais devant un café, je décidai à brûle-pourpoint d'y entrer et de m'asseoir à une table en vitrine, bien que je n'eusse encore jamais mis les pieds dans ce genre d'endroit. Je commandai un cappuccino. À la table voisine, trois jeunes hommes, cheveux en bataille et veste renforcée aux coudes, étaient penchés sur un manuscrit. À une autre, un monsieur à l'air distingué lisait une revue d'art dramatique. Peut-être était-il critique de théâtre. Il surprit mon regard et, pour la première fois de ma vie, je ne détournai pas les yeux. J'étais l'assistante de Charles Brownlee, agent artistique. Je buvais un cappuccino et, bientôt, je gagnerais six livres par semaine. J'étais devenue, presque par hasard, une femme indépendante moderne. La serveuse était une jolie fille aux yeux lourdement soulignés de khôl. Elle se mouvait comme si, à tout instant, elle s'attendait à être prise en photo. Je la soupçonnais d'avoir des ambitions de comédienne. Peut-être qu'une fois en poste chez M. Brownlee, je pourrais faire jouer mes relations pour lui donner un coup de pouce, et des années plus tard elle raconterait dans ses mémoires qu'elle vouait une reconnaissance éternelle à la femme qui l'avait repérée dans un café de Charing Cross Road. Le cappuccino était essentiellement de la mousse et coûtait deux fois le prix d'un thé au Lyons. Je résolus, malgré ma fortune future, de ne plus me laisser séduire par de telles frivolités.

Papa fut si enchanté en apprenant la nouvelle que

j'eus le sentiment qu'il devait me croire incapable d'une chose pareille. J'avais attendu d'avoir servi la soupe pour le lui annoncer.

« C'est formidable, vraiment formidable », ne cessait-il de répéter.

Puis il me fixa du regard à l'autre bout de la table, la cuillère en suspens au-dessus de son assiette, et ajouta, comme si j'étais demeurée :

« Je suis très fier de toi.

— C'est juste un boulot débile de réceptionniste, répondis-je. Un chimpanzé pourrait le faire.

— Oui, mais quand même. Tu ne sais pas où ça peut te mener. »

Bien que vexée par sa remarque, je me contentai de débarrasser les assiettes à soupe et d'aller à la cuisine servir le ragoût en boîte que j'avais réchauffé.

La vie chez M. Brownlee s'avéra moins glamour que je ne l'avais imaginé. Mes journées consistaient à taper des lettres et des contrats, ouvrir le courrier, aller au bureau de poste et prêter une oreille compatissante à la clientèle dépenaillée de M. Brownlee. Cette faune disparate se composait principalement de fantaisistes, de magiciens de seconde zone et de crooners dont les beaux jours dans le music-hall étaient loin derrière. Le Grand Dando passait tous les mercredis après-midi sur le coup de 15 heures. Il se penchait sur mon bureau, l'haleine chargée de whisky, et sortait un florin de derrière mon oreille avant de le faire disparaître puis réapparaître dans son autre main. Une fois sur dix, il y arrivait. Les neuf autres, la pièce tombait de sa manche et il devait tâtonner à quatre pattes pour la retrouver par terre de ses doigts tremblants. Cependant, quelle que soit l'issue, je feignais l'émerveillement, car je n'étais pas là pour saper davantage sa confiance en lui. Le Grand Dando refusait d'animer des anniversaires d'enfants et, comme c'étaient les seuls contrats que M. Brownlee pouvait lui proposer, il exerçait son métier dans les pubs en échange de verres qu'on lui offrait par commisération ou, plus vraisemblablement, dans l'espoir de se débarrasser de lui. De mon côté, je finis par le trouver attachant et par attendre ses visites avec impatience. Un jour, alors qu'il patientait pour être reçu par M. Brownlee, je lui demandai son vrai nom. « Mon vrai nom, proclama-t-il avec emphase, est le Grand Dando. » Joignant le geste à la parole, il tira de sa manche un bouquet de fleurs en plastique qu'il me tendit avec une courbette. Lorsqu'il ressortit de son rendez-vous infructueux avec M. Brownlee, il me demanda de lui rendre ses fleurs et les refourra maladroitement là où il les avait prises. « Je pourrais me faire virer du Cercle des magiciens pour ça », souffla-t-il en posant un index sur ses lèvres. Je lui assurai que son secret serait bien gardé. Il m'attrapa alors les joues entre ses mains et me dit que j'étais une brave fille.

À part le Grand Dando et ses semblables, la majeure partie du travail de M. Brownlee consistait à fournir des filles à divers clubs de Soho. Trois ou quatre fois par semaine, une fille, invariablement originaire de quelque infecte petite ville du Nord, se présentait à mon bureau, lâchait sa valise à ses pieds et déclarait être une comédienne cherchant du travail. Souvent elles arrivaient munies de lettres de recommandation de telle ou telle compagnie de répertoire, ou de critiques soigneusement découpées dans le *Bradford Bugle* ou autre journal inconnu au bataillon. Bien qu'étant lui-même de Manchester, M. Brownlee détestait cordialement ces filles-là. « Un accent aussi épais que leurs chevilles, disait-il. Je ne peux pas mettre des traînées pareilles sur la scène londonienne ! » Il était cependant le roi de la perfidie. « Si seulement vous étiez venue hier... les baratinait-il. Il y avait un rôle dans une pièce au Old Vic qui aurait été parfait pour vous. Je suis sûr qu'une autre occasion se présentera, mais en attendant... » Et sur ce, la pauvre malheureuse se voyait expédiée à une adresse à Walker's Court où elle s'avilissait aussi longtemps qu'elle pouvait le supporter, jusqu'à ce qu'elle s'aperçoive de son erreur, remonte dans le Nord en auto-stop pour y épouser Billy, Dick ou Arthur et emménage dans la chambre d'amis de la bicoque de ses beaux-parents. C'est sur ce cycle lugubre que reposaient les affaires de M. Brownlee. Le roulement était rapide et il semblait y avoir un flot inépuisable de filles pour l'alimenter. Je gardais une boîte de Kleenex dans le tiroir de mon bureau.

Malgré cela, pour la première fois, j'avais la sensation d'avoir trouvé une place dans le monde. Je n'étais plus invisible. Je gagnais de l'argent par mon propre labeur. Ça ne signifie pas que j'étais devenue un membre totalement intégré de la société, mais dans la mesure où les clients de M. Brownlee étaient tous, à divers degrés, des gens spéciaux, je me fondais dans la masse.

Je continuais à passer mes soirées au salon, mais je commençais à me lasser des niaiseries que je lisais. Je ne voyais pas pourquoi je ne pourrais pas faire mieux, ou au moins m'y essayer. Je me mis à écrire des petits portraits des personnages que je croisais au travail. Puis, pendant une semaine, après le dîner, je pris l'habitude de me retirer dans ma chambre pour rédiger, dans un cahier acheté spécialement à cet effet, ce qui devait devenir mon triomphe : *Une agréable réception.* Mon héroïne était Iris Chalmers, réceptionniste chez un agent artistique, et l'intrigue concernait ses liaisons avec les hommes qui fréquentaient l'agence. Voilà comment ça commençait :

Iris Chalmers n'était pas du genre à se satisfaire d'un second choix. Sa mère lui avait toujours répété : « Le mieux est l'ennemi du bien. » Mais Iris n'avait pas l'intention de se contenter d'un homme « bien ». Non, pour elle c'était le meilleur ou rien, et un beau jour le meilleur franchit justement la porte des bureaux de Brownstone Associates Theatrical Agents, où elle travaillait, en la personne d'un certain Ralph Constable. Il était passablement grand, passablement riche, et plus que passablement beau. Le problème était qu'il était aussi passablement marié.

J'écrivis toute l'histoire en l'espace de trois soirées, entièrement absorbée par les mésaventures d'Iris (il lui arrivait toujours des ennuis). Puis je la tapai à la machine pendant mes heures creuses au travail, cachant mon cahier sur mes genoux de crainte que M. Brownlee n'arrive sans prévenir et ne me demande ce que je faisais. Je l'envoyai par la poste et ne reçus aucune réponse durant plusieurs semaines. Je l'avais presque oubliée quand, un soir, en rentrant à la maison, je trouvai sur le portemanteau une enveloppe adressée au nom de plume que je m'étais choisi. En plus de mon manuscrit, elle contenait une lettre rédigée d'une écriture flamboyante par une certaine Mme Patricia Evesham m'expliquant que, si ma nouvelle était susceptible de plaire aux lecteurs du *Woman's Journal* et plutôt bien écrite, il y avait des aspects qui la rendaient impubliable dans sa forme actuelle. Le magazine ne pouvait pas, poursuivait-elle, faire paraître une histoire dont l'héroïne s'engageait aussi légèrement dans une relation adultère. Mais si je voulais bien procéder aux modifications indiquées sur le manuscrit, ils étaient prêts à revoir leur jugement. « Plutôt bien écrite » était un compliment inespéré. De plus, j'étais secrètement enchantée d'apprendre que mon héroïne était trop dépravée pour le lectorat du *Woman's Journal*, et je me mis aussitôt au travail pour corriger mes erreurs. Ralph Constable devint un jeune veuf. Iris fut délestée de ses manières grossières et de ses pensées les plus licencieuses. Même si j'avais le sentiment de compromettre quelque peu ma « vision artistique », il fut vite dissipé lorsque la nouvelle fut acceptée pour publication. Le chèque de deux livres suffit amplement à récompenser mon intégrité.

Je passai les semaines qui suivirent à remplir des cahiers de nouvelles histoires. J'étais sûre que, quand *Une agréable réception* paraîtrait, je serais inondée de propositions et qu'il fallait me tenir prête. Mon écriture, je le sentais, ne faisait que s'améliorer. J'abandonnai la prose chargée de mes débuts en faveur d'un style plus sobre, plus littéraire. Je m'attardais davantage sur les passages descriptifs au lieu d'enchaîner les scènes sans respiration. Je prêtais à mes personnages une vic intérieure en espérant qu'ils acquièrent une certaine complexité aux yeux des lecteurs. J'étais convaincue d'être destinée à devenir la Nancy Mitford de ma génération.

Le jeudi de la publication d'*Une agréable réception*, je me précipitai à la maison de la presse de Charing Cross Road pour acheter un exemplaire du *Woman's*

Journal. Je le feuilletai dehors, sur le trottoir. Une illustration assez vulgaire représentait Iris en jupe courte, les jambes croisées derrière son bureau dans une pose provocante, ce qui ne correspondait pas du tout à la description que je faisais d'elle dans le récit, mais cette légère infidélité n'entama nullement mon excitation de voir mes mots imprimés sur le papier. Comme je me tenais sur le trottoir, le magazine à la main, il me semblait inconcevable que les passants puissent ignorer le fait qu'ils se trouvaient en présence d'une écrivaine renommée. Un peu déçue, je retournai dans la boutique acheter trois autres exemplaires du magazine. Le vendeur ne fit aucun commentaire mais je me sentis obligée de me justifier. « C'est juste que j'ai une histoire dedans, vous comprenez. » Il haussa les épaules d'un air indifférent. « Ça vous fera quand même neuf shillings, poupée. »

Je ne le savais pas à l'époque, mais cet épisode allait rester l'apogée de ma carrière littéraire. Les jours suivants, j'attendis en vain l'arrivée de lettres de fans et de propositions de publication. Un midi, pendant ma pause-déjeuner, je me rendis dans les bureaux du *Journal* sur Russell Square. Une fille d'une vingtaine d'années me demanda d'un ton guilleret ce qu'elle pouvait faire pour moi. Je lui expliquai la situation. Peut-être, dis-je, mon adresse avait-elle été égarée. Elle prit la peine de passer en revue une pile de courrier, mais il n'y avait rien pour moi. Refusant de me laisser décourager, je tapai à la machine plusieurs des nouvelles histoires que j'avais écrites et les envoyai à divers magazines. Elles me furent retournées accompagnées de lettres de refus quasiment identiques au mot près. Un soir, je relus *Une agréable réception* en songeant que, dans mes efforts pour relever mon style, j'avais dû par trop m'éloigner de la formule gagnante. Mais chaque phrase me faisait grimacer un peu plus que la précédente. C'était d'une platitude et d'une banalité désolantes. Le lendemain matin, ne voulant pas même laisser derrière moi la trace compromettante des cendres dans la cheminée, je jetai tous mes cahiers dans une poubelle de Maida Vale.

Quinze jours après mes débuts chez M. Brownlee, papa avait installé Mme Llewelyn à la maison. Bien sûr, il me le présenta comme une solution raisonnable. « Maintenant que tu travailles, tu n'auras plus le temps de faire les courses et de cuisiner. » Je répondis qu'en vérité je consacrais très peu de temps à ces activités. Par les temps qui courent, il suffit d'ouvrir quelques boîtes de conserve pour concocter un repas équilibré. « Mais quand même », insista papa, et je compris qu'il n'était pas satisfait des menus que je lui préparais. Il est vrai que je ne suis pas une grande cuisinière et qu'il avait beaucoup maigri dernièrement. Ses encouragements à me trouver un travail n'avaient été qu'un prétexte pour me remplacer. Je l'avais déçu, et mon boulot idiot chez M. Brownlee me parut soudain parfaitement futile. Je m'aperçus aussi que, dans les six années depuis la mort de ma mère, mon père n'avait jamais recherché de compagnie féminine. Plus jeune, il ne m'avait jamais traversé l'esprit que mon père puisse avoir des besoins physiques (d'ordre sexuel, j'entends), mais en devenant moi-même plus avertie, je me rendis compte que ce serait parfaitement naturel. Et s'il était acceptable que sa fille tienne la maison, il aurait été inconvenant que je m'occupe de ses désirs charnels. Ces choses-là sont peut-être tolérées dans les colonies, mais en Angleterre ça ne se fait tout simplement pas.

Je n'ai pas beaucoup de sympathie pour Mme Llewelyn, et je dois dire qu'elle n'en a pas beaucoup pour moi. Je sais qu'en ces temps d'égalité on ne devrait pas en vouloir à quelqu'un pour la simple raison qu'il vient du pays de Galles. Après tout, ce n'est rien d'autre qu'un accident de naissance (qui a de quoi inspirer davantage de pitié que de mépris), mais je pense que, si l'on se doit d'être tolérant, il est normal en échange que les personnes concernées fassent leur possible pour tenter d'atténuer les handicaps avec lesquels elles sont nées. Or Mme Llewelyn ne semblait s'embarrasser d'aucune considération de ce genre. Bien qu'elle fût arrivée à Londres avec son défunt mari peu après la guerre, son accent demeurait quasi incompréhensible. Une ou deux fois, j'essayai de lui enseigner la prononciation correcte de certains mots et expressions du quotidien, mais elle se montra des plus récalcitrantes. D'ailleurs, dès notre première rencontre, elle avait eu l'audace de m'informer que son nom de famille se prononçait « Thoo-elin ». Si tel était le cas, avais-je rétorqué, pourquoi ne pas l'écrire ainsi ? En plus de tout cela, comme pour s'assurer que je ne puisse jamais oublier sa présence sous notre toit, toutes ses activités sans exception s'accompagnaient d'un chantonnement insupportable. Sachant qu'il ne me revenait pas de la réprimander, je demandai à papa s'il voulait bien lui en toucher un mot, mais il sembla s'amuser de ma requête. C'était plutôt plaisant, me répondit-il, d'avoir une présence joyeuse dans la maison. Je ne manquai pas de relever le sous-entendu.

Ce fut la première de nombreuses occasions lors desquelles papa prit le parti de la gouvernante contre moi, et je résolus de faire tout ce qui était en mon pouvoir pour la discréditer. Cela s'avéra difficile. Mme Llewelyn, il faut le reconnaître, était une excellente cuisinière. Quand je rentrais du travail, la bonne odeur du bouillon en train de mijoter embaumait la maison. En quelques semaines, mon père et elle s'appelaient par leur prénom, et il l'invita à manger à table avec nous. Ce serait déplacé, disait-il, de l'obliger à nous servir comme une domestique. Elle faisait partie de la famille, à présent. Il me regarda pour chercher dans mon expression une confirmation de ce sentiment ridicule, mais je repoussai mon assiette en déclarant que, contrairement à d'autres, je surveillais ma ligne.

Mme Llewelyn ne correspondait en rien à l'image qu'on se fait d'une gouvernante. Elle n'était ni corpulente ni poissarde. Elle avait les joues légèrement rougeaudes (sans doute un vestige de ses origines modestes), mais les traits plutôt avenants et la silhouette élégante. Je commençais à soupçonner que papa ne l'avait pas engagée simplement pour tenir la maison, mais aussi pour s'occuper de ces fameux besoins dont il est défendu à une fille de se charger. Je pris l'habitude de me déplacer dans la maison en chaussettes, de façon à pouvoir les attraper en flagrant délit. Un jour, je les surpris dans le bureau. Mme Llewelyn se tenait debout près du fauteuil de papa. Il eut beau m'expliquer que c'était parce qu'ils examinaient ensemble les finances du foyer, je n'en gardai pas moins mes soupçons. Je décidai de laisser la porte de ma chambre entrebâillée la nuit. J'ai le sommeil léger, et j'étais sûre que je serais réveillée en cas d'entourloupes nocturnes. Je restais allongée les yeux ouverts, attendant d'entendre le cliquetis d'une poignée de porte. Parfois je me relevais et je déambulais dans la maison en chemise de nuit. Souvent, je déclenchais les pièges à souris que Mme Llewelyn posait dans le cellier, ou j'en retirais les tristes petits cadavres de façon à la priver du plaisir de la victoire. Elle a une horreur des souris totalement disproportionnée aux dégâts qu'elles peuvent bien causer.

Je percevais chez elle une pointe de cruauté et, si je cherchais à creuser un fossé entre mon père et elle, c'était uniquement par souci pour lui. Un matin, avant de partir au travail, je laissai un billet d'une livre à demi caché derrière le pied de la console du téléphone dans l'entrée. Quand je rentrai le soir, il avait disparu. Au dîner, je mentionnai en passant à mon père qu'il me semblait avoir égaré un billet. Je l'avais cherché partout, en vain. « Ah, c'était à toi, répliqua-t-il d'un ton jovial. Margaret l'a trouvé sous la console de l'entrée, ce matin. » Il le sortit de la poche de son pantalon et me le tendit. Lorsque Mme Llewelyn apporta le dessert, il l'informa que le mystère avait été résolu. Elle répondit qu'elle était ravie de l'apprendre, mais je vis bien à son expression qu'elle avait compris ma manœuvre. Je suis consciente que tout cela n'est pas à mon honneur. Je dois reconnaître que j'étais jalouse.

Quand j'arrivai chez le Dr Braithwaite pour ma troisième séance, Daisy me dit de passer directement dans son cabinet. Cette entorse à la tradition établie me perturba. Je m'étais habituée à avoir ces quelques minutes dans la salle d'attente pour me dépouiller des derniers restes de moi-même et devenir Rebecca. Je m'arrêtai devant le bureau de Daisy.

« Mlle Kepler n'est donc pas là aujourd'hui ? » demandai-je.

Elle me dévisagea de ses doux yeux bleus. Comme il devait être facile d'être Daisy ! Elle donnait l'impression qu'aucune pensée sombre n'avait jamais troublé sa petite tête ravissante. Peut-être que de passer ses journées à voir défiler les riches cinglés du Tout-Londres était la recette d'une excellente santé mentale. Elle ignora ma question et me répondit à la place que le Dr Braithwaite serait là d'une minute à l'autre.

« Elle est malade ? » insistai-je.

Le visage de Daisy revêtit une expression étonnamment butée.

« Vous savez bien, mademoiselle Smyth, que je ne peux pas parler des autres visiteurs avec vous, dit-elle avant d'ajouter dans un murmure en se penchant en avant : Vous ne devriez même pas connaître son nom. »

La façon dont elle m'avait glissé cela avait créé, me semblait-il, une certaine complicité entre nous.

« Je comprends », répondis-je.

Mais je m'attardai néanmoins près de son bureau. J'avais le pressentiment qu'il était arrivé quelque chose d'épouvantable ; que Mlle Kepler avait été prise d'un besoin irrépressible de se faire du mal.

« C'est idiot, je sais, repris-je, mais je détesterais savoir qu'il lui est arrivé malheur. »

Daisy baissa encore un peu la voix.

« Vous n'avez aucune raison de le penser », dit-elle, sans toutefois démentir qu'il était arrivé quelque chose.

À cet instant, le Dr Braithwaite apparut, non pas à la porte de son bureau, mais à celle du palier. Cela me fit le même effet que si j'avais croisé son double. Il avait l'air encore plus débraillé que d'habitude. Il était pieds nus et sa chemise n'était pas rentrée dans son pantalon. Daisy se recula vivement et se remit à taper. Elle avait rougi. Braithwaite nous observa tour à tour.

« Si vous préférez dépenser vos cinq guinées pour consulter Daisy, mademoiselle Smyth, ça me va très bien. Dans ce cas, je me tire au pub et je vous laisse vous débrouiller. Sinon… »

Il traversa la salle d'attente et ouvrit en grand la porte de son antre. Alors que je le croisais dans l'embrasure, il remarqua que j'avais un nouveau parfum. C'était vrai. À l'heure du déjeuner, j'avais essayé un échantillon à la boutique Boots de Tottenham Court Road. Cela confirma mon intuition qu'il y avait quelque chose de surnaturel chez Braithwaite. Non seulement il avait détecté mon parfum, mais il s'était rendu compte qu'il était différent de celui que je portais avant. L'idée me donna la chair de poule. Il me suivit dans la pièce, de si près que je sentais son souffle sur ma nuque. Il referma la porte derrière lui avec une fermeté délibérée. J'avais l'impression qu'il savait tout de moi ; qu'il savait que je n'étais pas celle que je prétendais être.

Instinctivement, je pressai le pas en direction du divan, qui m'apparaissait comme un refuge. Je m'assis avec mon sac sur les genoux. Il resta un moment debout, dos à la porte, puis traversa très lentement la pièce, les yeux rivés sur moi. Si son intention était de me faire peur, il y parvint. J'imaginai soudain ses mains sur mon cou, resserrant tout doucement leur étau jusqu'à ce qu'il ait éteint la vie en moi. Je ne résisterais pas. Mais il ne m'étrangla point. À la place, il tira la chaise de derrière son bureau et s'assit si près de moi que nos genoux se touchaient presque. Il se pencha en avant, les coudes appuyés sur les cuisses. Ses narines se dilataient. Je compris qu'il me reniflait et me sentis agressée. J'ouvris mon sac, en sortis mes cigarettes et m'en allumai une, dont la fumée créa une sorte de barrière entre nous. Une idée embarrassante me traversa l'esprit.

« J'espère que vous ne pensez pas que j'ai changé de parfum spécialement pour vous », dis-je.

Braithwaite se recula légèrement.

« Ça ne m'avait pas effleuré, dit-il. Du moins jusqu'à ce que vous jugiez bon de me le préciser. Mais le fait est que vous portez bel et bien un parfum différent. Vous devez avoir une bonne raison à cela. »

Rebecca prit le relais.

« J'imagine que vous allez me dire que c'est parce qu'inconsciemment j'ai envie de coucher avec vous.

— C'est le cas ?

— Si c'est un désir inconscient, je ne peux pas le savoir, n'est-ce pas ? Mais je peux vous assurer que mon esprit conscient trouve l'idée parfaitement répugnante. »

Il me semblait que Rebecca avait dépassé les bornes, mais Braithwaite parut trouver sa remarque amusante.

« Répugnante ou pas, l'idée vous est apparemment passée par la tête », rétorqua-t-il.

J'expliquai non sans une certaine satisfaction que mon nouveau parfum n'était qu'un échantillon d'une boutique de cosmétiques. J'omis de mentionner que j'avais ensuite subrepticement glissé le flacon dans mon sac, non que l'odeur me plût outre mesure, mais par désir puéril de défier les mises en garde de ma mère contre « un nouveau Woolworth ». Pourtant, j'avais l'impression que Braithwaite, je ne sais comment, avait deviné que le petit flacon se cachait là. Je ne pouvais rien lui dissimuler. Il savait que je n'étais pas Rebecca Smyth, mais la sœur de Veronica, et que ma présence ici n'était qu'une feinte. J'attendais ses accusations. Si elles étaient venues, je n'aurais rien démenti. J'avais presque envie d'être démasquée.

« En tout cas, reprit-il, ce parfum vous va bien. Il est plus terreux. Plus sexuel. »

Il étira ce dernier mot bien au-delà de sa durée naturelle, parvenant presque à lui ajouter une syllabe. Puis il se laissa aller contre le dossier de sa chaise et me dévisagea. Je me sentis rougir. Je m'en voulus. Rebecca n'était pas du genre si facilement décontenancée. Je me cachai derrière ma cigarette.

« Même pour quelqu'un d'habitude aussi tendu que vous, je vous trouve crispée », finit-il par dire.

Il n'y a rien de plus efficace pour crisper quelqu'un que d'attirer l'attention sur sa nervosité.

« Bien sûr que je suis crispée, répliquai-je. Vous me crispez. »

Il prit un air innocent.

« Et qu'est-ce que je fais pour vous crisper ?

— Vous le savez très bien.

— Je vous assure que non, dit-il en secouant la tête.

— Vous êtes assis trop près de moi.

— Ah, fit-il en opinant du chef. Et la proximité d'une autre personne vous met mal à l'aise, c'est ça ? Si vous trouvez que je suis trop près, Rebecca, vous êtes libre de vous asseoir ailleurs. »

Il se recula contre le dossier de sa chaise et se mit à se masser le menton, pliant et dépliant ses mâchoires mal rasées. Il avait les lèvres rouges et gonflées, et me vint à l'esprit l'image d'un plateau d'abats dans la vitrine d'un boucher. Je restai où j'étais. Ce n'était pas à moi de bouger. Je m'étais mise là la première. C'était lui qui avait empiété sur mon territoire. Au bout d'un moment, il se pencha de nouveau vers l'avant, les doigts en triangle devant lui.

« Voilà ce que je pense, Rebecca, dit-il. Ce n'est pas moi qui vous crispe. Vous étiez tendue dès l'instant où je vous ai surprise en conciliabule avec Daisy. Quand je suis arrivé, vous vous êtes comportées toutes les deux comme si je vous avais prises en flagrant délit, mais au lieu d'assumer ce que vous étiez en train de mijoter, c'est à moi que vous en voulez de vous avoir interrompues. Un peu injuste, vous ne trouvez pas ?

— Nous ne mijotions rien du tout. D'ailleurs, je suis très mauvaise cuisinière. Il ne l'admettra jamais, mais c'est pour ça que papa a dû engager Mme Llewelyn », ajoutai-je totalement hors de propos.

Braithwaite expira bruyamment et me regarda comme on regarderait un vieux chien plus capable de contrôler sa vessie. Il se leva et fit les cent pas dans la pièce pendant un moment.

« Bref, dit-il enfin, il ne s'agirait pas que vous restiez crispée. On n'ira nulle part si vous êtes crispée. Vous ne voulez pas vous allonger ? Essayer de vous détendre ?

— Je n'ai pas envie de me détendre, dis-je.

— Dans ce cas, je ne peux pas vous forcer.

— Si vous tenez tant à ce que je me détende, pourquoi ne pas m'hypnotiser ?

— Je ne crois pas à ces foutaises, rétorqua-t-il. Et de toute façon je suis presque sûr que vous n'êtes pas hypnotisable. Vous êtes ce qu'on appelle "résistante". Vous seriez pétrifiée que je découvre tous vos secrets. »

Je lui répondis que je n'avais pas de secrets.

« Tout le monde a des secrets. Allez, dites-moi un des vôtres, et je vous dirai un des miens. Échange de bons procédés.

— Si je vous le disais, ce ne serait plus un secret, non ? »

Les allées et venues de Braithwaite dans la pièce

l'avaient ramené près de la porte. Je pensais qu'il allait l'ouvrir et me dire de ficher le camp. Au lieu de quoi il se laissa tomber au sol et s'assit en tailleur, adossé à la porte. J'avais l'impression d'être prise en otage.

Afin de détourner la conversation de mes secrets supposés, je posai mon sac à mes pieds et ôtai mes chaussures. Je me sentais nue sans elles. Je pivotai pour m'allonger sur le divan avec précaution. Puis, me rappelant la description du Dr Braithwaite de Veronica en train de faire le même mouvement, je laissai mon bras pendre mollement vers le sol et m'étirai la nuque.

« La reine des glaces commence à fondre », dit-il avec sarcasme.

Je posai la tête sur l'accoudoir du divan et fixai le plafond. Je remarquai pour la première fois que les moulures ne bordaient que trois des quatre murs. Il y avait une tache au-dessus d'une des fenêtres, comme une méduse couleur moutarde. J'ai toujours détesté ces bestioles. Un jour, enfant, j'avais marché sur une méduse à la plage de Paignton. Je me souvenais encore de la sensation de mes orteils s'enfonçant dans son corps gélatineux. J'étais horrifiée et, pendant des mois par la suite, j'avais fait des cauchemars dans lesquels ces créatures flasques m'engloutissaient. Bien entendu, c'était précisément le genre de souvenirs qui aurait intéressé Braithwaite. Aussi, lorsqu'il me demanda à quoi je pensais, je lui répondis que je me remémorais notre conversation de la semaine précédente.

« Ah, les entraves, fit-il. Je me doutais qu'on y reviendrait. Vous avez employé un mot très intéressant.

— Ah bon ?

— "Frisson", précisa-t-il. Vous avez dit que le fait d'être entravée vous procurait un certain "frisson". Un terme incontestablement sexuel, pourtant ses racines sont ailleurs, il vient du latin *frigere* : avoir froid. Ou être frigide. Peut-être était-ce là ce que vous vouliez me signifier, Rebecca : que vous êtes frigide. »

Évidemment, tout le monde sait que les psys accordent une importance démesurée au sexe. J'ai toujours supposé que la motivation à embrasser cette profession était la licence qu'elle offrait pour poser des questions déplacées. Je ne leur en veux pas pour ça. Le fait que je n'ai pas de vie sexuelle propre ne veut pas dire que je ne suis pas curieuse de celle des autres. Ni que je conteste la centralité des expériences sexuelles dans la vie. Ce sont les pauvres qui sont obnubilés par l'argent. Les riches n'en parlent jamais. De même, ce sont les abstinents qui sont le plus obsédés par le sexe.

Si, pour moi, les soupçons de Braithwaite n'étaient pas une grave insulte, Rebecca n'aurait jamais accepté une telle mise en cause.

« Je peux vous assurer que ce n'est pas le cas, répondit-elle.

— Mon instinct me dit, Rebecca, que vous êtes loin d'être aussi expérimentée que vous le prétendez.

— Tout dépend de ce à quoi vous mesurez l'expérience.

— Eh bien, voilà une façon de la mesurer : combien d'amants avez-vous eus ? »

Le rouge qui me monta aux joues me trahit.

« Je ne crois pas que ce soit un sujet de conversation convenable. »

Je fus soudain déconcentrée par un fil qui pendait au poignet de mon chemisier. Je fixai, immobile, la tache en méduse au plafond.

« Une réponse des plus ingénues », commenta-t-il, amusé.

On aurait dit un chat qui jouait avec une souris déjà à moitié morte.

« Vous montrez des signes de nervosité à la moindre mention du sexe, poursuivit-il, pourtant l'anecdote que vous avez choisi de me raconter la semaine dernière avait une connotation sexuelle indéniable. Il me semble que c'était une manière de m'inviter à vous sonder sur ces sujets-là. »

Je ne pouvais m'empêcher de penser que son choix de verbe était intentionnel, mais, comme toujours, il avait raison. Même enfant, je savais que les sensations que me procurait ce harnais serré autour de mon torse étaient illicites et sales, et qu'il ne fallait pas en parler. D'aussi loin que je me souvienne, j'ai toujours su provoquer ces sensations en moi. Toute petite, je m'entortillais dans mes draps puis, avec une agitation grandissante, je me débattais pour m'en libérer. Plus grande, je découvris qu'en plaçant la main entre mes jambes je pouvais déclencher une intense excitation. Adolescente, quand je me donnais du plaisir devant le miroir, j'en augmentais l'intensité en m'attachant les genoux avec un foulard ou une ceinture. Il y a indubitablement quelque chose qui m'enflamme dans la sensation d'être entravée. Bien entendu, je ne fis pas part de ces pensées au Dr Braithwaite. À la place, je répondis lâchement qu'au contraire, je ne souhaitais pas parler de ces choses-là.

« Raison de plus pour le faire, insista-t-il. Si vous ne voulez pas énumérer vos amants, vous n'avez qu'à me raconter votre première fois. »

Si je suis résignée à ce qu'on me catalogue comme une indécrottable pucelle, Rebecca n'accepterait sûrement pas une telle calomnie. Je songeai à Lady Chatterley, rudement molestée par Mellors, mais Maida

Vale n'était pas Wragby Hall. On n'y trouvait ni bois ni cabanes de garde-chasse. Incapable de m'inventer un Mellors au pied levé, je n'avais d'autre choix que de m'en tenir à la vérité, ou du moins une version de celle-ci.

Après la mort de ma mère, commençai-je d'un ton hésitant, papa me déposait deux ou trois fois par an chez sa sœur à Clactonon-Sea pour y passer quelques jours. Plus jeune, nous voyions très peu la famille de Clacton. Ils ne venaient jamais à Londres, et maman refusait catégoriquement de fréquenter la province. Ils vivaient dans une horrible maison sur Recreation Road. Tante Kate était une femme brusque, qui se donnait des airs joyeux, mais je soupçonne que c'était sa façon de dissimuler combien la vie l'avait déçue. Quand elle n'était pas les mains dans la farine, ou bien en train de frotter vigoureusement le perron ou d'accrocher les incessantes bassines de lessive (les classes inférieures semblent croire qu'elles peuvent compenser leurs défauts par une propreté excessive), je la surprenais souvent avec une expression de profonde lassitude sur le visage. Le trait le plus notable d'oncle Brian était qu'il sifflotait en permanence ; c'est-à-dire, plus précisément, qu'il émettait un son disgracieux accompagné d'une légère oscillation de la tête, comme s'il cherchait à prouver à quel point il était affable. C'était un incapable, ce qui rendait les week-ends sous son toit plutôt plaisants. La famille de Clacton ne pratiquait pas les excursions militaires de ma propre famille. Si je voulais rester au lit toute la matinée ou passer mes journées le nez dans un roman, personne ne m'en empêchait. Et si je ne leur faisais pas l'honneur de me joindre à eux pour les repas, tante Kate ne me regardait pas de travers quand plus tard j'allais me servir un sandwich au jambon ou une part de cake.

La seule tache à ces week-ends délicieusement monotones était la présence de mon cousin, Martin, qui avait deux ans de moins que moi. Martin n'était pas dénué de charme. Il avait des traits à peu près symétriques et, dès l'âge de quatorze ans, il dépassait son père en taille. Ses cheveux blond cendré lui tombaient sur le front avec une raie naturelle. Ces atouts physiques étaient cependant gâchés par une posture affreusement voûtée, comme s'il avait constamment peur de se cogner la tête contre une poutre trop basse. Il avait de plus hérité de son père l'habitude d'annoncer sa présence par son propre son caractéristique ; dans son cas, un reniflement perpétuel. Au début, Martin et moi avions peu d'affinité l'un pour l'autre, mais plus tard il commença à s'intéresser à moi. Quand j'étais au jardin, je le surprenais souvent à reluquer mes jambes tout en faisant mine de s'occuper à quelque tâche inexistante. Si j'étais dans ma chambre, il rôdait sur le palier, trahi par ses exhalaisons chevalines. Inutile de dire qu'il osait à peine me parler et que, quand je lui adressais la parole, il rougissait aussitôt. En vérité, il se pâmait d'admiration pour moi, et je profitais de la situation en racontant d'une voix forte ce que ma tante appelait (non sans une pointe d'envie) ma « vie londonienne ». Parfois, lorsque j'étais dans la salle de bains, je laissais la porte entrouverte, et savoir qu'il m'épiait pendant que je me brossais les dents m'excitait.

À ce stade de mon récit, je tournai la tête pour voir le Dr Braithwaite. Il était toujours assis en tailleur par terre, le dos contre la porte. Il garda une expression impassible, mais m'encouragea à poursuivre par un petit moulinet de la main. Je fixai de nouveau le plafond et repris.

Lors de ce qui allait s'avérer ma dernière visite, je trouvai Martin passablement changé. Il avait alors seize ou dix-sept ans. Il avait acquis à la fois la démarche de l'*Homo erectus* et une veste en cuir noir qu'il portait y compris pendant les repas. Il avait aussi dompté son reniflement et était à présent capable de me regarder droit dans les yeux sans rougir. Par conséquent, c'est moi qui devins troublée. Il passait les derniers disques à la mode à plein volume dans sa chambre et, quand ses parents eurent le dos tourné, m'informa qu'il fumait des cigarettes avec des filles « sur la promenade ». Naturellement, je feignis l'indifférence. À Londres, lui rétorquai-je, je fumais de la marijuana et passais mes nuits dans les clubs de jazz. Quand il me demandait si j'aimais tel ou tel groupe, je dissimulais mon ignorance par des haussements d'épaules méprisants, négligeant de lui dire que je préférais Chopin.

Je devais repartir le dimanche après-midi et, pendant le dîner du samedi, Martin – ou « Marty », comme il préférait désormais se faire appeler – me demanda si je voulais venir « traîner » avec lui sur la promenade. Comprenant qu'il avait envie de frimer en montrant sa cousine de Londres à ses amis, je ne vis pas de raison de le priver de ce plaisir. Avant de sortir, je passai un peu de temps dans ma chambre à me maquiller et me recoiffer. Martin m'attendait dans l'entrée quand je redescendis. Il avait relevé le col de sa veste. Ses pouces étaient crochetés à la fine ceinture en cuir qui maintenait son jean. Dès que nous fûmes assez loin de la maison, il tira un paquet de cigarettes de sa poche et m'en tendit une. Je pouvais difficilement refuser. Une brise soufflait de la mer et il dut se coller à moi pour réussir à l'allumer. Je sentais dans son haleine l'odeur du gratin de pâtes que nous avions mangé au dîner. L'allumage de la cigarette ne se fit pas sans difficulté. Il m'expliqua que je devais inspirer au moment où il approchait l'allumette. Je lui rappelai que je ne fumais d'ordinaire que des joints. Il hocha la tête le plus sérieusement du monde en disant : « Ouais, bien sûr. » Je tins la cigarette pincée entre le pouce et mes deux premiers doigts, comme les femmes dans les publicités. Martin tenait la sienne avec le bout incandescent protégé dans le creux de sa paume.

Nous retrouvâmes trois autres garçons, habillés comme Martin. Appuyés à la rambarde du front de mer, ils jaugeaient les groupes de filles qui passaient en faisant mine de ne pas les remarquer. Aucune présentation ne fut faite et aucun des garçons ne fit l'effort de m'adresser la parole. Cependant il était clair qu'ils savaient qui j'étais, et je fus secrètement flattée que Martin leur ait parlé de moi. Je lui demandai une deuxième cigarette et il me la donna bien volontiers. Cette fois, le rituel de l'allumage se déroula sans incident. Nous restâmes tous les cinq en arc de cercle, plus ou moins face à la promenade, le silence uniquement rompu de temps en temps quand ils nommaient un passant. « Tiens, voilà Mikey Deans » ou « C'est pas le vieux Corky dans sa bagnole ? » Le vieux Corky était apparemment un de leurs professeurs et, dès qu'il fut assez loin, les garçons crièrent mollement des insultes dans sa direction. Peut-être ma présence avait-elle inhibé leur verve habituelle. Ou peut-être était-ce là tout ce que « traîner » impliquait. Quand ma cigarette fut entièrement consumée (sans que j'y aie beaucoup contribué), je la lâchai sur le trottoir et l'écrasai du bout de ma chaussure. C'était un geste agréable, affirmé, et je résolus de me mettre à fumer pour de bon.

À ce moment, nous fûmes rejoints par deux filles qui portaient un imper trois-quarts étonnamment à la mode et des tartines de maquillage. Martin retrouva ses bonnes manières et nous présenta. La plus petite (Cynthia) avait un visage rond, des yeux de cochon et un nez camus, mais la grande était d'une beauté saisissante, un peu comme une Brigitte Bardot brune. Elle serrait sa pochette contre son ventre et ondulait légèrement des hanches en laissant son regard vagabonder sur l'horizon derrière nous. Je n'arrivais pas à la quitter des yeux. Au bout de quelques minutes, pendant lesquelles très peu de mots furent échangés, quelqu'un suggéra qu'on « bouge à l'Atlanta ». Je me mis à marcher avec les deux filles. Les garçons ne nous prêtaient aucune attention et, bientôt, ils nous distancèrent.

La petite boulotte me lança :

« Alors comme ça, tu vis à Londres ?

— Oui, confirmai-je.

— Je compte m'y installer dès que je pourrai me tirer de ce trou.

— Super », fis-je.

Elle me demanda mon âge et je le lui donnai. Nous marchâmes un moment en silence. Puis elle me demanda à quel âge je pensais que les filles devraient « le faire ». Je la dévisageai.

« Faire quoi ? m'étonnai-je, innocemment.

— Tu sais bien. »

Elle se rapprocha de moi et répéta avec insistance :

« Le faire, quoi ! »

Les deux filles échangèrent un regard.

« Ça dépend, répondis-je.

— De quoi ?

— D'un certain nombre de facteurs, dis-je, savourant mon nouveau statut de gourou du sexe. Mais au bout du compte, ça tient à une seule chose : si tu en as envie ou pas. »

Cynthia hocha vigoureusement la tête et baissa la voix.

« Tu l'as fait ? me demanda-t-elle dans un murmure conspirateur.

— Bien sûr, affirmai-je avec un petit rire condescendant. Des dizaines de fois. Et même une fois avec un homme de couleur. »

Elles parurent dûment impressionnées.

« Mon petit copain veut le faire avec moi, reprit Cynthia. Mais j'ai peur que ça fasse mal.

— Il vaut mieux y passer le plus vite possible, dis-je. Ça fait toujours mal la première fois, mais personne n'aime les demi-vierges. Le plus important, c'est de ne jamais le faire deux fois avec le même homme. Sinon, ils se font des idées.

— Quel genre d'idées ?

— Oh ben, tu sais, le genre d'idées que les hommes se font. »

Cynthia opina. Bardot roula les yeux. Elles ne devaient pas avoir plus de quinze ans.

Martin et ses amis nous attendaient devant l'Atlanta, qui s'avéra être une cafétéria miteuse, avec un auvent fatigué et quelques tables en métal inoccupées réparties sur le trottoir. Nous entrâmes et, comme toutes les banquettes étaient prises, nous rabattîmes sur une table au centre de la salle. J'enlevai mon manteau et le suspendis au portemanteau près de l'cntrée. Je pris place entre Martin et un des autres garçons.

Un type grisonnant affublé de lunettes à monture

métallique et d'un cardigan vint prendre notre commande. Il ressemblait plus à un organiste d'église qu'à un patron de café.

« Qu'est-ce que je vous sers, les minots ? »

Je fus vexée d'être ainsi mise dans le même lot que mes cadets, mais je ne dis rien. Nous prîmes tous des Coca-Cola, qui arrivèrent avec des pailles plantées dans les bouteilles. Les garçons retirèrent les pailles et burent à même le goulot en prenant des poses viriles. Je sirotai le mien prudemment tout en regardant autour de moi. Trois types, les cheveux spectaculairement crêpés, étaient massés près du juke-box dans le coin. Deux filles en pantalon corsaire dansaient ensemble en agitant mollement les hanches, les yeux dans le vague. La proximité dans laquelle nous étions à présent assis sembla avoir pour effet d'atténuer la réserve des garçons. Celui à côté de moi me demanda si j'aimais les Everly Brothers.

« Les frères Everly ? répétai-je. Je ne crois pas les avoir rencontrés. »

Il ricana et agita la main en direction du juke-box pour me signifier qu'ils étaient responsables du morceau qu'on entendait. On aurait dit une chanson pour enfants, lui fis-je remarquer.

Martin se pencha vers nous et me désigna d'un geste du pouce.

« Elle préfère le jazz, dit-il.

— Oui, acquiesçai-je. Je préfère le jazz.

— Le jazz, c'est pour les pédés, assena le garçon d'en face.

— Moi, j'aime bien, persista Martin.

— Affaire classée », conclut le garçon.

Il but une gorgée de son Coca avant de reposer la bouteille avec emphase sur la table en Formica. Puis il me toisa effrontément de haut en bas, comme si j'étais un lot à la tombola de l'école.

J'étais touchée que Martin ait pris mon parti. Maintenant que je le voyais parmi ses pairs, il me paraissait plutôt mûr. Je sortis de mon porte-monnaie un billet de dix shillings et lui demandai d'aller m'acheter un paquet de cigarettes au comptoir.

Il bondit de sa chaise, ravi de pouvoir me rendre ce service.

« Tu fumes quoi ? » s'enquit-il.

Je parcourus des yeux le rayon derrière la caisse. Les Navy Cut ne me semblaient pas assez féminines, les Rothman trop popu. Je jetai mon dévolu sur les Craven A. J'avais vu une publicité pour cette marque et j'aimais bien le dessin du petit chat noir sur le paquet. Martin revint avec les cigarettes et j'en distribuai à la ronde, jouant la Londonienne munificente. Nous en allumâmes une tous en même temps et fûmes engloutis dans un nuage de fumée. Le garçon qui m'avait interrogée sur les Everly Brothers me confia qu'il aimait aussi le jazz. Je répondis que Martin et lui devraient venir à Londres un de ces quatre et que je les emmènerais dans un club.

« Vraiment ? » fit-il.

Je lui dis qu'ils allaient quand même devoir attendre d'avoir l'âge. Il m'assura que c'était déjà le cas. Ils se mirent à discuter de la date à laquelle ils pourraient venir et je regrettai aussitôt d'avoir voulu bêtement me faire mousser.

Un autre morceau démarra.

« J'aime bien celui-là », déclara Martin.

Il recula sa chaise et me proposa de danser avec lui. Les autres garçons laissèrent échapper un chœur de « ohhh » ironiques. Martin les fusilla du regard et, comme j'avais pitié de lui et voulais écourter la discussion sur le voyage à Londres, j'acceptai son invitation. Nous nous plantâmes face à face dans l'espace devant le juke-box réservé à cette activité. Un autre couple était déjà enlacé. Martin plia les bras vers le haut au niveau du coude et se mit à remuer lentement les mains devant son torse tout en balançant les hanches pour transférer son poids d'un pied à l'autre, vaguement en rythme avec la musique. Je l'imitai et nous continuâmes ainsi un moment. La mélodie était répétitive mais inoffensive. Au troisième couplet, Martin se rapprocha d'un pas. Il articulait les paroles en silence, lesquelles semblaient consister essentiellement à répéter en boucle « *Oh yes, I'm the great pretender* », le tout accompagné d'abondants « ouuuh ouuuh » en chœur.

Martin posa délicatement ses doigts sur mes hanches, sans cesser son balancement arythmique. À moins de reculer, je n'avais guère d'autre choix que de placer mes mains sur ses coudes. Il le prit comme un encouragement et se risqua à glisser ses paumes dans mon dos, juste au-dessus de la taille de ma jupe. Nos poitrines se touchaient presque. C'était assez indécent, mais compte tenu de mes vantardises sur les clubs de jazz et autres hommes de couleur, je pouvais difficilement me mettre à jouer les vierges effarouchées. Au moment où le morceau atteignait son paroxysme insipide, Martin m'attira contre lui et les garçons à notre table se mirent à beugler comme des vaches. Nos hanches bougeaient maintenant à l'unisson, son menton appuyé sur mon épaule gauche. Je sentis alors quelque chose de dur entre ses jambes qui pressait contre le devant de ma jupe. Je le repoussai, sans brutalité. Le morceau se termina. Martin me regardait. Bien que notre danse n'ait guère été énergique, il avait une respiration haletante, par petits souffles courts. Je retournai m'asseoir. Martin se rendit aux toilettes. Quand il en revint, je lui dis que je voulais rentrer. Il acquiesça.

Sur le chemin du retour, il s'efforça de me faire la conversation comme si de rien n'était. Je lui répondais du mieux possible, car c'était préférable plutôt que de parler de ce qui s'était passé au café, et finalement notre dialogue acquit davantage de spontanéité que jamais auparavant. Quand nous arrivâmes sur Recreation Road, la maison était déjà plongée dans le noir. Nous tendîmes l'oreille en silence dans l'étroit vestibule. Le fait de savoir que nous avions commis quelque chose d'illicite, bien qu'involontairement de ma part, faisait de nous des complices. Une fois certain que ses parents étaient couchés, Martin lança un regard en direction du salon. Je l'y suivis. C'était une horrible petite pièce, dans laquelle tante Kate passait ses soirées à tricoter devant la télévision pendant que son mari somnolait derrière son journal ou marmonnait dans sa barbe les réponses aux questions des jeux télévisés. Les rideaux étaient ouverts, mais Martin ne se donna pas la peine de les tirer. À la place, il ferma la porte et alluma la lampe sur les tables gigognes près du canapé. Puis il s'agenouilla par terre devant le placard en noyer sous le poste de télé. Je m'assis sur le canapé. Il me jeta un coup d'œil par-dessus son épaule avec un air de manigance. Il ouvrit en grand le meuble télé et se frotta les mains : c'était là que la famille de Clacton rangeait ses alcools.

« Tu veux quoi ? » demanda-t-il.

Je haussai les épaules.

Il sortit une bouteille marron foncé et, avec un tas de simagrées pour ne pas faire de bruit, deux verres. Il les remplit et m'en tendit un, puis jeta sans scrupule le tricot de sa mère par terre pour pouvoir s'asseoir à côté de moi. Nous trinquâmes et bûmes. C'était du sherry, le goût sirupeux de Noël. Martin vida le sien cul sec et s'en resservit un. Je me retins de lui demander si ses parents ne risquaient pas de s'en apercevoir. C'était son problème. Je n'avais aucune envie d'être là, mais dans cette ambiance de lumières tamisées et de chuchotements, il était difficile de ne pas ressentir une certaine intimité. Je me souvins qu'en tant qu'aînée, j'avais le contrôle de la situation et pouvais me retirer dans ma chambre quand bon me semblait. Martin remplit à nouveau mon verre.

« Pas dégueu, hein ? »

Je bus une autre gorgée. Je devais reconnaître que ça procurait un effet relaxant. Peut-être qu'en plus de me mettre à fumer, je déciderais de devenir une dipsomane invétérée. Après tout, c'était une ambition comme une autre. Martin suggéra que je serais sans doute plus à l'aise si j'enlevais mon manteau. Il avait raison, bien sûr, mais comme je ne savais pas où pourrait me mener un geste aussi dévergondé, je préférai le garder. Il proposa d'allumer le radiateur à gaz, mais je secouai la tête et répondis que ce ne serait pas nécessaire, car je ne tarderais pas à aller me coucher. Martin hocha la tête d'un air entendu, comme si ma réponse constituait une forme d'invitation. Il se resservit du sherry.

« J'espère que tu n'as pas trouvé la soirée trop barbante », dit-il.

Je l'assurai au contraire qu'elle avait été très agréable et le remerciai de m'avoir invitée. Il gardait les yeux rivés devant lui. Je remarquai pour la première fois qu'il avait hérité du même nez romain que mon père.

« Tes amis sont sympas, dis-je.

— C'est des cons, rétorqua-t-il. J'ai hâte de me tirer d'ici. »

Je terminai mon sherry et déclarai que j'étais fatiguée.

« Moi aussi », dit-il.

Puis il se pencha vers moi et m'embrassa. Il commença par ma joue avant de glisser vers mes lèvres, que je gardai obstinément fermées. Ce n'était pas totalement désagréable, cependant, et je ne détournai pas la tête. Prenant cette absence de refus comme un encouragement, il posa la main sur mon genou et serra. Je laissai quant à moi mes mains sur mes cuisses. Il se mit à grogner comme un petit cheval. Puis il retira sa main de mon genou et la plongea dans mon manteau. Là, je lui agrippai le poignet et lui dis que ça suffisait comme ça. Je me levai. Il avait l'air tellement penaud que j'eus presque de la peine pour lui.

« Tu n'es pas un peu jeune pour ces choses-là ? » m'offusquai-je.

Il protesta en disant qu'il était déjà allé plus loin avec Cynthia.

Je le félicitai, tout en précisant qu'avec moi il n'irait pas plus loin.

Je fis mes ablutions comme d'habitude et me mis au lit. Je ne sais pas combien de temps s'écoula, ni même si je m'étais endormie, mais à un moment, j'entendis un cliquetis et la porte de la chambre s'ouvrit. Martin se glissa dans la pièce. Dans la pénombre, je vis qu'il était en pyjama. Il fit deux ou trois pas jusqu'au lit, repoussa les couvertures et s'allongea à côté de moi. Il avait ce qu'on appelle une « érection ». Il commença par m'embrasser sur l'épaule, puis dans le cou. Sa main gauche tripotait le bas de ma chemise de nuit. Je l'attrapai et l'immobilisai. Il me demanda dans un grommellement si je ne voulais pas « juste la toucher ». Je répondis qu'il n'en était pas question et que, s'il ne retournait pas dans sa chambre, j'appellerais ses parents. Tout à coup, son corps se raidit comme s'il faisait une attaque et je sentis une flaque gluante se former sur mon ventre. Une fois qu'il eut repris son souffle, il sortit du lit et s'excusa en me suppliant de ne pas en parler à ses parents. Je n'avais bien sûr aucune intention de le faire, mais je répondis que j'allais devoir y réfléchir. Après coup, je me demandai si cela aurait finalement été si désagréable que ça de le laisser faire ce qu'il voulait.

Je me rappelai brusquement où j'étais et jetai un coup d'œil gêné à Braithwaite. Il avait les mains croisées sur sa bedaine. Comme il n'avait pas l'air de vouloir m'interrompre, je continuai.

Le lendemain, je ne revis pas Martin avant mon départ, et j'eus le sentiment qu'il m'évitait. Dans le train du retour, je trouvai un compartiment où la place près de la vitre était libre. Je m'assis dos à la locomotive. J'aimais la sensation d'être emportée par une force irrésistible, que l'on n'a pas lorsqu'on est assis dans le sens de la marche. Une femme qui avait des allures de vieille fille occupait le siège du milieu sur la banquette d'en face. Nous échangeâmes des salutations sommaires. Son choix de siège me parut particulièrement égoïste. En s'attribuant la place centrale, elle établissait sa juridiction sur le compartiment. Bien que le train n'ait pas encore démarré, elle avait étalé son matériel de tricot autour d'elle. Elle portait une jupe qui lui arrivait presque aux chevilles et qui n'aurait pas détonné à l'époque édouardienne. Elle avait une broche en camée au revers de sa veste, et sur la tête un feutre vert orné d'une plume. Pourtant, la peau de ses mains et de ses joues était rose et élastique comme celle d'une jeune femme. Il était possible que, malgré son accoutrement de septuagénaire, elle n'ait pas plus d'une quarantaine d'années. Indépendamment de son âge, elle avait la mine de quelqu'un plongé dans un ennui permanent. La vie l'avait déçue et, pour se prémunir de futures désillusions, elle avait banni tout espoir de son cœur. Elle tricotait un pull pour enfant. Comme elle ne portait pas d'alliance, je supposai que c'était pour un neveu ou une nièce. Sa sœur devait appréhender terriblement ses visites semestrielles, et pousser un soupir de soulagement quand la porte se refermait enfin derrière elle. Je me demandai si elle avait jadis repoussé les avances d'un jeune homme et qu'elle se morfondait de regret depuis.

Je fermai les yeux et appuyai la tête contre la vitre, comme si je comptais faire un somme. Quelques instants après le départ du train, la porte du compartiment s'ouvrit brutalement. Le bruit me fit sursauter. Un jeune homme aux joues rosées et cheveux gominés, vêtu d'un imperméable fauve, se tenait dans l'encadrement de la porte. Il avait une valise dans la main gauche et une pipe éteinte dans la droite.

« Vous permettez, mesdames ? lança-t-il avec une jovialité exagérée. Ce n'est pas une réunion de suffragettes, n'est-ce pas ? Non que je sois contre, remarquez. Bien au contraire. »

La vieille fille le regardait sans l'ombre d'un sourire. Clairement, elle était « contre ». Je souris chaleureusement, ne serait-ce que pour me dissocier d'elle.

Il hissa sa valise sur le portant au-dessus de nos têtes et, coinçant sa pipe entre ses dents, retira son imperméable avec un tel empressement qu'on aurait pu croire qu'il était en feu. Dessous, il portait un costume trois-pièces en tweed d'un style que même mon père aurait jugé trop démodé avant la guerre. Ça devait être le genre de jeune homme – assistant dans un cabinet de comptabilité, peut-être – qui pense qu'en s'habillant comme un vieux schnock, il peut se faire bien voir du patron et hâter son avancement.

Compte tenu de l'occupation des sièges, il aurait été normal qu'il prenne la place contre la porte, dans le sens inverse de la marche. Que ce soit dans le bus, sur un banc public ou dans un café, les humains ont tendance à se positionner instinctivement le plus loin possible les uns des autres, et toute entorse à cette pratique éveille, à raison, les soupçons. Malgré cela, le nouveau venu s'installa sur le siège à côté de moi. Cela eut pour effet non seulement de me comprimer, mais aussi d'obliger notre compagne de voyage à décaler ses genoux pour faire de la place à ses jambes. Elle lui lança un regard noir, avant de baisser ostensiblement les yeux vers son tricot. Le jeune homme se tourna vers moi et prit une tête comique d'écolier réprimandé. Je roulai les yeux pour lui signifier que je compatissais, et que nous étions de mèche. Il le prit comme une invitation à se présenter. Son nom, si je m'en souviens bien, était George Borthwick. Il transféra sa pipe de sa main droite à sa main gauche et nous échangeâmes une poignée de main maladroite. Comme il aurait été grossier de ne pas le faire, je lui dis mon nom à mon tour.

« Un bon nom, bien robuste », commenta-t-il, comme s'il parlait d'une chaussure de marche.

Je dus faire une mine curieuse, car il s'empressa d'ajouter :

« Je ne voulais pas dire que vous étiez robuste, seulement que c'est un nom bien robuste. Qui inspire la confiance. Mais vous-même, vous ne me semblez pas si robuste. Au contraire, même, si je peux me permettre. »

Je le laissai à son monologue imbécile et tournai les yeux vers la vitre. La banlieue de Clacton céda la place à des champs de blé, ou en tout cas des champs de quelque chose. George ne fut pas du tout découragé par mon inattention. Étais-je de Clacton ? voulut-il savoir. Lui oui, mais ces temps-ci il travaillait à Londres. Il louait un meublé dans le quartier d'Elephant and Castle, mais il était allé passer le week-end chez sa « pov' môman » (il prononça ces derniers mots avec un épouvantable accent cockney). Il voyait bien que j'étais une fille de Londres, dit-il. J'avais cette allure-là. Je fus ravie d'apprendre que j'avais une « allure », même si, venant d'un provincial, ça ne signifiait pas grand-chose. George, découvris-je, n'était pas assistant comptable, mais employé dans une compagnie d'assurances. « On ne dirait pas comme ça, me confia-t-il en toute franchise, mais c'est un boulot sacrément intéressant. »

Je lui répondis que je n'en doutais pas, mais que si ça ne l'embêtait pas, j'étais assez fatiguée.

« Bien sûr, fit-il. L'air marin, tout ça.

— Exactement », acquiesçai-je avec un sourire.

Je lui dis aussi que j'avais un peu froid, et qu'il serait adorable de me prêter son imper. Il ne demandait pas mieux que de me rendre ce service. Il le récupéra sur le portant et m'en recouvrit tel un père bordant sa fille dans son lit.

Je rappuyai la tête contre la vitre et fermai les yeux. George remuait à côté de moi. Il bourrait sa pipe. J'entendis un craquement d'allumette et, aussitôt, une odeur de tabac emplit l'air, me donnant l'impression que mon père avait surgi dans le compartiment. Je somnolai un moment. Contrairement à ce que j'avais dit à George, il faisait bon dans le wagon et le bercement du train était plaisant. Je ne saurais dire si je m'endormis pour de bon, mais je me surpris à me remémorer les événements de la veille. La chanson sur laquelle Martin et moi avions dansé tournait en boucle dans ma tête. Je me souvins du moment où il m'avait attirée contre lui. Avait-il tout prévu à l'avance ? L'idée m'excitait, en tout cas. Faisant mine de changer de position dans mon sommeil, je glissai une main sous l'élastique de ma jupe. Je commençai à me donner du plaisir grâce à d'infimes mouvements de mon index. La sensation était exquise. Je serrai très fort les cuisses, comme un enfant voulant se retenir d'uriner. J'ignore si c'étaient les vibrations du train sur mes fesses, ou la proximité de George – si lourdaud fût-il – et l'arôme familier de son tabac, mais ma crise, quand elle se déclencha, fut particulièrement violente. Je sentis ma gorge se contracter et ne pus m'empêcher d'émettre une série de brefs ahanements, que j'eus la présence d'esprit de déguiser en quinte de toux. George vola aussitôt à mon secours, me donnant quelques tapes viriles dans le dos avant de se ruer dans le couloir pour demander un verre d'eau au contrôleur. La vieille fille me dévisagea. Je sentais mes joues brûler et j'étais sûre qu'elle savait exactement ce que j'avais fait. Je fus soulagée lorsque George revint, et pris avec gratitude le verre qu'il me tendit.

« Vous avez dû faire un cauchemar, dit-il.

— Oui, répondis-je en le regardant d'un air sage. Sans doute. »

Je bus une gorgée d'eau. Après une telle démonstration de galanterie, il aurait été mal élevé de lui refuser une tasse de thé lorsque nous arrivâmes à Londres. Je passai trois quarts d'heure avec lui à la cafétéria de Liverpool Street, à l'écouter me raconter les ficelles du métier d'assureur. Il repartit, le pauvre, euphorique d'avoir obtenu le téléphone d'une fille à l'allure londonienne. Je le plaignis presque en songeant qu'il découvrirait bientôt que ce numéro était aussi fictif que l'allure en question.

Peut-être parce que j'étais allongée sur le divan, je m'étais complètement immergée dans mon récit. Le Dr Braithwaite était resté près de la porte tout du long, sans m'interrompre. J'avais presque oublié qu'il était là. Dans le cendrier sur la table basse se trouvaient trois mégots de cigarettes, mais je ne me rappelais ni les avoir allumées, ni les avoir fumées. Ce moment de silence me fit l'effet d'une pause pour reprendre son souffle après un effort physique. Je comprenais pourquoi les gens étaient prêts à payer les services de quelqu'un qui ne faisait rien d'autre que les écouter.

Braithwaite me regarda pendant une bonne minute. Il avait une expression neutre. Depuis le peu de temps que je le connaissais, je m'étais habituée au fait que, même quand aucun mot n'était prononcé, une conversation avait lieu ; une conversation qui se jouait à travers les infimes mouvements de nos mains et de nos yeux. Je posai mes pieds sur le sol et me redressai en position assise. Je fis de mon mieux pour rester impassible, mais j'avais conscience qu'il était en train de me déchiffrer ; que chacun de mes tics et réflexes étaient des hiéroglyphes révélant tout ce que je voulais cacher.

En l'occurrence, ce fut lui qui rompit le silence.

« Alors, dit-il, quel était le pourcentage de vérité dans tout ça ?

— Cent pour cent ! » m'exclamai-je d'un ton indigné.

Il répéta ma réponse d'un air sceptique.

« Je ne pourrais peut-être pas jurer de tous les détails, concédai-je. C'était il y a longtemps. »

Il se leva, traversa la pièce, fit pivoter la chaise en bois et s'assit dessus à califourchon, jambes écartées, menton sur le dossier.

« Vous avez tout inventé ? insista-t-il.

— Certainement pas !

— Vous savez, au fond, je me fiche pas mal que ce soit vraiment arrivé ou pas. Ce qui compte, c'est que ce soit l'histoire que vous avez choisi de me raconter. »

Je commençai à protester, mais il balaya mes objections d'un revers de main.

« Peut-être qu'il y a une moitié de vérité, une moitié de fiction. Mais la vraie vérité – la plus importante – est qu'aujourd'hui, dans cette pièce, c'est cette histoire que vous avez décidé de raconter. Même si elle ne contient pas une once de véracité, ce fait-là est incontestable. »

J'avais l'esprit très confus, et je le lui dis.

« Et vous n'aimez pas avoir l'esprit confus, hein, Rebecca ? *Confundere !* s'exclama-t-il, l'index pointé vers le plafond. *Confundere* : la racine latine du verbe "confondre", qui signifie "mélanger, brouiller, remuer". Et c'est précisément ce que vous abhorrez, pas vrai, Rebecca ? Vous n'aimez pas que les choses se mélangent. Vous aimez qu'elles restent chacune dans leur petit compartiment. C'est comme ça que vous êtes à l'aise. Vous fuyez les interactions, les contacts avec les autres êtres humains. Que les événements de votre petite histoire soient réellement arrivés ou pas n'a aucune importance. Tout y parlait de votre incapacité à vous mélanger. De votre peur d'être remuée. »

À ces mots, il se leva si brusquement que sa chaise se renversa. Il avait l'air très content de lui.

Quant à moi, je commençais à me fatiguer de sa manie de l'étymologie. Et de sa facilité à lire dans mon jeu.

« Il faut toujours que vous soyez aussi méfiant ? demandai-je.

— Si vous étiez plus fiable, je n'y serais pas contraint, répliqua-t-il. Il y a peut-être deux ou trois phrases auxquelles j'ai cru depuis que je vous connais, pas plus.

— Si ça se trouve, vous ne croyez même pas que je m'appelle vraiment Rebecca Smyth, suggérai-je avec imprudence.

— Ma chère, je me contrefiche de savoir comment vous vous appelez. »

Il s'approcha de moi et se pencha, de sorte que son visage n'était qu'à quelques centimètres du mien. Je sentais son souffle chaud dans mon cou.

« Voyez ? fit-il. À présent vous êtes remuée, et ça ne vous plaît pas. Mais n'est-ce pas pour ça que vous êtes là ? »

Je crus un instant qu'il allait me molester. Je trouvai l'idée de ses lèvres turgescentes sur les miennes répugnante. Je détournai la tête. Il se redressa et je me mis à ramasser mes affaires.

« Voilà, dit-il. Dégagez-moi de là, petit moineau. Retournez dans le nid de papa. »

Je me levai et enfilai mon manteau. En sortant, je ne pus me résoudre à croiser son regard. Je passai devant Daisy sans un mot. J'entendais encore résonner le rire de Braithwaite alors que je descendais l'escalier.

Les réverbères diffusaient une lueur orangée dans la pénombre. Ma respiration formait des nuages devant mon visage. J'étais épuisée. On a du mal à imaginer que le simple fait de parler puisse être aussi fatigant. Ainger Road était déserte. Là, en plein centre de Londres, je me sentais totalement seule. Je marchai lentement en direction de Primrose Hill. Braithwaite avait raison. J'étais remuée. Je m'allumai une cigarette dans une tentative pour remettre les choses en place. Tout paraissait de travers.

Je m'engouffrai dans le parc par la grille au pied de la colline. Dernièrement, j'ai commencé à déroger à certaines de mes habitudes ; dans le seul but, je l'avoue, de donner tort à Braithwaite. Hier au petit déjeuner, par exemple, j'ai d'abord étalé le beurre et la confiture sur ma première tartine avant de répéter le processus pour la seconde (en temps normal, je beurre d'abord les deux tartines avant de leur appliquer la confiture). Papa n'a pas commenté ce comportement étrange, faisant même mine de ne pas le remarquer. Comme je mangeais ma seconde tartine, la satisfaction que j'avais tirée de faire mentir Braithwaite se dissipa. Tout ce que j'avais gagné, c'était de mettre de la confiture dans le beurrier, et j'allais devoir supporter les regards moralisateurs de Mme Llewelyn. Le fait est que certaines pratiques procèdent non pas d'une peur du changement, mais du fait qu'elles sont la manière la plus efficace d'obtenir le résultat souhaité. Abandonner des traditions bien établies simplement pour prouver qu'on est capable d'accueillir le changement est parfaitement futile.

D'un autre côté, il faut aussi reconnaître que certaines traditions ne sont établies que par la force de l'habitude. Ainsi, j'ai toujours choisi de m'installer sur le divan inconfortable du cabinet de Braithwaite. De même, je m'étais accoutumée à faire le tour du parc dans le sens des aiguilles d'une montre. J'aurais tout aussi bien pu marcher dans l'autre sens, ou même sur le sentier qui grimpait la colline. C'est donc avec un sentiment d'euphorie que j'entamai mon ascension. La colline de Primrose n'aurait sans doute pas posé de grande difficulté à l'alpiniste Sir Edmund Hillary, mais pour ma part je n'ai jamais été très sportive. À St Paul, je me faisais dispenser de gym le plus souvent possible. Mlle Scholl devait penser que j'avais mes menstruations toutes les semaines.

Après deux ou trois cents mètres, l'espace autour de moi s'élargit. Je me sentais vulnérable. Voilà peut-être pourquoi mon instinct jusque-là avait été de m'en tenir au périmètre. On était invisible, là-haut. Était-il plus sûr de se dissimuler près des buissons où, précisément, un agresseur pouvait se tapir, ou d'exhiber sa présence en marchant à découvert ? Là, au grand air, j'étais exposée. J'imaginai mon corps allongé sur le ventre dans l'herbe du matin perlée de rosée, l'arrière de mon crâne enfoncé, une foule de badauds indifférents massés autour de mon cadavre. Quelle imprudence pour une jeune femme, penseraient-ils, de s'aventurer seule dans le parc à la nuit tombée. Pourtant, j'étais bel et bien là à gravir Primrose Hill, sans même un sherpa pour me porter mon sac à main. Le vent avait fraîchi et me picotait les joues. Comme la pente du sentier se raidissait, je commençais à m'essouffler légèrement. Un peu plus loin, un jeune homme était assis sur un banc, les mains enfoncées dans les poches de son manteau. L'espace d'un instant, je crus que c'était Tom (je m'étais mise à le voir partout, ces derniers temps), mais il avait les épaules trop étroites, et il était barbu. Je me méfie des barbus, surtout des jeunes.

On a l'habitude de voir des vieilles personnes assises sur les bancs dans les parcs, ou traînant à des arrêts de bus sans aucune intention de prendre le bus. Les vieux n'ont rien de mieux à faire de leur temps. Mais quand on voit un jeune homme seul sur un banc dans un parc, on le remarque. Un jeune homme solitaire est soit mélancolique, soit menaçant. Celui-ci n'était pas en train de lire un livre ni un journal (il faisait de toute façon trop sombre pour cela). Il était juste assis ; penché en avant, les chevilles croisées sous le banc, tassé comme un ressort. Il me regardait approcher, la tête sur le côté, tel un pigeon repérant une miette de nourriture. Après tout, il n'y avait rien d'intrinsèquement menaçant à cela. Il avait dû entendre le claquement de mes talons sur le bitume et pivoter automatiquement la tête vers la source du bruit. Peut-être s'était-il dit qu'en détournant les yeux, il m'aurait ignorée délibérément ; qu'en ne me regardant *pas* approcher, il m'aurait snobée. J'étais quand même décontenancée. Alors que je passais à sa hauteur, il esquissa un vague sourire et me dit bonsoir. Je répondis de façon à laisser entendre, sans être malpolie, que je ne souhaitais pas prolonger la conversation. En vain, puisqu'il continua en ajoutant que la soirée était fraîche.

« En effet », dis-je.

Cette fois, j'avais employé un ton suggérant clairement que je trouvais sa remarque à peine digne d'une réponse.

Ce bref échange avait suffi pour que je le dépasse. Il me suivit du regard. Si nous avions été dans une rue animée, cela m'aurait moins dérangée. Au contraire, j'aurais sans doute été vexée qu'il ne me juge pas digne d'un dernier coup d'œil. Mais là, dans la pénombre du parc, je fus déstabilisée. Je n'avais fait qu'une dizaine de mètres quand il y eut un bruit derrière moi. Je me retournai. Le jeune homme s'était levé pour me suivre. Je dis « pour me suivre », mais peut-être allait-il tout simplement dans la même direction que moi. Il était parfaitement logique, étant donné son commentaire sur la fraîcheur ambiante, qu'il ne veuille pas s'attarder davantage. Mais pourquoi aurait-il choisi d'attendre que j'approche et le dépasse avant de se lever ? Je ne voulais pas me retourner à nouveau, de peur qu'un coup d'œil par-dessus mon épaule ne soit interprété comme un regard aguicheur. Les hommes mariés ne traînent pas sur les bancs publics. Ils se dépêchent de rentrer chez eux, où une belle côte de porc les attend sur la table de la cuisine avec une purée de pommes de terre. Dans le même ordre d'idée, cependant, mon poursuivant supposait peut-être qu'une jeune femme ne déambulerait pas seule dans un parc la nuit si elle était mariée, et que si elle le faisait c'était sans doute qu'elle était réceptive à un certain type d'attentions. Peut-être, songeai-je, devrais-je lui expliquer que je n'avais pas d'arrière-pensée ; que je me promenais simplement dans le parc afin de me changer les idées, et que s'il me suivait dans l'espoir que j'accepte une invitation dans son petit studio minable, il se méprenait.

J'admets bien volontiers que j'avais peur, mais, ne voulant lui donner la satisfaction de le savoir, je me gardai de presser le pas. S'il peut sembler surprenant que la simple proximité d'un autre être humain puisse provoquer une telle frayeur, rappelons que ce n'était pas n'importe quel être humain : c'était un homme. J'ai été élevée dans l'idée que les hommes sont des prédateurs et moi une victime potentielle, et aucun raisonnement rationnel ne saurait démentir ce dogme. Est-ce que je pensais qu'il allait me molester là, sur les vastes pelouses de Primrose Hill, ou sortir de sous son manteau un objet contondant et me matraquer à mort ? J'avais une terrible boule au ventre. C'était l'attente du premier coup qui me terrifiait le plus. Après ça, je m'effondrerais au sol et me résignerais à tout ce qu'il voudrait me faire subir. Ce serait un soulagement que d'en finir.

La pente du sentier s'accentuait à l'approche du sommet. Peut-être avais-je réussi à le distancer, ou peut-être que je n'entendais plus ses pas à cause du bruit de ma propre respiration. Le sommet de la colline était délimité par une rambarde en fer qui se découpait sur le ciel nocturne tel un diadème. Une silhouette solitaire s'y tenait, contemplant la ville en contrebas : une femme dans un long manteau, un foulard noué sur la tête. Je levai le bras en criant, mais elle ne m'entendit pas. Je me mis à courir. En atteignant le sommet, je criai à nouveau. La femme se retourna et me regarda. Je titubai jusqu'à elle, submergée par une immense vague de soulagement.

« Il y a un homme, bredouillai-je, en supposant que ce serait une explication suffisante à mon comportement excentrique.

— Un homme ? répéta-t-elle.

— Oui. Il me suivait. »

Je gesticulai dans la direction d'où je venais d'arriver. Il n'y avait personne en vue. Je parcourus frénétiquement le parc des yeux.

La femme me dévisageait.

« Je me demandais pourquoi vous couriez », dit-elle.

Elle avait un ton sec et une voix grave assez séduisante. Je me rendis compte seulement alors qu'il s'agissait de Mlle Kepler.

Je ne crois pas avoir jamais éprouvé un aussi brusque revirement d'émotions. Je soufflai son nom et lui agrippai instinctivement la main. Elle recula d'un pas et me fixa du regard, les yeux écarquillés. Elle ne semblait pas me reconnaître. Je profitai de ces quelques instants pour l'observer attentivement. Elle était encore plus saisissante que je le pensais. Le foulard autour de sa tête accentuait la forme de son visage, qui était long et mince, aux pommettes rebondies. Elle avait une grande bouche, délicatement incurvée vers le bas, avec de fines lèvres foncées. Mais c'étaient ses yeux qui me captivaient le plus. Ses iris étaient noirs et luisaient comme des galets mouillés. Je compris que je lui avais fait peur et me lançai dans un monologue pour lui expliquer comment je connaissais son nom. Elle m'écouta avec un calme louable. Je conçois que j'aie pu avoir l'air d'une folle. Elle arracha sa main à la mienne et la leva pour m'interrompre.

« Et vous êtes ? demanda-t-elle.

— Rebecca. Rebecca Smyth. Avec un Y. »

Mlle Kepler me tendit alors la main, paume vers le bas, les doigts légèrement repliés. En les attrapant, j'inclinai automatiquement la tête, comme pour une révérence.

« Tous les amis de Collins sont mes amis », déclara-t-elle.

Je répondis que je ne me considérais pas exactement comme une de ses amies.

« Comme quoi, alors ?

— Juste une de ses visiteuses », dis-je.

Mlle Kepler pinça les lèvres, comme si cette distinction n'en était pas une à ses yeux.

« Vous m'avez suivie jusqu'ici ? s'enquit-elle.

— Bien sûr que non ! protestai-je. Je fais toujours

un tour dans le parc après l'avoir vu. Pour mettre de l'ordre dans mes pensées, peut-être.

— Et quel genre de pensées avez-vous ?

— Oh, je ne sais pas trop, répondis-je d'un ton évasif.

— Des pensées lugubres ?

— Parfois.

— Évidemment. Vous ne consulteriez pas Collins si vous n'aviez pas des pensées lugubres.

— Non, sans doute pas. »

Je lui demandai si elle en avait aussi.

Elle haussa les épaules et se retourna pour contempler la vue.

« Y a-t-il des pensées qui ne le soient pas ? » dit-elle.

Elle sortit de la poche de son manteau un paquet de cigarettes Consulate, et je décidai aussitôt d'adopter désormais cette marque. Elle m'en offrit une avant de les allumer toutes les deux avec un briquet en or. Nous restâmes un moment à fumer en silence avant qu'elle reprenne la parole.

« Vous êtes consciente que c'est un génie, n'est-ce pas ?

— Un génie ? répétai-je.

— Oui, un génie », affirma-t-elle avec conviction.

Elle se tourna vers moi. Sa hanche était appuyée contre la rambarde. Elle tenait sa cigarette entre l'index et le majeur, à quelques centimètres de sa joue. Ses gants étaient en daim foncé. La fossette très marquée de sa lèvre supérieure lui faisait une bouche en cœur parfaite.

« Depuis combien de temps le voyez-vous ? » demandai-je.

Elle laissa échapper un soupir.

« Des années, dit-elle. Pas assez longtemps. Avez-vous jamais rencontré quelqu'un comme lui ? Tout ce qu'il dit tombe dans le mille. Il arrive à percer à jour nos mensonges avant qu'on les perce à jour nous-mêmes.

— Parce que, vous aussi, vous lui mentez ?

— Mon problème n'est pas que je mens à Collins, mais à moi-même. »

J'opinai. C'était exactement le genre de phrase que Braithwaite aurait pu prononcer.

« Il ne vous fait pas peur ? demandai-je.

— Me faire peur ? Collins ? Grands dieux, non ! répondit-elle en riant.

— Vous n'avez pas l'impression qu'il pourrait vous faire faire ce qu'il veut ?

— Je fais déjà ce qu'il veut, ma chère. »

Elle détourna la tête et recracha un long panache de fumée. Elle resta un moment à contempler Londres avant de me faire face à nouveau.

« On devrait peut-être partir avant qu'un autre fantôme n'apparaisse », suggéra-t-elle.

Nous nous dirigeâmes vers une des sorties sur le côté du parc. Elle me prit par le bras. Nos respirations mêlées formaient un nuage de buée autour de nous. Mlle Kepler était un peu plus grande que moi. C'était agréable de marcher bras dessus, bras dessous avec elle. Je me sentais en sécurité. N'importe quel homme aurait pu rôder derrière nous que je n'aurais pas eu peur. J'avais l'impression que nous étions un peu comme deux sœurs. Je lui jetai un regard en coin. Elle avait les lèvres entrouvertes, le menton levé, tel un renard aux aguets. J'ai toujours aimé observer les femmes. Le plaisir que je tire de cette activité est purement esthétique et ne saurait, je pense, être considéré comme déviant. Je n'ai encore jamais rencontré de femme capable de provoquer en moi le genre de sentiments que provoque un homme comme Tom. J'aime la carrure des hommes. J'aime leur odeur. Quand le métro est bondé et que je me retrouve compressée contre un d'eux, j'aime inhaler les effluves de sa transpiration. Je peux admirer pendant de longues minutes les mains d'un ouvrier en imaginant ses cals m'écorcher la peau. Je n'ai jamais pensé que je pouvais être lesbienne. Naturellement, à St Paul, il était souvent question de pareilles fredaines entre les pensionnaires, mais je n'ai jamais pris ces rumeurs pour autre chose que des commérages malveillants. J'ai même toujours eu tendance à considérer l'existence de cette espèce comme un mythe. À présent, cependant, je me demandais si Mlle Kepler n'était pas une de ces créatures. Elle avait quelque chose de masculin dans le visage et l'allure, une certaine assurance peu répandue parmi notre sexe. Peut-être le lesbianisme était-il justement l'affection pour laquelle elle consultait le Dr Braithwaite.

Nous nous arrêtâmes juste avant la grille. Comme nous étions sur le point de nous séparer, je me risquai à dire :

« Ça va peut-être vous paraître idiot, mais quand vous avez raté votre rendez-vous cet après-midi, j'ai imaginé le pire. »

Elle me dévisagea avec un imperceptible sourire.

« Qu'est-ce que vous voulez dire par là ? demanda-t-elle.

— J'ai pensé que vous aviez peut-être fait une bêtise.

— Une bêtise ?

— Que vous aviez peut-être mis fin à vos jours. »

Mlle Kepler me regarda très sérieusement.

« Le suicide n'a rien d'une bêtise, dit-elle avec autorité. Il me semble que si vous avez imaginé une chose pareille à mon sujet, c'est sans doute que vous avez vous-même ce genre d'idées.

— C'est vrai que j'ai des idées noires, reconnus-je.

— Donc, si c'était vous qui aviez raté votre rendez-vous, ce serait parce que vous auriez choisi de ne pas continuer.

— "De ne pas continuer" », répétai-je.

C'était une jolie façon de le formuler. Nous passons notre temps à nous encourager les uns les autres à continuer, à tenir bon. Plus quelqu'un est malheureux, plus on lui enjoint de tenir. « Tiens bon ! » s'écrie-t-on, en sachant pertinemment que c'est la dernière chose qu'on a envie de faire soi-même. Mais si, comme moi, on ne fait face à aucune adversité apparente dans la vie, personne ne songe à vous dire de tenir. Tout le monde part du principe que vous allez continuer, comme un automate. Pourquoi en serait-il autrement ? Il faut un effort de volonté, un acte de violence, pour cesser de continuer. Mais quel soulagement ce serait !

« Si je rate un rendez-vous de temps en temps, reprit Mlle Kepler, c'est simplement parce que je préfère parfois mes mensonges aux vérités de Collins. »

Elle franchit la grille du parc en m'indiquant quelle direction elle allait prendre. Ce n'était pas une invitation. Elle me tendit la main et je la lui serrai, cette fois sans signe de servilité. Je lui dis que j'espérais avoir l'occasion de lui reparler. D'un infime mouvement de la tête, elle m'indiqua que ce serait peut-être possible. Je sentais que Mlle Kepler était quelqu'un auprès de qui je pourrais m'épancher.

Alors qu'elle pivotait pour partir, je murmurai :

« Je ne suis pas réellement la personne que je prétends être. Rebecca n'est pas mon vrai nom.

— Ne vous en faites pas, me répondit-elle avec une moue indulgente. On fait tous semblant d'être quelqu'un autre. Et Rebecca est un très joli nom. »

Je la regardai s'éloigner. Ses talons ne faisaient aucun bruit sur le trottoir. Je restai à l'intérieur du périmètre délimité par la grille en fer forgé et me retournai vers le parc. Les lumières de la ville formaient un halo autour du sommet de la colline. Quand je me tournai de nouveau vers la rue, Mlle Kepler avait déjà disparu, comme si elle n'avait jamais été là.

BRAITHWAITE III
TUEZ VOTRE MOI

À l'automne 1965, lorsque l'auteure des cahiers reproduits dans ce livre se présenta au cabinet d'Ainger Road, Braithwaite arrivait au sommet de sa notoriété, mais son ascension n'avait pas été sans heurts.

Après avoir terminé sa thèse de doctorat, il refusa un poste de professeur à l'université. Il en avait assez d'Oxford. Depuis sa dispute avec Colin Wilson trois ans plus tôt, il avait le sentiment que la vraie vie était ailleurs. En juin 1959, il se rendit à Londres en auto-stop, se trouva un studio à Kentish Town et occupa une série de petits boulots divers et variés. Mais, que ce soit sur un chantier de construction ou dans un entrepôt de marchandises, Braithwaite était incapable de respecter les horaires comme l'autorité et se faisait invariablement renvoyer au bout d'une ou deux semaines.

À la fin de l'année, il commençait à se lasser de ce mode de vie futile et il écrivit à R. D. Laing, qui était à l'époque chef de service à la clinique Tavistock, un établissement psychothérapeutique de Beaumont Street. Dans sa lettre, Braithwaite racontait qu'il avait eu envie de rcprendre des études de psychologie à Oxford après avoir vu les méthodes de travail de Laing à Netley.

Il aimerait, disait-il, se former auprès de lui. C'était un rare moment de déférence de la part de Braithwaite. Laing lui répondit que, s'il envisageait sérieusement une carrière dans la psychiatrie, il lui faudrait d'abord passer un diplôme de médecine. Sa lettre était courtoise et son conseil judicieux, mais Braithwaite se sentit rabaissé. Il n'avait pas l'habitude d'être traité ainsi. Il s'était imaginé que Laing reconnaîtrait ses talents et lui proposerait un poste sur-le-champ. Il lui écrivit à nouveau en lui exposant certaines des idées de sa thèse et en affirmant que, pour comprendre l'esprit humain, il n'avait pas besoin de savoir guérir un enfant de la diarrhée. Laing ne répondit pas.

Au début de l'année 1960, Braithwaite croisa par hasard Edward Seers, qu'il avait rencontré pour la première fois en compagnie de Colin Wilson. Pour reprendre une expression en vogue à l'époque, Seers était « un personnage haut en couleur », bien connu à Soho. Même au plus chaud de l'été, il s'habillait comme un aristocrate édouardien, parfois en pantalon de golf, jamais sans une cravate ou un nœud papillon. Il ne mesurait guère plus d'un mètre soixante-cinq et, quand il avait suffisamment bu (ce qui arrivait souvent), n'hésitait pas à faire des avances aux hommes dans les bars, en dépit des risques bien réels qu'une telle attitude comportait alors. Selon le récit qu'en fit Braithwaite dans *Mon moi et autres inconnus*, c'est comme ça que Seers l'aborda de nouveau dans un pub de Dean Street. Braithwaite, qui à l'époque gagnait sa vie en travaillant au marché de fruits et légumes de Covent Garden, lui dit qu'il pouvait lui faire ce qu'il voulait du moment qu'il lui payait une pinte. Les deux hommes se retirèrent dans un coin et se mirent à discuter. Si Braithwaite n'était pas exactement à la pointe du politiquement correct, il était ouvert d'esprit en matière de sexualité. (« En quoi ce qu'un autre homme veut faire de sa bite devrait me déranger ? Je fais bien ce que je veux de la mienne. ») Tant que Seers payait les tournées, ça ne semblait pas le gêner que ses mains se baladent sur ses cuisses ou son entrejambe. Il n'y a pas de raison de croire que les choses allèrent plus loin que ça, mais avant que le barman ait sonné la cloche pour prendre les dernières commandes, Seers avait offert à son compère un boulot au département éditorial de chez Methuen. Braithwaite accepta et se présenta dans les locaux de la maison d'édition le lundi suivant. Il lisait les manuscrits, corrigeait les épreuves et s'aperçut vite que personne, surtout pas Seers, ne voyait d'inconvénient à ce qu'il fasse de longs déjeuners très arrosés dont il ne revenait quasiment jamais.

Zelda descendait d'Oxford en stop tous les deux ou trois week-ends. Le studio de Braithwaite était un bouge. Comme il donnait sur l'artère très encombrée de Kentish Town Road, les vitres étaient crasseuses, et pendant la journée on entendait le grondement permanent des autobus dehors. Il y avait un petit lavabo qui servait aussi d'urinoir à Braithwaite, une plaque à deux feux sous-employée, un lit une place avec un fin matelas taché, un bureau et une chaise. La salle de bains était à l'étage du dessus mais, comme il y avait rarement assez d'eau chaude pour un bain, les ablutions de Braithwaite se limitaient généralement à une toilette de chat dans le lavabo. Dès qu'elle arrivait, Zelda ouvrait grand les fenêtres, vidait les cendriers et évacuait les bouteilles vides accumulées depuis sa dernière visite. Ce n'était pas vraiment une fée du logis mais, même pour elle, il y avait des limites.

Zelda se souvient de ces week-ends avec nostalgie.

Ils faisaient l'amour sur le petit lit, fumaient des joints et allaient se promener dans le parc de Hampstead Heath, se donnant des coups de coude chaque fois qu'ils croisaient des hommes seuls qui avaient l'air de rôder bizarrement. Braithwaite avait gardé de son expérience des vendanges en France un goût immodéré pour le sexe en plein air, et quand de temps en temps le couple se faisait surprendre en flagrant délit, il n'était pas intimidé le moins du monde.

À en croire Zelda, elle n'avait jamais connu Braithwaite aussi heureux : « Il ne trouvait pas sa place à Oxford, ça le démangeait toujours d'aller voir ailleurs. Mais Kentish Town lui convenait bien. C'était un quartier miteux, comme lui. » Il gagnait relativement bien sa vie, ils pouvaient se permettre de manger dehors et d'aller au théâtre de temps à autre. Braithwaite avait l'air d'apprécier son rôle aux contours flous chez Methuen. Il avait un bon œil éditorial et, si les choses s'étaient passées autrement, il aurait pu faire une jolie carrière dans l'édition.

En avril 1960, R. D. Laing publia son livre phare, *Le Moi divisé*. Ce ne fut pas, comme on le croit souvent, un succès instantané[1], mais il eut en tout cas un impact immédiat sur Braithwaite, qui l'acheta dès la première semaine de sa parution.

Ronald David Laing était né en 1927 dans une famille de la classe moyenne du quartier de Govanhill, à Glasgow. Son père, ingénieur électricien, le battait régulièrement. Sa mère était possessive et semi-recluse. Durant sa tendre enfance, Laing partageait une chambre avec elle tandis que son père était relégué

1. Avant 1965 et sa réédition chez Penguin avec sa couverture iconique, il ne s'était vendu qu'à environ 1 500 exemplaires.

dans le débarras du petit appartement familial. Laing se réfugiait dans son travail scolaire, et il décrocha une bourse pour le prestigieux lycée de Hutchesons avant d'étudier la médecine à l'université de Glasgow. Après son poste à l'hôpital militaire de Netley, Laing intégra l'hôpital psychiatrique royal de Gartnavel, à Glasgow, où il travaillait dans l'aile des femmes. Les comas artificiels, les électrochocs et la lobotomie étaient des traitements de routine, et la plupart des patients étaient internés depuis plus de dix ans. C'est là que Laing mit au point la « salle de jeux », une expérience thérapeutique dans laquelle une dizaine de patients schizophrènes étaient autorisés à porter leurs propres vêtements, à interagir comme ils le souhaitaient et à utiliser du matériel de travaux manuels. Au bout de dix-huit mois, les patients avaient montré suffisamment de progrès pour quitter l'hôpital, même si un an plus tard ils étaient tous revenus. Nonobstant, Laing fut reconnu comme quelqu'un ayant des idées audacieuses et le courage de les mettre en œuvre.

À la fin des années 1950, il déménagea à Londres pour être au cœur des évolutions du monde psychiatrique. Il avait trente-deux ans quand sortit *Le Moi divisé*. En l'espace d'un week-end, Braithwaite lut et relut frénétiquement ce livre (dont le sous-titre était *De la santé mentale à la folie*). Dès les toutes premières pages, il se reconnut, lui et sa manière de penser, dans la description par Laing de l'individu « schizoïde » comme quelqu'un qui « ne se sent pas lui-même comme une personne entière mais divisée ou “éclatée” ». Laing expliquait ensuite que cet état d'« insécurité ontologique » pouvait conduire au développement d'un système de faux moi : un assemblage de masques ou de personnalités qu'un individu présente au monde afin de préserver le « vrai moi » d'un sentiment d'engloutissement ou d'implosion.

Au lieu de se dire qu'il avait trouvé une âme sœur, il était typique de la part de Braithwaite de conclure que Laing lui avait volé les idées qu'il lui avait exposées dans sa lettre à la fin de l'année précédente. Peut-être Laing avait-il même lu et pillé sa thèse. Jamais du genre prudent, Braithwaite rédigea une lettre rageuse dans laquelle il traitait Laing, entre autres, de « voleur » et de « charlatan à trois sous » et le menaçait d'une action en justice. Ces accusations étaient sans fondement. Laing avait terminé le manuscrit du *Moi divisé* en 1957, longtemps avant d'avoir entendu parler de Braithwaite, et même si ça n'avait pas été le cas, l'idée qu'il se serait approprié les opinions d'un simple correspondant était absurde.

Braithwaite posta sa lettre (à laquelle il ne reçut pas de réponse) sur le chemin des bureaux des éditions Methuen dès le lundi matin. Il alla directement trouver Edward Seers, qui le fit asseoir et lui servit un whisky plus que bienvenu. Braithwaite vitupéra pendant une demi-heure, tournant en rond dans la petite pièce tel un ours en cage. Seers ne connaissait ni Laing ni son livre. Il ne prit rien de ce que disait Braithwaite au sérieux, attendant plutôt que la tempête se calme toute seule, ce qu'elle finit par faire. Quand Braithwaite se rassit enfin, un second whisky à la main, il annonça à Seers qu'il allait écrire lui-même un livre – « un vrai putain de livre » – pour exposer ses idées. Si l'éditeur était sceptique, il garda ses doutes pour lui. Braithwaite lui rappela le succès fulgurant de *L'Homme en dehors* de Colin Wilson, et Seers accepta de lire ce qu'il lui présenterait. À l'époque, Braithwaite buvait tout son salaire dans les pubs et paraissait incapable de s'imposer la discipline nécessaire pour écrire un livre, mais, pendant les six semaines suivantes, après avoir brièvement fait acte de présence au bureau, il s'installait pour la journée dans une salle de la Bibliothèque nationale, là où Wilson lui-même avait travaillé. Quand Seers émit un commencement d'objection, Braithwaite partit dans une de ses colères légendaires et lui rétorqua qu'il n'avait qu'à le virer s'il voulait. Il irait publier son *magnum opus* ailleurs. Seers se contenta d'un haussement d'épaules. Les diatribes de Braithwaite l'amusaient.

Quand Zelda arriva vers l'heure du déjeuner un samedi du mois de mai, elle fut surprise de trouver Braithwaite non pas en train de soigner une gueule de bois, mais penché sur son petit bureau à noircir les pages d'un cahier de son écriture peu soignée. La fenêtre était ouverte. Aucun cadavre de bouteille ne gisait par terre, et il y avait une boîte d'œufs et une miche de pain près des plaques de cuisson. Il s'écoula une demi-heure avant qu'il lui adresse la parole. Zelda était habituée à ce genre d'excès. Elle l'était moins, en revanche, à ce qu'une fois tiré de sa transe, il décline ses avances sexuelles, préférant se préparer des œufs au plat avant de se remettre au travail. Zelda sortit faire un tour. Quand elle revint, en fin d'après-midi, Braithwaite était toujours à son bureau, mais bientôt il reposa son stylo. Ils firent l'amour bruyamment (elle s'en souvient car un des autres locataires tambourina à la porte en leur disant de la mettre en sourdine), puis se rendirent au Moreton Arms, où Braithwaite se montra d'une humeur exubérante. Il parla avec animation, mais de façon assez décousue, de ce qu'il était en train d'écrire. Quand il était comme ça, se rappelle Zelda, « il était de bonne compagnie. Son esprit bondissait d'un sujet à l'autre sans logique apparente. Il ne servait à rien de vouloir suivre le fil de sa pensée, mais c'était divertissant. » Il ne sembla même pas s'offusquer lorsqu'elle lui suggéra qu'il pourrait peut-être bientôt s'offrir le luxe d'un studio un peu plus salubre.

Environ un mois plus tard, Braithwaite remit à Seers le fruit de son labeur. Le manuscrit, conservé aux archives de Durham, est proprement sidérant ; si illisible qu'au premier coup d'œil on n'est même pas sûr qu'il soit écrit en alphabet latin. Les mots ne sont souvent que des traits ondulés, entrecoupés par les flamboyantes arabesques des F, des G ou des Y. C'est comme essayer de lire une écriture normale par la vitre d'un train lancé à grande vitesse. La hâte dans laquelle le livre a été rédigé est visible à chaque ligne. Il y a fréquemment des passages barrés, avec des corrections notées au-dessus ou en dessous. Ces annotations sont souvent plus lisibles que le texte original, les contraintes de place ayant peut-être joué comme un garde-fou. Enfin, il y a de nombreuses flèches reliant différents paragraphes ou différentes pages, et d'autres notes griffonnées verticalement dans les marges. L'impression d'ensemble est celle d'un esprit créatif mais désordonné qui lutte pour tenter de saisir quelque chose mais qui n'a pas la patience ni la rapidité nécessaires.

Le lendemain, Seers convoqua Braithwaite dans son bureau. Ce dernier s'attendait à ce qu'il loue son génie et lui propose un gros à-valoir, au lieu de quoi Seers lui expliqua que la personne à qui il avait fait passer le manuscrit l'avait trouvé illisible. Braithwaite était furieux, à la fois de ce qu'il perçut comme une injure à son travail, et parce que Seers avait fait lire le manuscrit à un sous-fifre au lieu de s'en charger personnellement. Seers chercha à le calmer en lui disant que, en raison de son affection pour Braithwaite, il n'aurait pas pu rester objectif. Quoi qu'il en soit, Braithwaite allait devoir faire taper le texte à la machine. Quand ce fut fait, Seers décida finalement qu'il vaudrait mieux qu'il le lise lui-même. En privé, il qualifierait par la suite ce livre de « charabia », mais il était assez malin pour comprendre que la psychiatrie était en train d'entrer dans la culture grand public et qu'il y aurait peut-être un marché pour ce genre d'idées. Il rechigna à publier le livre sous un titre aussi incendiaire, mais sur ce point comme sur toutes ses autres suggestions éditoriales, Braithwaite se montra intraitable. L'ouvrage parut en mars 1961.

Tuez votre Moi est un pur produit de son époque, à la fois en ce qu'il capture l'esprit du temps et dans le fait d'avoir été rédigé aussi vite. Qu'on ne s'y trompe pas : ce livre est un fouillis sans nom. C'est un agrégat d'extraits de la thèse de Braithwaite, de ruminations sur divers phénomènes culturels et d'attaques à peine voilées contre Laing. Il est truffé d'affirmations sans preuve et de généralisations hâtives, souvent peu original ou tout bonnement incompréhensible. Dans ses meilleurs moments, cependant, il pétille d'énergie, et le talent de Braithwaite pour les slogans avait bien plus d'importance aux yeux du lectorat de la contre-culture qu'une quelconque exigence de rigueur intellectuelle. Dans la préface, Braithwaite tente d'ériger en vertu les faiblesses de son texte : « Il m'a été suggéré de réécrire certains passages de ce livre. J'ai refusé. Cela reviendrait à m'autocensurer, à imposer un ordre qui n'existe pas. Ce serait aller à l'encontre du sens de mon propre travail. » Au bout du compte, l'hermétisme de certaines pages ne servit qu'à confirmer le génie de leur auteur.

Le passage tristement célèbre du premier chapitre en est un parfait exemple. Braithwaite part de l'idée que, si l'on veut parler du moi, il faut commencer par définir ce qu'on entend par là. Mais ensuite il en arrive vite à affirmer que définir le moi est tout bonnement malhonnête : le Moi n'existe pas comme une entité ou une chose à part entière ; s'il existe tout court, ce n'est rien d'autre qu'en tant que projection du moi (le livre est rempli de paradoxes de ce genre). S'ensuit une discussion laborieuse sur un obscur passage de *La Maladie à la mort* de Kierkegaard. « Le moi, écrit le philosophe, est un rapport se rapportant à lui-même. » Le moi, développe Braithwaite, consiste en un dialogue entre deux versions concurrentes du moi : une qui est présente dans l'instant, et l'autre qui est vue comme persistante dans le temps et donc, à ce titre, considérée comme étant « vraie[1] ». Le moi de-l'instant-présent est assujetti au Moi persistant-dans-le-temps. Ce dernier est donc présenté comme une sorte de tyran qui empêche les individus de vivre pleinement l'expérience du monde extérieur et qui provoque des sentiments de culpabilité et d'inauthenticité. Cette culpabilité est décrite par Kierkegaard comme du désespoir : « Vouloir se défaire de soi, telle est la formule de tout désespoir. »

Les commentaires de Braithwaite sur ce point s'étalent sur cinq ou six pages parfaitement incompréhensibles. On peut se demander combien de ses lec-

1. Dans tout le livre, Braithwaite spécifie cette idée du Moi existant comme entité autonome en l'écrivant avec une majuscule, tandis que le moi « de l'instant présent » n'en a pas.

teurs ont suivi jusqu'au bout ses phrases labyrinthiques et sa logique incohérente, mais le passage se termine par la déclaration qui allait rendre le livre célèbre :

> *Pour échapper au désespoir, ne vous tuez pas ; tuez votre Moi*[1].

Comme si souvent dans l'œuvre de Braithwaite, c'est le triomphe de la formule sur le raisonnement. Peu de gens se soucièrent des pages précédentes quand la conclusion était si parfaite à taguer sur le mur des toilettes.

Tuez votre Moi peut être vu comme une sorte de dialogue avec le livre de Laing. Les deux hommes étaient d'accord sur bien plus de choses qu'il n'y en avait pour les diviser. Ils partageaient une même défiance face à l'institution médicale et aux diagnostics hâtifs qui caractérisaient la pratique psychiatrique conventionnelle. Les électrochocs, affirmait Braithwaite, « reviennent à traiter la phobie de l'avion en poussant le patient dans le vide sans parachute : il va peut-être voler pendant un moment, mais le bénéfice sera de courte durée ». Laing et lui pensaient tous les deux que les délires psychotiques étaient des expériences réelles, du moins pour la personne qui les vivait, et qu'il fallait les prendre en compte plutôt que de les ignorer. Ils partageaient aussi le désir de déconstruire l'approche traditionnelle selon laquelle les expériences et les déclarations du patient étaient forcément subjectives et fausses, tandis que leur interprétation par le thérapeute

1. En anglais, la formule est encore plus percutante puisque la nuance ne tient qu'à une espace : *don't kill yourself ; kill your Self.* (*N.d.T.*)

était objective et vraie. « Il n'y a pas de raison de croire que le thérapeute est plus sain d'esprit que le patient, écrivait Braithwaite. En vérité, n'importe quelle lecture impartiale de la littérature psychiatrique nous prouve que l'inverse est plus souvent le cas. » Le but de la relation thérapeutique ne devait pas être que le patient « *guérisse* de sa folie, mais qu'il se sente à l'aise avec elle ». Beaucoup de tout cela aurait pu figurer dans le livre de Laing, mais c'était sur la question du moi que les deux hommes divergeaient :

> *Le Dr Laing s'accroche à l'idée d'un « vrai moi » comme le roi Lear s'illusionne devant le corps sans vie de Cordélia. Il prétend libérer les fous, mais l'idée du « vrai moi » est la camisole de force qui nous maintient tous à l'asile. Il n'y a jamais que des personnages, et la quête pour retrouver une sorte de vérité de l'être enracinée dans l'enfance est la source même des troubles qu'il décrit. Le chemin vers la libération est d'accepter que nous sommes des faisceaux de personnalités. [...] Élever une de ces personnalités au-dessus des autres revient à créer une fausse hiérarchie qui est à l'origine de ce qu'on appelle « la maladie mentale ». À cet égard, ceux que nous jugeons schizophrènes sont, en réalité, l'avant-garde d'une nouvelle façon d'être.*

Il qualifie de « schizophrénante » cette nouvelle façon d'être. Au fil de la décennie, cela deviendrait une idée parfaitement en phase avec la vogue du « devenez qui vous voulez », et bientôt aucun étudiant ni philosophe de comptoir ne se déplacerait plus sans son exemplaire de *Tuez votre Moi*. Le terme de « phrénage » passa dans l'argot des beatniks, et les slogans du type « Soyez vous-même, ne vous réphrénez pas ! » ou plus succinctement « Vivez sans phrein ! » fleurirent sur les murs des campus universitaires aux quatre coins du pays. Le concept donna aussi naissance à l'éphémère pratique de la « déclamation éphrénée » dans laquelle des participants souvent sous acide donnaient voix à leurs différents moi en une cacophonie croissante jusqu'à ce que les multiples personnalités se fondent en un seul et unique courant de conscience, incompréhensible mais « authentique ». Ironie du sort, nombre d'adeptes de ce genre de happenings se retrouveraient plus tard internés en établissement psychiatrique.

Les idées de Braithwaite irriguèrent aussi la culture populaire. Vers la fin de 1966, avant d'enregistrer l'album qui deviendrait *Sgt. Pepper's Lonely Hearts Club Band*, Paul McCartney écrivit :

> *Je me suis dit : plutôt que d'être nous-mêmes, on n'a qu'à s'inventer des alter ego pour ne pas avoir à projeter une image qu'on connaît. Ce serait beaucoup plus libérateur. Ce qui serait vraiment intéressant serait d'endosser pour de bon les personnages de ce groupe imaginaire. [...] Ce ne serait plus nous qui ferions tout ce bruit, ce ne serait pas les Beatles, ce serait cet autre groupe, si bien qu'on pourrait oublier notre propre identité.*

On ignore si McCartney avait lu *Tuez votre Moi*, mais c'est lui, et non John Lennon, qui évoluait dans les cercles de la contre-culture londonienne, et il y a fort à parier qu'il ait entendu parler du livre. Braithwaite et lui étaient tous les deux présents à la fête de lancement du magazine d'avant-garde *International*

Times au Roundhouse, dans le quartier de Camden, en octobre 1966. Que les deux hommes se soient rencontrés ou pas, les commentaires de McCartney illustrent l'omniprésence des idées auxquelles Braithwaite avait donné voix.

Tout ce succès n'arriverait cependant que plus tard. Dans les jours qui suivirent la parution de *Tuez votre Moi*, Braithwaite écuma la presse à la recherche de critiques du livre. Colin Wilson avait été salué comme la voix de sa génération en l'espace d'une semaine. Braithwaite n'en attendait pas moins. Finalement, une seule critique parut, dans le *New Statesman*. Edward Seers avait été élève à la Westminster School avec le nouveau rédacteur en chef du magazine, John Freeman, et l'avait persuadé de faire une recension du livre. Il aurait mieux fait de s'abstenir. Le papier se terminait ainsi : « Les seuls traits notables de cet ouvrage sont son titre irresponsable et son mépris du sens commun. » Avec son audace coutumière, Braithwaite envoya un exemplaire du livre à Laing, accompagné d'un petit mot le remerciant avec sarcasme pour son rôle dans sa conception. On ne sait pas si Laing le lut. En tout cas il ne le jugea pas digne d'une réponse.

Au cours de l'année suivante, l'ouvrage se vendit à quelques centaines d'exemplaires, chiffre assez respectable pour une œuvre obscure d'un auteur inconnu. Auprès de Seers et de qui voulait bien l'entendre, Braithwaite se plaignait d'un complot de l'establishment visant à censurer ses idées mais, en privé, il était dévasté par l'indifférence du monde. Zelda ne l'avait jamais vu aussi morose. Les week-ends, il restait au lit jusqu'en fin d'après-midi à fumer cigarette sur cigarette. Le soir, si Zelda et lui sortaient, il buvait encore plus que d'habitude et cherchait querelle à quiconque se montrait assez téméraire pour engager la conversation avec lui. Plus souvent qu'à son tour, il en vint aux mains sur le trottoir devant le Moreton Arms. Les visites de Zelda commencèrent à s'espacer, mais elle n'arrivait pas à se résoudre à mettre un terme à leur relation. Pour la première fois, elle avait le sentiment que Braithwaite avait besoin d'elle pas seulement pour le sexe.

Dans ses mémoires, Braithwaite glisse allègrement sur cette période. Dans une déformation flagrante de la réalité, il écrit : « J'avais osé dire ce que personne n'avait jamais dit, à un moment où le monde était prêt à l'entendre. » Il est impossible de savoir s'il s'agit là d'une mystification consciente ou d'une sincère erreur dans ses souvenirs, mais ce qui est sûr, c'est qu'il avait un rapport malléable à la vérité.

Quoi qu'il en soit, ce passage à vide n'était pas destiné à durer.

En septembre 1961, à une fête chez le producteur de cinéma Michael Relph, un ami de Seers, Braithwaite fut présenté à Dirk Bogarde. Ce dernier avait récemment joué dans *La Victime*, où il incarnait un avocat qu'on faisait chanter en raison de son homosexualité. C'était un film important, militant, et on avait loué le courage de Bogarde, jusque-là surtout adulé du public féminin, pour avoir accepté un tel rôle.

Bogarde était un personnage complexe. Né sous le nom de Derek Jules Gaspard Ulric Niven van den Bogaerde, il avait passé son enfance à Londres avant d'être envoyé, adolescent, vivre chez un oncle et une tante à Bishopbriggs, près de Glasgow. Il avait servi pendant la Seconde Guerre mondiale et, à l'en croire, avait été témoin direct des horreurs du camp de Bergen-Belsen. Comme la plupart des enfants de la bourgeoisie de l'époque, il avait été élevé selon la doctrine du

« *never explain, never complain* » (« ne jamais s'expliquer, ne jamais se plaindre »). Bogarde était quelqu'un de très secret. Son biographe, John Coldstream, évoque « le cuir épais qu'il avait commencé à développer dans son adolescence, et qui [par la suite] s'était endurci en une formidable carapace. [...] Dirk s'était construit un personnage pour la consommation publique. »

Bogarde vécut quarante ans avec son partenaire, Tony Forwood, mais ne cessa jamais de nier qu'il était gay. C'était compréhensible dans les années 1960 où, comme le rappelle Coldstream, la possibilité d'être « exposé » en tant qu'homosexuel consistait à vivre avec « la peur très concrète d'une disgrâce d'État ». Même après la dépénalisation de l'homosexualité par la loi sur les crimes sexuels de 1967, l'opinion publique resta longtemps à la traîne du législateur. Aussi Bogarde apprit-il à mener une existence compartimentée, oscillant entre ses facettes publique et privée. Arthur Braithwaite, fils d'un quincaillier de Darlington, s'était peut-être réinventé sous le personnage de Collins Braithwaite, mais la notoriété de Bogarde l'obligeait à entretenir la carapace d'une façon beaucoup plus stricte. Pour lui, les enjeux étaient bien plus sérieux.

D'après son propre récit, Braithwaite aborda Bogarde en lui disant : « Vous êtes un très bon comédien. » Bogarde le remercia sommairement – il avait dû entendre le compliment des centaines de fois –, mais Braithwaite insista : il ne faisait pas allusion au travail professionnel de Bogarde ; il avait observé ses interactions avec plusieurs invités de la soirée. « Tout ce que vous dites et faites est faux, poursuivit-il. C'est du cinéma. » À ces mots, Bogarde le regarda avec le sourire hautain qu'on lui connaissait à l'écran. Mais, avant qu'il puisse répondre, Braithwaite enchaîna : « Voyez, même là, vous jouez la comédie. Vous souriez, mais votre sourire est un masque. »

Il n'y a pas trace de Braithwaite dans les sept tomes des mémoires de Bogarde, mais il se confia en privé à un ou deux amis sur leur rencontre ce soir-là et leur relation par la suite, le décrivant comme « un type extraordinaire ». Il y avait, semble-t-il, quelque chose dans la « tête de gargouille » de Braithwaite et dans l'impudence de son approche qui lui fit baisser la garde. À moins qu'entre poseurs, ils se soient tout simplement reconnus.

Les deux hommes se retirèrent dans une alcôve opportunément située près du buffet des alcools. Bogarde entreprit de questionner Braithwaite sur lui-même, une stratégie que ce dernier interpréta non comme une honnête curiosité mais plutôt comme une façon de détourner la conversation de son cas personnel. Bogarde n'avait pas entendu parler de *Tuez votre Moi*, mais Braithwaite lui en résuma les grandes lignes. Bogarde, écrivit-il, « écoutait attentivement, les yeux baissés. Il était clair qu'il se reconnaissait dans ce que je disais. L'espace de quelques minutes, le vernis s'effrita, et je ne parlais plus avec Dirk Bogarde, la star de cinéma, mais avec Derek van den Bogaerde. » Ce moment ne dura pas très longtemps. La conversation fut interrompue par la maîtresse de maison, qui venait chercher l'acteur pour saluer un autre invité. Avant de partir, cependant, Bogarde – ayant réintégré son personnage public – pria Braithwaite de lui faire parvenir un exemplaire de son livre. Braithwaite le fit et, quelques jours plus tard, reçut une carte qui l'invitait dans la somptueuse villa de l'acteur près d'Amersham, à une trentaine de kilomètres au nord-ouest de Londres.

Braithwaite arriva avec une heure de retard, mais Bogarde ne sembla pas s'en offusquer ni même s'en apercevoir. « Il feignit l'indifférence, écrivit Braithwaite, comme s'il avait oublié qu'il m'avait invité. » C'était une forme de distraction que Braithwaite avait déjà remarquée chez les bourgeois qu'il avait fréquentés à Oxford, qui « cherchaient toujours à donner l'impression qu'ils avaient des choses plus importantes en tête que des basses questions de ponctualité ». La maison était grande, mais Bogarde conduisit Braithwaite dans un petit bureau, « sa tanière », comme il le surnommait. On aurait dit un sanctuaire.

Le portrait que dresse Braithwaite de Bogarde dans *Mon moi et autres inconnus* est d'une drôlerie acide, avec une attention particulière pour les tics et les petites manies de l'acteur. Le Bogarde qu'il décrit est à la fois vaniteux, fuyant, charmant, généreux, acerbe et vulnérable. C'est ce que Braithwaite appelle, dans sa grossière taxonomie des espèces humaines, « un raté ». Apparemment, ce que Braithwaite lui apporta fut la possibilité de se débarrasser de la culpabilité qu'il éprouvait à se faire passer pour quelqu'un d'autre, en le persuadant que le moi qu'il simulait était tout aussi réel que celui qu'il cachait. Il lui expliqua son interprétation du *Double* de Dostoïevski : qui peut dire lequel est l'original et lequel est l'imposteur ? La relation entre les deux hommes ne semble pas avoir duré plus de quelques semaines, mais elle allait avoir une influence majeure sur l'un comme sur l'autre. « C'était un soulagement, confia Bogarde à un ami, de s'entendre dire qu'on n'est pas tout le temps obligé "d'être soi-même" ; qu'on peut aussi être son propre double. »

Dans les semaines qui suivirent, Braithwaite reçut un certain nombre d'appels d'autres comédiens et de gens qui gravitaient dans le milieu du théâtre et du cinéma. Braithwaite adorait les acteurs. Ils étaient l'incarnation vivante de ses idées. Les acteurs étaient révérés précisément parce qu'ils faisaient semblant d'être quelqu'un d'autre qu'eux-mêmes. Dans *Tuez votre Moi*, il cite Camus :

« À quel point le paraître fait l'être, c'est ce [que l'acteur] démontre, toujours occupé de mieux figurer. Car c'est son art, cela, de feindre absolument, d'entrer le plus avant possible dans des vies qui ne sont pas les siennes. Au terme de son effort, sa vocation s'éclaire : s'appliquer de tout son cœur à n'être rien ou à être plusieurs. »

Braithwaite poursuit :

À la fin de chaque représentation, nous nous levons pour applaudir. « Bravo ! crions-nous. Encore ! » Plus l'illusion est convaincante, plus on applaudit fort. Pourtant, dès que l'on quitte le théâtre, on reproche aux gens d'être faux, de ne pas « être eux-mêmes ». Cette quête pour « être soi-même » est de l'idolâtrie. On ferait mieux de voir le monde comme une scène de théâtre et d'y incarner la version de soi-même qu'on a envie d'être. C'est seulement en s'inventant et en se réinventant – en « étant plusieurs » – que l'on peut échapper à la tyrannie du Moi unique et immuable.

Pour Braithwaite, c'était la route vers le succès, et ses nouvelles fréquentations dans le showbiz se révélèrent une clientèle particulièrement réceptive. Les acteurs, par la nature même de leur vocation, étaient des inadaptés. Dès leur plus jeune âge, ils avaient compris qu'ils devaient jouer un rôle pour se faire une place. « Ce n'est pas, écrivit Braithwaite avec le vocabulaire de son temps, que les pédales font de meilleurs acteurs. C'est que la persécution de cette tare contraint toutes les pédales à être de bons acteurs. »

Au début, Braithwaite allait voir ses patients à domicile mais, dès l'automne 1962, il fut en mesure de quitter son boulot et de louer la maison d'Ainger Road. Il vivait au rez-de-chaussée et recevait ses « visiteurs » à l'étage. Si les gens étaient prêts à le payer cinq guinées l'heure, il n'allait certainement pas les décourager. Bientôt, il gagnait en trois heures l'équivalent de son salaire hebdomadaire chez Methuen.

Zelda, qui avait entre-temps terminé son doctorat, emménagea avec lui à la fin de l'année. Pendant un moment, la cohabitation s'avéra relativement harmonieuse. Zelda avait des revenus de son côté et ne fut jamais sous la coupe de Braithwaite comme avaient pu l'être Sara Chisholm ou d'autres petites amies. Elle passa l'hiver à écrire ce qui allait devenir *Le Visage d'une autre*.

Au début, Braithwaite prenait très au sérieux son rôle accidentel de thérapeute. Il passait ses soirées à lire des recueils d'études de cas. Rien, cependant, n'altéra le point de vue qu'il avait exprimé dans *Tuez votre Moi*. Il méprisait le modèle psychanalytique, et se disait même sceptique quant à l'existence de l'inconscient. L'analyse des rêves était pour lui « une arnaque pratiquée par des pseudo-chamans ». Néanmoins, ce qu'il faisait dans la pièce à l'étage de la maison d'Ainger Road semblait avoir de l'effet. Son agenda ne tarda pas à se remplir. Il fit construire une cloison pour créer une salle d'attente et engagea une secrétaire pour gérer ses rendez-vous et sa comptabilité. La première à ce poste, Phyllis Lamb, se souvient d'un « défilé de belles filles et de saltimbanques ». Il arrivait fréquemment que des gens se présentent sans rendez-vous et qu'il faille les renvoyer, ou bien ils s'asseyaient et attendaient jusqu'à ce que Braithwaite soit disponible. Entre les séances, Braithwaite descendait souvent chez lui fumer un joint ou boire une bière.

Le roman de Zelda, *Le Visage d'une autre*, parut fin 1963. L'*Observer* le présenta comme « un portrait intime et fin de la nouvelle féminité ». Le supplément littéraire du *Times* le compara à Virginia Woolf. À présent, quand le téléphone du rez-de-chaussée sonnait, c'était plus souvent pour Zelda. « Bien sûr, il était jaloux, raconte-t-elle. Collins n'était pas du genre à se réjouir du succès de quelqu'un d'autre. » Braithwaite décortiquait les articles sur elle pour y chercher une mention de son nom à lui et, quand il n'en trouvait pas, jetait le journal ou le magazine à l'autre bout de la pièce. « Il semblait penser que je lui devais ma réussite », explique-t-elle. Tous les week-ends, le couple donnait des fêtes ou allait à celles des autres. Les bringues d'Ainger Road se prolongeaient souvent jusqu'au lendemain, ne prenant fin que lorsque le dernier invité s'effondrait par terre, ivre mort. Plus d'une fois, les policiers débarquèrent, et Zelda s'échinait alors à les convaincre qu'il ne se passait rien de grave.

Les ventes de *Tuez votre Moi* étaient reparties à la hausse et Edward Seers invita Braithwaite à déjeuner pour lui demander d'écrire une suite. Braithwaite se montra réticent. Il gagnait bien plus d'argent avec ses patients que la publication de son livre ne lui en avait jamais rapporté. « Certes, lui répondit Seers, mais si tu n'avais pas écrit de livre, tes patients ne viendraient pas te voir. » Le monde tournait vite, ces temps-ci, ajouta-t-il. Si Braithwaite ne produisait pas quelque chose de nouveau, sa clientèle le délaisserait au profit de la prochaine sensation du moment. Non sans malice, il lui fit remarquer qu'entre-temps Laing avait publié deux autres ouvrages [1]. Braithwaite n'était toujours pas convaincu. Il n'avait pas le temps d'écrire un autre livre. Il avait dit ce qu'il avait à dire dans *Tuez votre Moi*. Pourquoi se répéter ? La vraie motivation de Seers n'était pas la carrière de son ancien employé mais l'exploitation du marché en pleine expansion des livres sur la psychiatrie. Il lui suggéra de compiler un volume d'études de cas comme un complément à *Tuez votre Moi*. Il lui rappela que certains le traitaient de charlatan. Ce serait l'occasion de leur donner tort. « Mais ils n'ont pas tort, rétorqua Braithwaite. Je suis un charlatan. » Seers savait qu'il serait vain d'essayer de le faire changer d'avis, mais avant la fin du repas il mentionna l'à-valoir exorbitant qu'il serait prêt à lui verser.

Environ une semaine plus tard, Braithwaite lui téléphona et lui annonça qu'il avait une idée pour un nouveau livre. Ce serait une série d'études de cas qui formerait une sorte de contrepoint à *Tuez votre Moi*. Ces études, dit-il, « joueraient le même rôle que les paraboles dans la Bible ». Ils ne reparlèrent pas de leur conversation précédente. Seers lui répondit que c'était une idée fantastique, et un contrat fut rapidement signé.

Antithérapie fut rédigé au cours des derniers mois de 1964 et publié au printemps 1965. Le succès fut immédiat. Mis à part la préface abstruse, c'est un texte qui se lit facilement, plein d'anecdotes salaces, souvent

1. À savoir *Soi et les autres* (1961) et *L'Équilibre mental, la folie et la famille* (1963).

intelligent. Les portraits de ses patients sont finement observés et drôles. C'est aussi un livre qui ne s'embarrasse pas de fausse modestie. Braithwaite ne rate jamais une occasion de répéter un compliment que lui a fait un de ses « visiteurs ». Naturellement, chacun des cas se termine triomphalement par le départ du patient, qui quitte le cabinet de Braithwaite libéré de tous les fardeaux psychologiques qu'il ou elle portait. Fini, les analyses déroutantes de Kierkegaard ou Camus comme dans *Tuez votre Moi* ; à la place, une collection de petites manies et bizarreries humaines, généreusement saupoudrée de descriptions lubriques des peccadilles sexuelles et autres pratiques masturbatoires des sujets étudiés. Braithwaite déclara avec condescendance que c'était un travail purement alimentaire : « C'est juste que les gens aiment lire les histoires de ceux qui sont encore plus détraqués qu'eux. » Mais la presse en fit ses choux gras. Julie Christie fut contrainte de démentir une rumeur, habilement lancée par Edward Seers, qui affirmait qu'elle était « Jane », la starlette sous Valium aux mœurs légères du premier chapitre. John Osborne publia un communiqué dans lequel il maintenait n'avoir jamais consulté ni même rencontré Collins Braithwaite. Le très révérend Robert Stopford, évêque de Londres, proclama que le livre était de nature blasphématoire (un des sujets raconte être excité par les images du Christ sur la croix) et exigea son interdiction. Un dirigeant politique déclara dédaigneusement dans le *Times* que si ce livre était peut-être bien « un signal d'alarme sur l'ère de permissivité dans laquelle le pays se trouv[ait], ça ne justifi[ait] nullement la publication de ce genre de contenu ». Inutile de dire que tout cela ne fit qu'amener davantage de patients à Ainger Road.

C'est seulement alors que R. D. Laing commença à s'intéresser à Braithwaite. Jusque-là, Laing était le psy incontournable de toute la faune bohème de Londres, et voilà qu'il se faisait voler la vedette par un charlatan sans aucune qualification. D'après son collègue Joseph Berke, la simple mention du nom de Braithwaite suffisait à arracher à Laing une litanie de jurons écossais, mais il refusa prudemment d'entrer dans une querelle publique, sachant que cela ne servirait qu'à accroître la notoriété de Braithwaite.

La stricte démarcation entre les deux étages d'Ainger Road commença à s'estomper. Braithwaite se mit à inviter certains patients chez lui, au rez-de-chaussée, pour partager un joint après leur séance. D'autres fois, il continuait à fumer et à boire pendant les séances. Il arrivait de plus en plus souvent que les rendez-vous avec différents patients se mélangent. Une femme se rappelle être arrivée un jour et avoir trouvé trois autres personnes déjà présentes. Braithwaite avait entrepris de l'interroger sur des sujets intimes dont elle avait précédemment discuté avec lui, avant de solliciter la réaction des autres visiteurs. Elle était partie et n'était jamais revenue.

Zelda n'approuvait rien de tout ça. Pour commencer, elle travaillait à son deuxième roman et n'appréciait guère ces constantes intrusions. Elle était aussi de plus en plus mal à l'aise par rapport au rôle de Braithwaite et à la façon dont il l'abordait. « Il n'avait aucune notion de confidentialité. Il me répétait avec jubilation les détails les plus scabreux de ce qu'on lui confiait là-haut. » Mais quand il se mit à tenir ses séances en bas, elle se rendit compte que ce n'était qu'un cirque. « C'était parfaitement grotesque », commente-t-elle.

En octobre de cette année-là, l'interview de Zelda

à domicile par Rita Marshall, une journaliste du *Sunday Times*, fut la goutte qui fit déborder le vase[1]. Braithwaite avait reçu l'ordre de rester à l'étage, mais il fut bien entendu incapable de s'y tenir. Il fit irruption dans le salon avec un joyeux « Ne faites pas attention à moi » avant d'aller chercher une bière à la cuisine. Puis il confisqua la parole en se lançant dans une longue description de son propre travail. Marshall hocha poliment la tête avant d'essayer de reprendre sa conversation avec Zelda. Braithwaite se mit à répondre à sa place. Zelda lui rappela qu'il avait promis de les laisser tranquilles. « Je suis chez moi, répliqua-t-il. Je ne peux même pas boire une bière chez moi, putain ? » La journaliste s'excusa et partit. Le soir même, Zelda en fit autant.

1. Cette anecdote est rapportée dans l'article de Marshall « Zelda Ogilvie : une femme de son temps », publié dans le *Sunday Times Magazine* du 24 octobre 1965.

QUATRIÈME CAHIER

Les paroles de Mlle Kepler me hantent, ces derniers jours. Le suicide n'a rien d'une bêtise. Bien sûr, elle a raison. Elle ne l'a pas dit sur un ton de reproche, mais je l'ai perçu comme tel et j'ai regretté de m'être exprimée ainsi. À vrai dire, en repensant à cette rencontre, je me suis sentie comme une idiote. Mlle Kepler a dû me trouver complètement détraquée. Je me console en me disant que, puisqu'elle aussi consulte le Dr Braithwaite, elle doit avoir également un petit grain de folie. Il n'empêche que notre conversation m'a incitée à reconsidérer le décès de ma sœur.

Si étrange que cela puisse paraître, je n'ai jamais vraiment réfléchi aux détails – à la *réalité* – de la mort de Veronica. Et le peu de fois où ça m'est arrivé, j'ai bel et bien été coupable de penser qu'elle avait fait une bêtise ; au lieu d'imaginer que l'existence lui était devenue insoutenable, j'ai estimé qu'elle avait cédé à une pulsion momentanée. Je comprends à présent que ça ne peut pas être le cas et que choisir de considérer son geste comme un caprice passager n'était qu'une façon de me le rendre supportable. C'est ce que Braithwaite appellerait un « mécanisme de défense ».

Quelques mois avant sa mort, Veronica a quitté

Cambridge pour rentrer à la maison, pour des raisons qui n'étaient pas tout à fait claires. Il se chuchotait des mots comme « épuisement », mais elle ne me paraissait pas fatiguée le moins du monde. Elle semblait même avoir beaucoup plus d'énergie que je n'en ai jamais eu. Quoi qu'il en soit, papa était ravi de l'avoir de nouveau sous son toit. Au dîner, Veronica discutait avec animation de sujets intellectuels tandis que papa la couvait d'un regard adorateur. Un soir, elle nous expliqua un phénomène baptisé le « décalage vers le rouge » en se servant de fruits pour représenter l'univers. Le Soleil était une orange, la Terre un grain de raisin. Beaucoup des étoiles visibles dans le ciel nocturne, nous dit Veronica, étaient déjà mortes depuis des millions d'années. Elle déplaça lentement une pomme (j'ai oublié ce qu'elle symbolisait) vers le bord de la table tout en nous parlant de fréquences et de longueurs d'onde. Même Mme Llewelyn s'arrêta un instant pour l'écouter, avant de secouer la tête en marmonnant quelque chose sur le fait que de nos jours les filles se mêlaient de choses qui ne les regardaient pas. Pour une fois, j'étais d'accord.

Il y avait peu d'échanges entre Veronica et moi. Je ne sais pas à quoi elle occupa ses journées pendant ces quelques semaines, ni quels étaient ses projets pour l'avenir. Pour être honnête, je n'y pensais pas beaucoup. Je supposais qu'à un moment ou un autre, elle reprendrait ses études à Cambridge. Il ne serait pas exact de dire que nous nous étions éloignées, puisque nous n'avions jamais été proches comme des sœurs sont censées l'être. J'acceptais, comme je l'avais toujours fait, qu'elle me soit supérieure et que, par conséquent, elle ne s'intéresse guère à moi.

Cependant, j'étais contente qu'elle soit là. Sa présence égayait l'atmosphère de la maison, et l'idée que la dilution de l'affection de notre père ait pu être une source de ressentiment serait parfaitement infondée. Au contraire, c'était un soulagement de ne plus avoir à lui faire la conversation au dîner en inventant des anecdotes sur mes journées chez M. Brownlee.

Un soir, j'étais au salon où je perdais mon temps à lire le dernier Georgette Heyer. Veronica m'observait depuis un moment. Elle soupira et dit : « Oh, comme j'aimerais pouvoir me plonger dans un roman de ce genre ! » Ce n'était pas une manière de me faire un compliment, mais plutôt d'affirmer sa supériorité intellectuelle. Il y avait toujours un écart entre ce que Veronica *disait* et ce qu'elle *voulait dire*. Au fil des années, cela avait été source de nombreux quiproquos entre nous. Vers l'âge de douze ou treize ans, sa tendance à parler par antiphrases devint presque une manie chez elle. Quand il faisait un soleil radieux, elle déclarait qu'il faisait un temps « épouvantable », ou « délicieux » alors qu'il tombait des cordes. Cela se développa en un jargon personnel qu'elle ne partageait qu'avec mon père. Il l'appelait Ironica et elle l'appelait maman. Si Veronica racontait qu'elle était arrivée première de sa classe à un contrôle, papa déclarait qu'elle lui faisait honte et qu'elle irait au lit sans souper. Veronica répondait que c'était merveilleux et qu'elle méritait en plus des coups de trique. Papa lui assurait alors qu'il aurait le plus grand plaisir à la frapper. Ils pouvaient continuer comme ça pendant des heures. Ils formaient entre eux une cabale qui ne souffrait l'admission de personne d'autre. Si je prenais au pied de la lettre une des phrases de Veronica, elle roulait les yeux avec un grand soupir, comme si j'étais une cruche finie.

De même, si j'essayais de m'immiscer dans le jeu, elle affirmait qu'elle parlait sérieusement. Avec elle, on ne savait jamais à quoi s'en tenir. La menace d'une humiliation planait sur tous nos échanges.

Cette fois-là, je lui décochai un regard noir, voulant lui faire savoir que je comprenais qu'elle se moquait de moi. Elle rougit, peut-être en prenant conscience qu'elle avait dépassé les bornes. Papa leva les yeux de ses mots croisés. « Tout le monde ne peut pas être à ta hauteur, Veronica », dit-il avant de me sourire comme on sourirait à un enfant demeuré. Je me levai et m'excusai avec sarcasme d'avoir rabaissé le niveau. Alors que je quittais la pièce d'un pas furibond, ils échangèrent des regards théâtraux de contrition, qui ne firent qu'aiguiser ma colère.

Si mes relations avec Veronica n'étaient pas intimes, elles étaient, pour l'essentiel, harmonieuses. Du plus loin que je me souvienne, j'avais accepté que Veronica soit supérieure à moi. Elle était intellectuelle, pas moi. Elle savait faire preuve de retenue, pas moi. Elle ne se comportait pas avec maladresse en public et ne dévisageait pas effrontément les femmes que ma mère qualifiait de Jézabel. Quand nous mangions au restaurant, elle savait utiliser les bons couverts et ne renversait pas de sauce sur son chemisier. Elle ne regardait pas les émissions de jeux à la télévision et ne gaspillait pas son temps à découper des images de tenues chics dans les magazines. Veronica évoluait dans une sphère différente et, pour cette raison, notre seule rivalité était celle pour l'affection de notre père. Si je ne faisais pas d'efforts pour élever mon esprit, c'était par peur de ne réussir au bout du compte qu'à prouver mon infériorité. En refusant la compétition, je pouvais m'accrocher à l'illusion que nous étions simplement différentes. De temps en temps, Veronica exprimait de la jalousie pour mon « petit boulot ». « Tu es vraiment une femme du monde », disait-elle, et j'étais heureuse de la laisser croire que travailler chez M. Brownlee était bien plus glamour que ça ne l'était réellement. Papa était d'avis que Veronica s'ennuierait dans un emploi pareil, ce en quoi il n'avait sans doute pas tort. J'ai moi-même la capacité de faire des tâches répétitives ou de rester les yeux dans le vide pendant de longs moments sans m'ennuyer le moins du monde. Il se passe toujours quelque chose, si on regarde bien. De minuscules drames se déroulent autour de nous. Mais les intellectuels du genre de Veronica ne s'en rendent pas compte. Ils sont trop occupés à penser pour voir quoi que ce soit.

Le soir où Veronica est morte, la police est venue à 20 h 50. Je le sais parce que, quand ça sonne à la porte tard le soir, la première réaction de n'importe qui est de regarder l'heure. Papa a relevé les yeux de ses mots croisés en disant : « Ah, ça doit être elle. Elle a dû oublier ses clés. » L'absence de Veronica avait provoqué une certaine consternation au dîner. Papa supposa qu'elle était allée au cinéma ou qu'elle avait croisé par hasard un de ses brillants amis de Cambridge (Veronica n'avait pas simplement des amis, elle avait de *brillants* amis), mais je doute qu'il ait cru davantage que moi à aucun de ces scénarios.

Je n'ai pas pensé une seconde que c'était Veronica qui avait sonné à la porte. J'ai tendance à imaginer le pire à la moindre occasion, si bien que je ne fus pas du tout surprise quand Mme Llewelyn fit entrer deux policiers dans le salon. Le premier – je ne me souviens plus de son nom – était un inspecteur vêtu d'un costume marron mal taillé et d'un pardessus.

Il ôta son chapeau et le tint serré devant lui. Son acolyte était un agent en uniforme qui paraissait à peine assez vieux pour avoir fini l'école. Il avait les joues roses couvertes de boutons. On aurait dit un duo de music-hall, et je m'attendais presque à les voir pousser la chansonnette, façon Flanagan et Allen. L'inspecteur commença par s'assurer que nous étions bien de la famille de Veronica. Il semblait hautement improbable que nous puissions être des imposteurs, mais j'ai appris qu'en situation de crise les autorités compétentes consacrent une grande quantité de temps et d'efforts à vérifier des évidences. Ce respect aveugle du protocole sert à créer une distance entre les personnes concernées et les événements dramatiques dont il va être question. Cela permet de laisser son ego au placard et de ne devenir qu'un simple rouage qui remplit sa mission. Ça n'a plus rien de personnel. Dans le barouf qui suivit la mort de maman, je finis par aimer qu'on me demande pour la énième fois si j'étais « la fille de la défunte » (la pesanteur de cette formulation me plaît toujours). « Oui, c'est ça », répondais-je avec gravité, fière de jouer correctement mon rôle.

Une fois rassuré sur notre identité, l'inspecteur annonça qu'il avait une mauvaise nouvelle. Il marqua une pause pour augmenter son effet, un peu à la manière d'un animateur de télé, avant de nous informer que Veronica avait eu un accident. Elle semblait s'être jetée d'un pont ferroviaire à Camden. Il n'eut pas l'air de se rendre compte de la contradiction entre ses deux phrases, mais ça ne me paraissait pas le moment de le lui faire remarquer. Je n'osais pas regarder mon père. J'imaginais qu'il serait anéanti par cette annonce et qu'il m'incomberait de gérer la situation. Je me composai une expression de détresse appropriée et plaquai une main sur ma joue. Il ne ferait pas bon, songeai-je, avoir l'air de s'attendre à cette nouvelle. Je me demandai si l'inspecteur prenait du plaisir à entrer chez des inconnus pour leur apprendre que quelqu'un de leur famille était mort. Si c'était le cas, il n'en montra aucun signe. Il tritura le bord de son chapeau pendant quelques secondes puis, ayant apparemment décidé qu'il nous avait laissé assez de temps pour nous remettre du choc, il entreprit de nous poser quelques questions : savions-nous pourquoi Veronica pouvait se trouver dans ce quartier ? Nous avait-elle semblé malheureuse ou contrariée ? Avait-elle eu un comportement inhabituel ? Après que mon père eut répondu par la négative, l'inspecteur demanda s'il pouvait « fourrer son nez » dans la chambre de Veronica. Je fus irritée par cette entorse au langage bureaucratique. Cette familiarité déplacée le ramenait au statut d'être humain et non de fonctionnaire. Sans doute se considérait-il comme « un sacré gugusse », pour qui annoncer à des snobinards un décès dans la famille ne serait bientôt guère plus qu'une anecdote de comptoir. Mme Llewelyn l'accompagna néanmoins à l'étage.

Le garçon en uniforme resta au salon, comme pour nous surveiller, papa et moi. Je le surpris à reluquer mes jambes et tirai instinctivement sur l'ourlet de ma jupe. Histoire de dire quelque chose, je demandai comment ils pouvaient être sûrs que c'était bien Veronica. Le garçon répondit d'un ton hésitant, ne sachant pas s'il outrepassait ses fonctions. On avait retrouvé son sac à main sur les lieux, dit-il. Je notai mentalement d'effectuer un grand nettoyage de printemps dans mon propre sac avant de me jeter sous quelque train qui soit. Le garçon commença une phrase au sujet de l'identification du corps, mais sa voix se brisa. Il avait les phalanges de la main droite égratignées et je me demandai s'il avait été mêlé à une bagarre dernièrement. Je me levai et m'approchai de là où papa était assis. Son journal était tombé à terre et il avait le visage enfoui entre ses mains. Je posai la mienne sur son épaule. Il la recouvrit de sa main gauche et nous restâmes dans cette position, comme les personnages d'un tableau, jusqu'à ce que le grossier inspecteur revienne. Il nous expliqua les procédures à venir puis, par un brusque hochement de menton, indiqua à son jeune collègue qu'ils pouvaient maintenant mettre les bouts.

Lors de l'enquête, un jeune homme du nom de Simon Wilmott raconta qu'il avait vu Veronica enjamber la rambarde du pont. Jusque-là, j'avais réussi à éviter de penser à la réalité de son acte. Je m'étais persuadée qu'il s'agissait d'un accident, qu'elle avait glissé je ne sais comment et qu'elle était tombée. Bien sûr, le mot « suicide » m'avait traversé l'esprit, mais je l'en avais chassé telle une mouche importune. Je n'avais en tout cas jamais songé que Veronica ait pu agir délibérément, qu'elle avait volontairement choisi de mettre fin à ses jours. L'idée était grotesque. Simon Wilmott se souvenait que Veronica avait hésité un instant. Il s'était alors précipité et l'avait agrippée par la cheville. Mais elle avait sauté et il s'était retrouvé avec seulement sa chaussure dans la main. Cette chaussure, ainsi que le reste de ses vêtements et le contenu de son sac à main, nous furent par la suite restitués. L'autre chaussure ne fut jamais retrouvée, mais comme elle faisait deux pointures de plus que moi, je n'aurais pas pu les porter de toute façon.

Ma première réaction à la mort de Veronica fut

– j'ai honte de l'admettre – entièrement égoïste : je n'aurais plus jamais à rivaliser pour l'affection de mon père. Je ne passerais plus pour une idiote au dîner et je n'aurais plus l'impression que mon existence était sans importance. Pour la première fois, du simple fait de lui survivre, je l'avais emporté. J'ai conscience que c'étaient là des sentiments mesquins et méprisables, mais ils sont parfaitement à mon image. J'ai compris depuis bien longtemps que j'étais une personne méchante et désagréable. Je suis incapable de voir les choses autrement que sous l'angle du bénéfice ou du préjudice qu'elles me causent. Je me méfie de ceux qui prétendent agir au nom du bien public, ou qui consacrent leur temps libre à des activités de bienfaisance. Cet altruisme ostentatoire ne me paraît relever que d'un désir de passer pour quelqu'un d'admirable. Pourtant, quelques semaines après la mort de Veronica, je commençai à penser différemment. En un sens, cette réévaluation était en adéquation avec mon égoïsme antérieur. Le chagrin de mon père était immense et durable. Pendant des mois, quand je rentrais à la maison, je le trouvais en pleurs. Il s'alimentait à peine et semblait se ratatiner à vue d'œil. Il avait le teint grisâtre. Il perdait ses cheveux. Mme Llewelyn maintenait une façade joyeuse, mais même ses cajoleries ne suffisaient pas à le faire manger. Naturellement, nous n'évoquions pas la cause de son tourment. Il aurait été d'une cruauté gratuite de mentionner le nom de Veronica. Nous parlions donc d'autres choses, comme si de rien n'était. C'est ainsi que s'opéra une altération de mes sentiments à l'égard de la mort de Veronica : le malheur de mon père me rendait malheureuse.

Puis un autre événement se produisit. Un soir, à la

table du dîner, je me tournai vers la place habituelle de Veronica pour lui dire quelque chose, et je me ressaisis au dernier moment. Pour la première fois, je ressentis vivement son absence. À partir de là, je perçus sa mort sous un jour différent. Il y avait dans le monde un vide de la taille de Veronica. De même que sa présence physique, le contenu de son esprit avait disparu. La question que je m'apprêtais à lui poser resterait à jamais sans réponse. Tout ce qu'elle avait appris, les souvenirs qu'elle avait accumulés, ses futures pensées et actions, tout cela s'était éteint avec elle. Le monde était plus petit de sa non-existence. Un sanglot me monta à la gorge. Je le ravalai, mais il ne se laissa pas étouffer, si bien que je dus le déguiser en quinte de toux et quitter la pièce précipitamment.

Lorsque j'arrivai au cabinet du Dr Braithwaite pour la quatrième fois, Daisy me fit signe en silence de m'asseoir. Le manteau de fourrure de Mlle Kepler était au portemanteau. Je me félicitai que les choses soient rentrées dans l'ordre. En m'asseyant, je pris brusquement conscience que Veronica avait dû elle aussi attendre sur cette même chaise que Daisy lui donne l'autorisation d'entrer. Sans doute se tenait-elle bien droite, les mains sur les cuisses, les genoux serrés, exactement comme moi. Je me demandai cependant si elle avait remarqué la petite langue de papier peint sur le mur au-dessus de l'épaule de Daisy. Je ne crois pas qu'elle en aurait été troublée comme je l'étais. Pas plus qu'elle n'aurait songé à complimenter Daisy sur son cardigan. Le cardigan de Daisy ne l'aurait absolument pas intéressée. Veronica était quelqu'un de pragmatique, de terre à terre. Elle se distinguait par son mépris pour la mode. Elle s'habillait de jupes mal coupées, de gros godillots et, parfois, de ce qui ressemblait à des pantalons de tweed pour hommes. Il m'est d'ailleurs arrivé de me demander si elle aurait préféré être un homme. Je n'aurais pas été totalement surprise qu'elle se mette à fumer la pipe.

Daisy était exceptionnellement concentrée sur son travail. Je suppose qu'après avoir été surprise en plein conciliabule avec moi la semaine précédente, elle voulait me décourager d'engager la conversation. Peut-être que Braithwaite lui avait passé un savon dans son bureau. J'imaginais les châtiments qu'il avait pu lui infliger. Cependant, il me vint soudain une idée et sachant que, quand je réfléchis trop longtemps à quelque chose, je trouve toujours mille raisons de me censurer, je me lançai directement.

« Je me demande si vous vous souvenez d'une des anciennes patientes du Dr Braithwaite, dis-je. Elle s'appelait Veronica. »

Je fis un geste de la main censé indiquer qu'il s'agissait là d'une simple question en passant et que sa réponse n'avait pas d'importance.

Elle me dévisagea. Puis elle jeta un regard en coin vers la porte du bureau. Elle fronça les sourcils et rentra la tête dans les épaules.

« Vous savez très bien que je ne peux pas parler des autres visiteurs avec vous », dit-elle.

Tout à coup, il n'était plus question de copiner.

« J'étais juste curieuse de savoir si vous vous rappeliez d'elle, repris-je.

— Que je me rappelle d'elle ou pas n'est pas la question, me souffla-t-elle dans un chuchotement théâtral. Vous ne devez pas me demander ce genre de choses. »

Elle se remit à taper, en enfonçant volontairement les touches très fort pour faire le plus de bruit possible.

J'entrepris de lui décrire Veronica.

« Le Dr Braithwaite en parle même dans un de ses livres, ajoutai-je. Il la surnomme Dorothy. J'ai toujours trouvé que ce nom lui allait bien. »

J'eus l'impression de voir une lueur s'allumer dans les yeux de Daisy, mais elle la supprima si vite que je ne pus en avoir le cœur net.

Elle s'arrêta de taper et me regarda.

« Je n'ai lu aucun de ses livres », me dit-elle.

Il me sembla qu'elle avait peur.

« C'est juste que, d'une certaine façon, c'est à cause d'elle que je suis là, poursuivis-je.

— Vos raisons de venir ici ne me regardent pas. »

Ses joues s'étaient empourprées.

À cet instant, la porte du bureau de Braithwaite s'ouvrit. Mlle Kepler apparut. Elle n'avait pas le même air placide que d'habitude. Son visage était rougi et son mascara avait coulé. Elle avait les cheveux en bataille et, tandis que Daisy l'aidait à enfiler son manteau, elle repoussa distraitement une mèche derrière son oreille. Ses yeux se posèrent sur moi, mais d'un regard vide, comme s'il ne s'était jamais rien passé entre nous. Je fus blessée mais, sachant qu'elle devait avoir ses raisons de se conduire de façon aussi énigmatique, je respectai son silence.

Quelques instants après son départ, le Dr Braithwaite apparut dans l'embrasure de la porte. On aurait dit une de ces épouvantables pièces de boulevard si prisées des cercles de théâtre amateurs. Bien que Braithwaite ne soit pas d'une stature physique très imposante, il est comme un petit pays dont l'empire s'étend bien au-delà de ses frontières. Il semblait remplir entièrement l'encadrement de la porte. Il me lança un coup d'œil mais ne me gratifia pas même d'un sourire, et je craignis qu'il ne m'ait entendue interroger sa secrétaire. Il informa Daisy qu'il descendait quelques minutes et sortit. Je perçus le bruit de ses pas dans l'escalier.

Daisy, sans doute pour prévenir toute nouvelle velléité de conversation, me fit passer dans le bureau. Je refermai la porte derrière moi et examinai la pièce. C'était une curieuse sensation que d'être là toute seule. Même si j'avais reçu la permission d'entrer, je me sentais comme une intruse. Je marchai tout doucement sur la moquette et m'arrêtai près du divan pour ôter mes gants. Mon regard se posa sur le meuble de rangement derrière le bureau. Que de secrets il devait renfermer ! Comme d'habitude, le tiroir du haut était resté grand ouvert. Je jetai un coup d'œil vers la porte. Braithwaite avait dit qu'il s'absentait quelques minutes. Il ne devait pas s'être écoulé plus de trente secondes. Je posai mon sac par terre. J'avais la chair de poule. Aurais-je le courage nécessaire ? Je me dis que c'était le temps de l'action, pas de la contemplation. Mon hésitation me perdrait. J'entrepris de traverser la pièce. Quatre, cinq, six pas. Je baissai les yeux vers le tiroir ouvert. Il ne contenait pas d'intercalaires soigneusement classés dans l'ordre alphabétique, mais juste une pile de cahiers en vrac. Je tendis l'oreille pour guetter des pas dans l'escalier avant d'ouvrir celui du dessus. Sur la première page, les initiales « SK » étaient écrites en lettres capitales excentriques. K comme Kepler, supposai-je. Mon cœur battait à tout rompre. Je parcourus la page rapidement. L'écriture de Braithwaite était illisible. Je me demandai si ce n'était pas une forme de code ou d'abréviations ; peut-être les idées exprimées étaient-elles si incendiaires qu'il fallait les crypter. Quoi qu'il en soit, c'était pour moi aussi incompréhensible que des hiéroglyphes. Pourtant, quelque part dans ce meuble, il devait y avoir un cahier consacré à Veronica. Si je parvenais à le dérober, j'arriverais peut-être par la suite à en déchiffrer le contenu. Je traversai à nouveau la pièce pour récupérer mon sac, dans lequel le dissimuler. Je fouillai dans le tiroir, ouvrant des cahiers au hasard, avant de m'obliger à m'arrêter. Presque deux ans avaient passé depuis que Veronica ne venait plus ici. J'ouvris le tiroir d'en dessous. Il était encore plus en désordre que le premier. Je me forçai à ouvrir systématiquement chacun des cahiers, à la recherche des initiales de Veronica ou de tout autre indice. Je m'interrompis pour tendre l'oreille. Rien. Je décidai d'essayer encore cinq cahiers avant de regagner le divan. J'avais le premier des cinq entre les mains quand j'entendis le cliquetis de la serrure derrière moi.

Je lâchai le cahier dans le tiroir et me retournai lentement. Braithwaite se tenait dans l'encadrement de la porte en se malaxant les mains devant la poitrine, comme un étrangleur s'apprêtant à passer à l'acte. Son visage était impassible. Je sentais le tiroir contre mon dos. Braithwaite s'avança tout doucement jusqu'à moi, si près que nos corps se touchaient presque. Il posa les mains sur les deux coins du meuble de rangement de façon à me bloquer entre ses bras.

« Vous voulez bien me dire ce que vous fabriquez ? demanda-t-il calmement.

— Rien, répondis-je d'une voix de petite souris.

— Rien ne peut venir de rien, comme dirait ce bon vieux Lear. Parlez donc. »

Il avait la bouche au niveau de mon front. Son haleine sentait l'alcool.

« J'étais curieuse de savoir quel système de classement vous utilisiez, dis-je. Chez M. Brownlee, je classe les choses par ordre à la fois alphabétique et chronologique, mais je vois que vous… »

Je laissai ma phrase en suspens.

« Réformez un peu votre réponse, de peur qu'elle ne nuise à votre fortune », poursuivit-il.

Je voyais sa respiration gonfler sa poitrine sous sa chemise. Il plaça sa main gauche sous mon menton et me fit pencher la tête en arrière, de sorte que je fus contrainte de le regarder dans les yeux. Il passa sa langue sur ses lèvres charnues. Puis il glissa délicatement ses doigts sur ma gorge exposée. Je me liquéfiai intérieurement.

« Alors ? » reprit-il.

Je déglutis. Sa main était chaude sur mon cou et, en d'autres circonstances, la sensation aurait presque pu être agréable.

« J'étais juste curieuse de voir ce que vous aviez écrit sur moi », dis-je.

Braithwaite me lâcha le cou et se massa le menton dans son geste obscène caractéristique. Il posa sa main droite sur mon épaule, comme un gros steak.

« Mais vous savez ce qu'on dit de la curiosité, n'est-ce pas ?

— Que c'est un vilain défaut, répondis-je docilement.

— Voilà. »

Il retira sa main de mon épaule et recula d'un demi-pas. J'en profitai pour déguerpir et m'asseoir sur le divan.

« Je suis désolée, dis-je, je n'aurais pas dû fouiller dans vos affaires. J'ai eu tort. »

Je baissai la tête dans une attitude contrite.

Braithwaite était maintenant appuyé au meuble de l'offense, les mains nouées dans le dos. La braguette de son pantalon (le même pantalon informe en velours côtelé que la semaine précédente) était ouverte, mais ça ne me semblait pas être le moment de le lui signaler. Je me rappelai que j'étais Rebecca Smyth et fis de mon mieux pour retrouver mon calme. Je me penchai pour attraper mes cigarettes dans mon sac, mais il était resté échoué au pied du meuble de rangement. Jamais je n'avais autant ressenti le besoin de nicotine.

« Et, à votre avis, qu'est-ce que j'ai bien pu écrire sur vous ? demanda Braithwaite.

— Je n'en ai pas la moindre idée, répondis-je. C'est pour ça que j'étais curieuse.

— Eh bien, je vais vous le dire. Rien.

— Rien ? m'étonnai-je.

— Pas un mot, confirma-t-il, l'air terriblement content de lui. Et je vais vous dire pourquoi : parce qu'il n'y a rien à écrire. Je ne crois pas avoir jamais rencontré quelqu'un d'aussi creux. Je commence à me demander si vous êtes vraiment qui vous prétendez être.

— Je me pose souvent la même question, rétorqua Rebecca, plutôt habilement, me sembla-t-il (elle est tellement plus intelligente que moi ; parfois je me demande si je ne devrais pas la laisser prendre le contrôle entièrement).

— Vous vous donnez cette allure hautaine, mais en fait vous êtes pétrie d'angoisse. Et puis il y a vos petits tête-à-tête avec Daisy. Et maintenant Mlle Kepler m'a fait savoir que vous l'aviez harcelée dans le parc la semaine dernière. On dirait que le monstrueux régiment des femmes rassemble ses forces contre moi.

— Harcelée ? » répétai-je, vexée que Mlle Kepler ait pu interpréter ainsi notre conversation.

Braithwaite se détacha du meuble de rangement et traîna la chaise jusqu'à moi pour s'y asseoir à califourchon. Sa braguette était béante, comme la bouche d'un adolescent. Je me levai et allai récupérer mon sac. Après m'être allumé une cigarette, je sentis que je reprenais enfin mes esprits. Il n'y a rien de plus contrariant qu'un désir insatisfait, c'est pourquoi je m'efforce autant que possible de ne pas en avoir. Quand on a des désirs, on vit dans un état de frustration permanente. Sauf pour la cigarette. La cigarette est un désir sur lequel on a prise. On peut le laisser monter tout doucement, puis le chasser d'une simple bouffée.

« En tout cas, reprit Braithwaite, harcèlement ou pas, vu vos airs affectés, vos cachotteries avec Daisy et maintenant votre farfouillage dans mes papiers, je ne peux qu'en conclure que vous manigancez quelque chose.

— Je n'ai jamais rien manigancé de ma vie », répliquai-je.

Soudain, il se mit à rire dans sa barbe.

« Vous êtes journaliste, c'est ça ?

— Journaliste ? Certainement pas ! protestai-je, sincèrement choquée par cette suggestion.

— J'en ai eu plein qui sont venus rôder par ici, croyez-moi.

— Je peux vous assurer que je ne fais pas partie de cette caste.

— Quoi, alors ? Qui êtes-vous, mademoiselle Smyth ?

— Je ne suis rien. Personne. Juste Rebecca. »

Comme il ne réagissait pas, je poursuivis, enhardie :

« Et je n'ai vraiment pas harcelé Mlle Kepler. Je l'ai simplement croisée par hasard au parc.

— Elle dit que vous l'avez suivie.

— Après être sortie d'ici, j'ai fait un tour dans le parc pour me changer les idées. Comment aurais-je pu savoir qu'elle s'y trouverait ? »

Braithwaite me regarda en pinçant les lèvres. Il semblait reconnaître la logique de cet argument.

« Mais vous l'avez abordée ? insista-t-il.

— Oui, en effet. Je l'ai reconnue de la salle d'attente et je lui ai dit bonjour. Ne pas le faire aurait été malpoli. Tout ça était parfaitement innocent.

— Vous lui avez dit bonjour. Et rien d'autre ? »

J'avais l'impression de subir un interrogatoire et je le lui fis remarquer.

« Ce qu'il y a, m'expliqua-t-il, c'est que Mlle Kepler est sujette à, disons… des accès de divagation.

— À l'évidence.

— Je vous conseillerais de ne pas trop la fréquenter.

— Ce n'était pas mon intention.

— Et sinon, de quoi avez-vous donc parlé ?

— Pas grand-chose, dis-je avec un haussement d'épaules. De la pluie et du beau temps.

— C'est tout ?

— Naturellement, votre nom a été mentionné.

— Et qu'est-ce qu'elle a dit ?

— Si je vous le répétais, ça vous monterait à la tête, et j'ai l'impression qu'elle est déjà assez grosse comme ça. »

Il me dévisagea d'un air intrigué. Malgré ma maigre connaissance des hommes, je sais qu'aucun d'entre eux n'est insensible à la flatterie. Les hommes ont un ego. Quand un mari rentre du travail, son épouse devrait toujours lui dire à quel point il est beau et intelligent. C'est notre responsabilité en tant que femmes, et celles qui négligent ce genre de devoirs se retrouvent, comme moi, sur le carreau.

« Si vous voulez savoir, repris-je sur un ton laissant entendre que je n'étais pas d'accord, elle m'a dit que vous étiez un génie. »

Braithwaite ne put dissimuler le sourire qui joua sur ses lèvres.

« Comme vous dites, continuai-je, elle est clairement sujette à des accès de divagation.

— Même les personnes les plus psychotiques ont des moments de lucidité, répliqua-t-il. Et à part ça, c'est tout ?

— À vrai dire, nous avons aussi parlé d'autre chose. »

Braithwaite m'interrogea du regard.

« De suicide, dis-je.

— De suicide. Et comment un sujet si grave s'est-il présenté ? Ce n'est pas le genre de potins habituels de deux jeunes femmes qui se rencontrent dans un parc.

— Peut-être étions-nous sous votre influence », suggérai-je.

Il resta silencieux.

Je portai ma cigarette à mes lèvres et soufflai lentement la fumée. Pour la première fois, j'avais l'impression d'avoir réussi à piquer son intérêt.

« Il se trouve, poursuivis-je, que je nourris depuis quelque temps des idées d'autodestruction. »

J'avoue que j'étais assez satisfaite de ma formulation, mais Braithwaite ne parut pas le moins du monde impressionné, ni par l'élégance de ma tournure, ni par le sentiment exprimé.

« Eh bien, dit-il, si vous décidez de passer à l'acte,

assurez-vous d'appeler Daisy avant pour annuler vos rendez-vous. »

Je supposai qu'il plaisantait, mais je me mis à regarder mes mains, comme s'il m'avait offensée.

« J'ai bien peur que vous ne me preniez pas au sérieux, regrettai-je posément.

— Je vous assure que si. Rien ne m'énerve plus qu'un rendez-vous manqué. »

Il se redressa sur sa chaise et adopta une expression solennelle. Il plaça ses doigts en triangle, les coudes posés sur le dossier, ses deux index tapotant sa lèvre inférieure. Il me demanda depuis combien de temps j'avais ce genre d'idées. Je lui lançai un coup d'œil, ne sachant plus bien s'il se moquait encore de moi.

« Depuis quelques mois, répondis-je. Peut-être même plus. Parfois je me retrouve au bord de la Tamise à me demander pourquoi je ne me jette pas dedans.

— Et qu'est-ce qui vous retient ?

— Pardon ?

— Qu'est-ce qui vous retient ? Presque tous les gens songent à en finir une fois de temps en temps. Moi le premier. Mais, pour la plupart, ils ne le font pas. Quelque chose les en empêche. Vous, qu'est-ce qui vous retient ? »

Je le dévisageai.

« Je crois que je me dis que je n'y ai pas assez bien réfléchi.

— Donc, le fait que vous soyez toujours en vie tient simplement à un manque d'organisation ?

— Non, ce n'est pas ça. C'est plus que j'ai peur de le regretter. J'ai peur, si je me jette à l'eau, de changer d'avis au dernier moment mais que ce soit trop tard.

— Parce que ce serait la méthode que vous choisiriez ? De vous jeter dans la Tamise ? Pas tout à fait infaillible. Il y a toutes les chances pour qu'un jeune homme valeureux ait envie de jouer les héros et plonge à votre rescousse, ou pour que vous soyez rattrapée par votre instinct et que vous regagniez la rive à la nage.

— Je ne sais pas nager », répliquai-je. (L'idée de s'immerger dans une étendue d'eau m'a toujours paru parfaitement contre nature.)

« Quand bien même. Vous n'êtes pas du genre à ouvrir le gaz ou à avaler des cachets, ni à vous pendre ou à vous faire sauter la cervelle. Les armes à feu, bien sûr, sont une affaire d'hommes. La pendaison, si vous vous y prenez bien, est ignoble. Et si vous vous y prenez mal, vous n'aurez réussi qu'à dégueulasser la moquette pour rien. Dans tous les cas, c'est pas joli joli.

— Vous n'avez pas parlé des trains, dis-je avec un frisson, en repensant au pont routier que j'avais franchi à peine une heure plus tôt.

— Bien sûr ! s'exclama-t-il. Se jeter sous un train. Excellent pedigree, grâce à Anna Karénine. Peu de chance que ça rate, et pas le temps de changer d'avis. Mais Londres est plein de trains et de métros, et jusqu'à présent vous ne vous êtes encore jetée sous aucun.

— Non, mais chaque fois que je me tiens sur un quai, je ne peux m'empêcher de penser à combien ce serait facile d'en finir une bonne fois pour toutes. »

Braithwaite laissa échapper un petit ricanement.

« Et vous ne croyez pas que les autres gens sur le quai pensent exactement la même chose ?

— Non, dis-je. Je ne crois pas.

— Et pourtant si. Tous, sans exception.

— Mais ils ne le font pas.

— En effet.

— J'imagine qu'ils ont une raison de continuer, risquai-je.

— Comme quoi ?

— Je ne sais pas. Un mari. Des enfants. Un boulot.

— Vous avez un boulot, fit-il remarquer.

— Un boulot débile. Un chimpanzé pourrait le faire à ma place.

— Et votre père ? »

Je haussai les épaules.

« Je crois que ce serait plutôt un soulagement pour lui si je n'étais plus là.

— Eh bien, présenté comme ça, c'est vrai que je me demande pourquoi vous n'êtes pas passée à l'acte. »

Il y eut un silence pendant quelques instants, une minute peut-être. Je pris conscience que de grosses gouttes de pluie s'écrasaient bruyamment sur les vitres. J'avais omis de prendre un parapluie, j'allais être trempée. J'imagine que quelqu'un de vraiment suicidaire se moquerait de se faire tremper. Il pleuvait le jour où Veronica s'est suicidée. Je suppose qu'elle ne se souciait pas de salir son manteau. Braithwaite m'observait. Il avait de la curiosité dans le regard, comme si j'étais une sorte de bête de foire. Peut-être me croyait-il réellement folle. Je me demandai soudain si je ne l'étais pas, après tout. Puisque les fous ne savent pas qu'ils le sont, on ne peut sans doute pas savoir avec certitude qu'on ne l'est pas non plus. L'idée m'amusait. Ça devait être assez drôle d'être fou. On peut faire ce qu'on veut quand on est fou. Les gens vous excusent.

Braithwaite noua les mains derrière sa tête.

« Vous savez, Rebecca, dit-il, ce n'est pas mon boulot de vous empêcher de vous tuer. Si c'est ce que vous voulez, allez-y. À part pour vos cinq guinées par semaine, ça n'aurait aucune conséquence pour moi. Mais le fait est que je ne crois pas une seule seconde que vous ayez l'intention d'en finir. »

Je maintins que si.

Il secoua la tête en plissant le nez.

« Je ne vous crois pas. Je vous vois venir ici avec vos grands airs. Vous me racontez vos petites histoires, mais tout ce que vous faites, c'est détourner l'attention de vous. C'est de la dissimulation. Et ce n'est pas à moi que vous dissimulez quelque chose. C'est à vous-même. Vous êtes ensevelie sous des monceaux de fausseté. Votre façon de vous habiller sonne faux. Votre façon de parler sonne faux. Même votre façon de tenir votre cigarette sonne faux. Vous êtes bidon. »

Je baissai les yeux, faisant mine d'être blessée, mais ce n'était pas le cas. C'était Rebecca qu'il insultait, pas moi.

« Peut-être bien, concédai-je.

— Parfait. Nous sommes tous bidon. Vous, moi. La différence, c'est que moi je l'accepte. Et vous seriez bien plus heureuse si vous l'acceptiez aussi.

— Mais quel est l'intérêt de se faire passer pour quelqu'un qu'on n'est pas ? demandai-je.

— Quel est l'intérêt d'être la personne que vous pensez être ? »

Il avait raison. Ça n'avait aucun intérêt. Je me levais le matin, allais à mon boulot débile, rentrais chez moi, regardais la télévision ou lisais un roman. Puis je me couchais, me levais à nouveau et répétais le processus *ad nauseam*. Je n'étais guère plus qu'un automate.

« Je n'imagine pas changer, répondis-je. Ou en tout cas changer en quelque chose qui ne serait pas tout aussi dénué de sens.

— Pourquoi vous souciez-vous autant du sens ? Évidemment, que rien n'a de sens. Accepter que la vie n'a pas de sens est le premier pas vers la libération.

— Si rien n'a de sens, quel intérêt de changer ? »

Je commençais à me prendre au jeu de cette conversation.

À cet instant, Braithwaite se leva et se mit à faire les cent pas avec un air exaspéré.

« Votre problème, Rebecca, est que vous pensez trop et n'agissez pas assez. Vous vous inhibez vous-même.

— Alors qu'est-ce que je devrais faire ?

— Arrêter d'attendre que les autres vous disent quoi faire. »

Je lui répondis qu'il ne me semblait pas déraisonnable d'espérer quelques conseils en échange de mes cinq guinées par semaine.

« Donc, si je vous disais de vous jeter sous un train, vous le feriez ? lança-t-il.

— Parce que vous me dites de me jeter sous un train ?

— Je ne vous dis ni de vous jeter sous un train, ni de ne pas vous jeter sous un train. C'est à vous de décider.

— Et si je me jetais vraiment sous un train ?

— Vous ne le ferez pas. Se jeter sous un train requiert un effort de volonté, chose dont vous semblez incapable.

— Peut-être que je le ferai juste pour vous contrarier.

— Ce serait un peu une victoire à la Pyrrhus, non ? »

Braithwaite revint vers sa chaise et la poussa si violemment qu'elle se renversa. Puis il s'agenouilla à mes pieds, si près de moi que son torse touchait presque mes genoux.

« Laissez tomber le sens, dit-il. La vie n'est pas une affaire de sens, mais d'expériences. »

Les côtes du velours sur les cuisses de son pantalon étaient élimées. On aurait pu penser qu'à ce tarif de l'heure, il avait les moyens de s'en offrir un neuf.

« Imaginez que vous êtes dans un parc, dit-il en baissant la voix. C'est une journée d'été. Vous marchez au bord d'un lac. Vous sentez le soleil sur votre peau. Vous enlevez vos chaussures. L'herbe vous chatouille la plante des pieds. »

Il parlait lentement, en me laissant le temps d'absorber chaque image. Sa voix était hypnotique.

« Vous achetez une glace. »

Il mima le geste de tenir un cornet, puis tira la langue et lécha la boule imaginaire. Il me fit signe d'en faire autant. Son visage était à quelques centimètres du mien. Je formai un poing relâché devant mon menton et léchai l'air au-dessus.

« C'est comment ? demanda-t-il.

— C'est bon, dis-je avant de lécher une deuxième lampée.

— Quel parfum ?

— Vanille.

— Moi, j'ai rhum-raisin. Vous voulez goûter ? »

Il me tendit son cône. Comme il y avait peu de risque de contagion avec une glace imaginaire, je la lui pris et sortis ma langue (sur le moment, ça paraissait beaucoup moins grotesque que lorsque je l'écris à présent).

« Délicieux », déclarai-je en la lui rendant.

Il fourra le reste d'un coup dans sa bouche, puis s'essuya les lèvres d'un revers de main. Je laissai retomber la mienne sur mes genoux.

« Vous vous en êtes mis sur le chemisier », dit-il.

Il se pencha, attrapa un Kleenex dans la boîte sur la table et me le tendit. J'essuyai docilement mes cochonneries. Je ne pus m'empêcher de rire devant l'absurdité de ce que j'étais en train de faire et songeai une fois de plus que Collins Braithwaite était un homme très intelligent qui pouvait faire faire aux gens ce qu'il voulait.

Après ce ridicule épisode, l'humeur avait changé. Il s'était passé quelque chose entre nous. Je me mis à respirer calmement par le nez. Dehors, la pluie avait diminué. Il faisait noir, tout était silencieux. J'avais l'impression que le temps s'était arrêté. Nous restâmes un long moment sans rien dire. Dans des circonstances normales, je me serais allumé une cigarette, mais en l'occurrence je n'en avais aucune envie. Au bout de quelques minutes, Braithwaite se leva et déclara que nous nous reverrions la semaine suivante, avant d'ajouter en riant : « Si vous ne vous êtes pas suicidée d'ici là. »

Il me regarda rassembler mes affaires. Alors que je me dirigeais vers la porte, il m'interpella. Il fouilla dans la poche de son pantalon et en sortit un shilling, qu'il me tendit.

« Offrez-vous une glace, dit-il.

— Pourquoi pas ? » répondit Rebecca.

L'espace d'un horrible instant, je me rendis compte qu'elle flirtait avec lui. Une fois sur le trottoir, je me souvins qu'on était en novembre et qu'il ne faisait pas vraiment un temps à manger des glaces. Je m'allumai une cigarette. Rebecca maintenait qu'elle sentait encore le goût du rhum-raisin de Braithwaite sur sa langue. Je lui rétorquai qu'elle était trop influençable. Ne voyait-elle pas qu'il la manipulait ? Pourquoi, s'agaça-t-elle, fallait-il toujours que je me méfie autant des motivations des gens ? Pourquoi ne pouvais-je pas tout simplement profiter des choses ? Ce genre d'hédonisme écervelé ne menait qu'à des ennuis, répliquai-je. Elle imita la voix de ma mère : « Tu ne vas pas nous refaire un Woolworth, n'est-ce pas ? »

Je balayai sa remarque d'un haussement d'épaules. Je commençais à croire qu'elle était attirée par Braithwaite.

Et quand bien même je le serais ? lança-t-elle.

Je me demandai si Braithwaite avait tenté le coup de la glace avec Veronica. Elle ne se serait sûrement pas laissé faire. Elle n'était pas du genre crédule. Et puis elle n'avait jamais aimé les glaces. Le jour de mon dixième anniversaire, alors que nous étions au Richmond Park, elle avait refusé que papa lui en achète une. Il avait eu beau insister, elle avait maintenu, avec la logique implacable dont elle usait toujours, que la consommation de glace par temps chaud était contre-intuitive car la température extérieure obligeait à l'engloutir le plus vite possible. Quand on aimait la glace, il était plus rationnel d'en manger lorsqu'il faisait froid et qu'elle mettait plus de temps à fondre, de sorte qu'on pouvait faire durer le plaisir. De toute façon, avait-elle ajouté avec un coup d'œil dans ma direction, la glace, c'était pour les enfants. Papa lui assura que c'était pour tout le monde, mais Veronica ne voulut rien entendre.

Je me mis à marcher vers Primrose Hill, espérant à moitié croiser de nouveau Mlle Kepler. Braithwaite avait raison de tourner en dérision ma propension à établir une routine en un rien de temps. L'avantage d'une routine, cependant, est qu'elle vous dispense de réfléchir. Il suffit de continuer à faire ce qu'on a toujours fait. Il y a un certain réconfort dans la familiarité. Néanmoins, je me sentais un peu mal à l'aise. Je tripotais la pièce d'un shilling dans la poche de mon manteau, mais ce n'était pas le conseil de Braithwaite de m'acheter une glace qui me trottait dans la tête. C'était plutôt sa question brutale : « Qu'est-ce qui vous retient ? » Quoi, en effet ? Personne ne pleurerait ma disparition. Papa m'avait déjà remplacée par Mme Llewelyn. M. Brownlee remarquerait peut-être mon absence au travail, mais il passerait une annonce et trouverait rapidement une autre assistante à recruter à ma place. Je n'étais pas indispensable. Je n'étais ni intelligente, ni talentueuse, ni drôle. Ni belle, ni quelconque. Je n'avais rien non plus qui aurait fait s'arrêter un enfant dans la rue pour me montrer du doigt. J'étais une sorte d'entre-deux, une médiocrité. Ce n'était pas tant que personne ne pleurerait ma disparition, mais que presque personne ne s'en apercevrait.

Je sentis soudain une présence sur le trottoir derrière moi. Je me raisonnai en songeant que, dans la mesure où Ainger Road était un espace public, ça n'avait rien d'anormal. Pourtant j'avais la nette impression d'être suivie. Parce que, voyez-vous, je suis malgré tout une horrible égocentrique. Je ne peux concevoir que les actions d'autrui ne soient pas d'une manière ou d'une autre reliées à moi. Cependant je m'abstins de me retourner pour confirmer mes soupçons comme de presser l'allure. Je m'abandonnai au destin. Le bruit des pas, de lourds pas d'homme, se rapprochait. Je relâchai mes épaules, attendant de recevoir un grand coup sur la tête et de sentir mes genoux se dérober sous moi. Le mot « gourdin » me vint à l'esprit, un vieux mot désuet. Je le chuchotai en boucle dans l'attente du coup fatal.

À la place, je sentis une main sur mon épaule.

C'était Tom. Bien sûr, Tom (ou quelque chose comme ça).

« Rebecca, dit-il. Tu n'as pas entendu que je t'appelais ? »

Je répétai ce prénom comme s'il ne m'évoquait rien.

« C'est moi », reprit-il.

Je devais avoir l'air hagarde. J'avais les yeux au niveau de sa poitrine. Le bouton du haut de son caban ne pendait plus qu'à un fil. J'étais sur le point de lui proposer de le lui recoudre (j'ai toujours sur moi du fil et une aiguille), mais Rebecca m'en empêcha : Tom n'était pas du genre à s'intéresser à une gentille petite femme d'intérieur coincée. Il mc raconta avec moult détails qu'il avait essayé de me téléphoner mais que j'avais dû faire une erreur dans le numéro. La personne qui avait décroché (« une vieille mégère ») lui avait dit qu'il n'y avait pas de Rebecca Smyth à cette adresse. C'était tout à fait déplacé, il le savait, de m'avoir ainsi attendue en embuscade. En temps normal il n'aurait jamais fait une chose pareille.

Je le dévisageai avec étonnement. Son assurance habituelle avait cédé la place à une gaucherie d'adolescent. Il portait une casquette de marin qui, à cause de son épaisse tignasse, n'était pas assez enfoncée sur sa tête et lui donnait un air ridicule. Il me regardait, mal à l'aise. Je compris qu'en ayant paru le snober, j'avais acquis un certain ascendant sur lui (ou, du moins, Rebecca). Un bel homme comme Tom ne devait pas, j'imagine, être habitué à ce qu'on le traite ainsi. Et quel effet avait produit cette cruauté ? Il se tenait devant moi comme un suppliant prêt à me laver les pieds.

« Ça devait être Mme Llewelyn, rétorquai-je. Je reçois

tellement d'appels que parfois je lui demande de répondre ça.

— Ah ! fit Tom, comme si c'était une explication parfaitement plausible. J'aurais été vexé de savoir que tu m'avais fourgué un faux numéro. »

Ce soupçon levé, il sembla retrouver son aplomb.

« Eh ben, maintenant qu'on est là, on n'a qu'à aller prendre un verre, non ? »

Je haussai les épaules. Après tout, pourquoi pas ? Nous rebroussâmes chemin en direction du Pembridge Castle. Le trottoir était encore humide de l'averse. Tom enfonça les mains dans les poches de son manteau. Je glissai un bras sous le sien. C'était apaisant de pouvoir m'accrocher à lui. Ma joue touchait le tissu rêche du caban. Ça piquait un peu, comme le menton de mon père avant qu'il se rase. Nous devions ressembler aux couples qu'on voit dans les publicités pour les imperméables unisexes, ou pour les pastilles qui donnent bonne haleine.

Tom voulut savoir comment s'était passée ma séance avec Braithwaite.

« Je préfère ne pas parler de ça, répondis-je.

— Oui, bien sûr », dit-il avec solennité.

Je lui demandai ce qu'il devenait de son côté. Il évoqua divers projets sur lesquels il avait travaillé, mais j'écoutais à peine. J'étais restée coincée dans le no man's land entre Rebecca et moi-même. Je m'interrogeais sur qui était cette Rebecca. Certes, elle me ressemblait. Elle portait mes vêtements. Elle parlait avec ma voix, même si elle avait une élocution plus affirmée, un ton plus sec (j'ai tendance à marmonner, si bien que les gens n'entendent souvent pas ce que j'ai dit). Ses pensées, en général, étaient les miennes. À la différence qu'elle avait le culot de les exprimer.

Je n'étais pas sûre qu'elle me plaisait tant que ça. Elle était effrontée et, me semblait-il, un peu dévergondée. Dans le cas peu probable où mon père la rencontrerait, j'étais certaine qu'il ne l'apprécierait pas. Mais Tom, lui, avait l'air de bien l'aimer. Il avait même l'air de beaucoup l'aimer. C'était Rebecca qu'il poursuivait de ses assiduités et qu'il emmenait au Pembridge Castle. C'était Rebecca qu'il voulait, et Rebecca qu'il aurait.

Nous traversâmes Regent's Park Road et approchâmes du pub. Tom me tint la porte avec un flamboyant moulinet du bras, comme s'il accueillait la princesse Margaret à un bal. J'entrai à l'intérieur. Le type seul avec son journal était à la même table près de la porte, une pinte de bière devant lui, pas entamée. Les deux notaires au comptoir avaient été remplacés par deux hommes du même acabit, dont l'un extrêmement gros avec des rouflaquettes et un chapeau melon en équilibre précaire sur l'arrière de son crâne. Harry, le patron, se tenait dos aux rayonnages de bouteilles, les doigts croisés sur le ventre. La table où nous étions assis la fois précédente était occupée par un homme plongé dans des mots croisés, un cigare dans la main gauche. Il nous jeta un coup d'œil alors que nous entrions. À part Rebecca et moi, il n'y avait pas d'autre femme. Je laissai Tom passer devant. Il repéra une table dans le « salon privé » et me suggéra de me mettre à l'aise pendant qu'il allait nous chercher ce qu'il appelait « des lubrifiants ».

Le salon privé était en fait un recoin à droite du comptoir, séparé de la salle principale par des panneaux de verre dépoli frappés de l'insigne du pub, qui permettaient d'être à l'abri des regards. Il renfermait deux tables, toutes deux inoccupées. Je m'installai à celle sous la fenêtre. Si ce salon offrait un refuge partiel par rapport à la décadence environnante, c'était aussi un coin isolé dans lequel pouvaient avoir lieu des tentatives de débauche. Il y avait plein d'autres tables libres et je me demandai pour quelle raison Tom avait voulu me mettre ainsi à l'écart. Bien sûr, je connaissais la rengaine disant que les hommes ne pensaient qu'à « ça ». Mais, d'après mon expérience, ils n'y pensaient pas avec moi. Peut-être était-ce sur le point de changer. Non seulement Tom avait tenté de me joindre, mais ensuite il s'était donné du mal pour me pister. Il n'aurait pas fait tout ça s'il n'avait pas une idée derrière la tête. Je sentis mon estomac se nouer. Je m'étais mise dans un sacré pétrin. Je rangeai mes gants dans mon sac en me demandant si j'avais le temps de m'enfuir avant qu'il revienne. De derrière les vitres dépolies, je ne voyais pas le comptoir. Je tergiversai. Peut-être pourrais-je juste boire un gin avant d'inventer une excuse pour partir. Rebecca me dit de la boucler, sinon j'allais tout gâcher. Je n'avais peut-être pas envie que Tom promène ses mains sur moi, mais elle si. Elle avait envie de se prendre une cuite. Et si Tom voulait lui écarter les cuisses de force, qu'à cela ne tienne. Ça m'était peut-être égal de mourir pucelle, mais pas elle. Tout ce que j'avais à faire, c'était de me la fermer et de la laisser gérer la conversation. Lorsque je protestai, elle me traita des pires noms d'oiseaux. Et puis elle tenta de m'amadouer. Pourquoi fallait-il toujours faire comme je l'entendais ? Pourquoi ne pourrait-elle pas s'amuser un peu, pour une fois ? J'allais lui répondre qu'elle me dégoûtait, mais nous fûmes interrompues par le retour de Tom avec les fameux lubrifiants. Rebecca l'accueillit avec son plus beau sourire, me rappelant au passage que Tom ne savait même pas que j'existais.

Il ôta son caban et le jeta négligemment sur la banquette avant de s'asseoir en face de moi, mais il garda sa ridicule casquette de marin.

« On est tranquilles, ici, dit-il.

— Certes, acquiesça Rebecca, mais ne crois pas pour autant que tu vas pouvoir balader tes mains où tu veux. Ce salon privé est un lieu charmant et très discret, mais nul, que je sache, ne vient s'y embrasser », ajouta-t-elle avec un habile clin d'œil littéraire.

Elle savait très bien qu'en proscrivant de telles activités, elle ne faisait que donner des idées à ce pauvre Tom, tout en lui signifiant que ces idées lui avaient déjà traversé l'esprit, à elle. Il leva en l'air les mains incriminées en jurant qu'elles resteraient en vue à tout moment.

« Si des mains doivent se balader, il faudra que ce soient les tiennes », répliqua-t-il en riant.

Il attrapa sa pinte et nous trinquâmes au-dessus de la table.

Rebecca se lança dans un monologue sur la journée épouvantable qu'elle avait passée. Le Shaftesbury Theatre manquait de choristes. John Osborne était scandalisé par la distribution de sa nouvelle pièce, et M. Brownlee avait abandonné le navire à l'heure du déjeuner pour aller se soûler avec cette vieille pédale de Terence Rattigan. J'écoutai, impuissante, ce flot de boniments, mais Tom était subjugué.

« Tout ça m'a l'air très excitant, dit-il.

— Bof, fit Rebecca. Les hommes sont vraiment des enfants. Je pourrais aussi bien être leur nounou. Pas étonnant que j'aie besoin de voir un psy. »

Tom semblait trouver ça fort divertissant. Rebecca

descendit la moitié de son gin-tonic et faillit s'étouffer dans une quinte de toux.

« On n'a qu'à se pinter ! déclara Tom avec enthousiasme.

— Allez ! » approuva Rebecca.

Elle était incorrigible. Tom vida le reste de sa bière et se leva pour aller chercher d'autres boissons.

Je ne dis rien. Je devais reconnaître que Rebecca savait s'amuser. Peut-être qu'elle avait raison, que je ferais bien de lui laisser les commandes pour la soirée. Peut-être Tom était-il un cornet de glace fait pour être dégusté. Je nous allumai une cigarette. Au centre de la table était posé un cendrier en fer portant le logo du whisky Johnnie Walker. À part les deux cigarettes que Rebecca avait fumées depuis notre arrivée, il était vide. On y voyait dessinée la silhouette en marche d'un homme en queue-de-pie rouge, jodhpurs et bottes d'équitation noires. Il tenait une canne dans une main et un lorgnon dans l'autre. Je m'imaginai dans la même tenue. Ou plutôt, j'imaginai Rebecca, marchant à grands pas dans Charing Cross Road, donnant de temps en temps un coup de canne à quelque garnement importun.

Le pub se remplissait rapidement et bruissait du brouhaha des conversations. Tom revint avec une bière et un whisky pour lui, un deuxième gin pour moi. Cette fois, il se glissa sur la banquette à mes côtés. Je m'alarmai de cette escalade des hostilités, mais Rebecca demeura imperturbable.

« On devrait peut-être aller voir un film ensemble, un de ces quatre, proposa Tom. Ils passent le nouveau Godard au Roxy. Tu aimes la nouvelle vague ? J'en ai ma claque du naturalisme anglais. »

Je n'avais aucune idée de ce dont il parlait, mais

Rebecca répondit astucieusement, et en français dans le texte :

« *J'adore Paris.*

— Je n'y suis jamais allé, déclara Tom. Mais j'aimerais beaucoup.

— *C'est magnifique, très romantique* », poursuivit-elle, atteignant les limites de mes connaissances en français.

Tom hocha la tête vigoureusement.

« Tu devrais y aller, ajouta-t-elle. C'est plein de jolies filles. »

Tom haussa les épaules, comme si les jolies filles ne l'intéressaient pas.

« Je préférerais y aller avec toi, dit-il. Mais je ne parle pas la langue, il faudrait que tu t'occupes de tout.

— Je m'occupe toujours de tout, rétorqua Rebecca avec un sourire charmeur. Et puis, bien sûr, les Français sont tellement en avance sur nous. Sexuellement, je veux dire. »

En guise de réaction, Tom gonfla les joues et souffla lentement. Puis il se passa une main sur le front. Il but une longue lampée de bière qu'il fit descendre avec une gorgée de whisky. Rebecca sirotait son gin. On avait fini par y prendre goût. C'était au moins une chose qu'on avait en commun. Rebecca et moi adorions le gin. Le gin nous rapprochait. Après deux gins, je me sentais infiniment mieux disposée à son égard. Je la trouvais drôle et j'admirais ses reparties caustiques. Il ne fallait pas être un génie pour se rendre compte que mon ressentiment contre elle était motivé par la jalousie. En vérité, j'aurais voulu être elle. Et elle, peut-être parce que j'acceptais de me tenir en retrait et de ne pas interférer, elle me tolérait davantage. Elle aimait être aux commandes. Et elle aimait avoir un public. En cela, c'était l'opposé de moi. Mais c'est souvent comme ça avec les bonnes copines. Il n'y a pas la place pour deux extraverties dans une relation, et deux introverties n'auraient même pas les moyens de devenir amies au départ. Je bus une autre gorgée de gin. Je n'avais pas oublié ma mésaventure de la soirée précédente, mais j'avais l'impression d'avoir désormais une bien meilleure accoutumance à l'alcool. Je n'en ressentais aucun effet nocif.

Tom discourait sur divers films français. Je n'en avais vu aucun, mais Rebecca était capable de se prononcer avec autorité sur chacun d'eux. Oui, elle aussi adorait Truffaut, en revanche Chabrol était vraiment trop ennuyeux. La cuisse de Tom touchait à présent la sienne, mais elle ne bougea pas d'un pouce. À la place, elle réclama un autre gin. Pendant que Tom était au bar, elle en profita pour retoucher son rouge à lèvres. Sa bouche forma un O obscène dans le miroir de son poudrier. Lorsqu'elle eut terminé, elle se passa la langue sur les lèvres pour les faire briller.

Quand il revint avec les boissons, Tom ôta enfin sa casquette et l'envoya valser sur la banquette. Ses cheveux restèrent comme moulés dans la même forme. Il prit une grande inspiration, son torse se bomba de façon impressionnante sous son pull. Puis il se tourna vers moi en essayant de se rappeler où nous en étions. Il y eut un long silence. Alors Rebecca fit quelque chose d'assez extraordinaire. Elle leva le bras droit et enfonça ses doigts dans la tignasse de Tom. Je lui ordonnai d'arrêter, mais elle continua jusqu'à toucher son crâne.

« Tu as vraiment des cheveux magnifiques, dit-elle.

— Je ne peux pas m'en attribuer le mérite. Mon grand-père était un marin portugais. J'ai des cheveux portugais. »

Rebecca retira sa main. Elle avait les doigts huileux. Tom la dévisagea. Il était décidément très beau. Rebecca fit une petite moue et baissa pudiquement les yeux. Plusieurs secondes s'écoulèrent, après quoi Tom émit un discret sifflement et se concentra de nouveau sur sa bière. Je me demandais comment il pouvait absorber de telles quantités de boisson. La bière fait viril. Tout dans la bière fait viril : la lourde chope avec son anse de la taille d'un poing, la mousse sale, le liquide marron trouble, le goût infect. Même le mot « bière » est robuste et viril. Je ne pouvais même pas m'imaginer tremper les lèvres dans une pinte. En revanche, j'adorais regarder Tom boire. Il le faisait avec délectation. C'était comme d'observer un animal de ferme à l'abreuvoir.

Je me risquerais à suggérer qu'il venait de se passer quelque chose entre Tom et Rebecca. La même idée leur avait traversé la tête à tous les deux. Mais Rebecca, toute Jézabel qu'elle est, a quand même ses principes, et le pauvre Tom – ce joli crétin de Tom – n'eut pas le cran de passer à l'acte. Désormais, il était trop tard, et ce raté avait créé une barrière entre eux. Tom avait déçu Rebecca. Et il s'était déçu lui-même. Leur conversation inepte, dont ils savaient l'un comme l'autre qu'elle n'était qu'un préliminaire à ce moment, s'était étiolée, et l'humeur joviale s'était dissipée. Un affreux silence s'installa. On aurait dit des comédiens qui avaient soudain oublié leur texte. Les spectateurs remuaient sur leur siège, mal à l'aise. Tom jeta un coup d'œil à Rebecca et laissa échapper un petit rire gêné. Rebecca força un sourire crispé et but une gorgée de son gin.

« Voilà, voilà, dit-il dans un pathétique effort pour empêcher le silence de s'épaissir.

— Oui, voilà », renchérit-elle.

Mais, bien qu'elle ne fît que répéter ses mots, elle les prononça sur un ton qui leur conférait un sens bien plus vaste. Elle parla tout bas, de façon à peine audible, de sorte que Tom fut obligé de se pencher vers elle pour l'entendre. Et, alors qu'il avait l'oreille à quelques centimètres de sa bouche, elle étira la dernière syllabe dans un quasi-soupir. On ne pouvait douter de l'intention qui était la sienne, pourtant, si quelqu'un l'avait accusée de flirter, la transcription écrite n'aurait rien montré d'autre que ces deux petits mots parfaitement innocents. Tom n'avait à présent qu'à tourner légèrement la tête pour que sa bouche se retrouve à proximité de celle de Rebecca. Elle se toucha alors les lèvres du bout de l'index et, avant que je puisse intervenir, ils étaient en train de s'embrasser. Tom avait goût de bière, mais le contact de ses lèvres était d'une délicieuse obscénité. Je sentis des palpitations entre mes jambes. Puis sa langue s'engouffra dans la bouche de Rebecca et rencontra la sienne. Ils ferraillèrent comme deux chiens qui se reniflent. La main de Tom se posa sur le genou de Rebecca. Il glissa un doigt sous l'ourlet de sa jupe et remonta vers l'intérieur de sa cuisse. L'espace d'un instant, j'étais Constance Chatterley. Je voulais tout. Je voulais me faire dominer, me faire écraser et avilir sous le poids de Tom. Son bras puissant s'enroula autour de mes épaules et m'attira contre lui. Je plaquai une main sur sa poitrine et le repoussai. J'avais le souffle court.

Tom dévisagea Rebecca, attendant le feu vert pour la suite.

« Je veux que tu m'embrasses », dis-je.

Il jeta des regards furtifs à gauche et à droite.

« C'est ce que je viens de faire, non ?

— Non, que tu m'embrasses *moi*, pas Rebecca. »

J'avais toujours la main sur son torse. Je le sentais se

gonfler et se creuser comme la houle sur la mer. Il avait une expression perplexe. Rebecca pesta contre moi.

Alors je lui dis mon nom. Il le répéta sur un ton interrogatif.

« Il n'y a pas de Rebecca, insistai-je. Il n'y a que moi. »

Tom cligna plusieurs fois des yeux. Il retira son bras de mes épaules, comme s'il avait peur d'attraper une maladie.

« Rebecca est quelqu'un que j'ai inventé pour pouvoir aller chez le Dr Braithwaite, expliquai-je. C'est un personnage. Elle n'existe pas. Je ne suis pas cinglée du tout. C'est Rebecca, la cinglée. Moi, je suis parfaitement normale. »

Tom me regardait avec l'air de penser quc j'étais très loin d'être normale.

« Mais, Rebecca, dit-il, je n'ai jamais vraiment cru que tu étais cinglée. Pas une vraie cinglée, en tout cas. Et, de toute façon, ça ne me gênerait pas. J'adore les cinglés.

— Je ne suis pas Rebecca et je ne suis pas cinglée », assenai-je fermement.

Je me penchai pour l'embrasser, mais il posa les mains sur mes épaules et me repoussa. Humiliée, j'attrapai ce qu'il restait de mon gin et le lui jetai à la figure. Même sans tourner les yeux, je sentais bien que des gens observaient ce mini drame à travers l'entrée du salon privé. Le brouhaha des conversations dans le pub avait diminué. Tom resta immobile sur la banquette, stupéfait. Il lécha le gin qui dégoulinait de sa lèvre supérieure.

Rebecca me traita de petite mégère débile. J'avais tout gâché. Elle fouilla dans mon sac et, ne trouvant rien de mieux, entreprit d'essuyer le visage de Tom avec mes gants.

« Il ne faut pas écouter ce qu'elle raconte, dit-elle

en lui tamponnant les joues. C'était juste une blague. C'est elle qui n'existe pas. »

Tom la prit par les poignets et lui écarta les mains.

« Drôle de blague », commenta-t-il.

Je me retournai. L'entrée du salon ressemblait à présent à la faune d'un tableau de Brueghel. Un homme au visage allongé, avec des lunettes rondes, expliquait minutieusement aux retardataires ce qui était arrivé. Un autre contesta sa version des faits et une dispute s'ensuivit. Le visage du patron apparut par-dessus le panneau en verre dépoli pour demander ce qui se passait.

« Rien, Harry, répondit Tom. Rien du tout.

— On dirait pas, rétorqua Harry avant de demander à Rebecca si tout allait bien.

— Très bien », assura-t-elle.

Mais tout n'allait pas très bien. Tom se leva et remit son caban avec autant de dignité que possible. La foule s'écarta pour le laisser sortir. Il me demanda pardon s'il m'avait blessée. J'en fus assez touchée. Puis il pivota et partit.

Rebecca cria son nom d'un ton implorant, mais il ne se retourna pas.

Comme je regrettais de lui avoir jeté mon gin au visage ! J'avais désespérément besoin d'un remontant. Alors je remarquai que Tom n'avait pas entamé son second whisky. Sans me demander si j'étais observée ou pas, je pris le verre et le vidai d'un trait. Ça me brûla terriblement la gorge et me fit tousser, mais j'y trouvai une forme de réconfort. Je m'allumai une cigarette en m'efforçant d'avoir l'air indifférente à la scène qui venait d'avoir lieu. Le personnage dans le cendrier semblait maintenant me regarder d'un œil accusateur. Je lui écrasai mon mégot sur la figure. Alors que je quittais le pub, les clients se donnèrent des petits coups de coude en chuchotant. Dans le taxi du retour, Rebecca me couvrit d'un flot d'invectives que mes excuses ne purent tarir. Mes gants en daim de chez Heaton étaient fichus. C'étaient mes préférés.

BRAITHWAITE IV
TAPAGE À AINGER ROAD

Peu après 17 heures dans l'après-midi du 17 août 1968, la police fut appelée pour du tapage à Ainger Road. On avait entendu des éclats de voix, suivis de coups sourds et de cris de femme. Le procès-verbal de l'incident indique que furent dépêchés sur place les agents de police Charlie Cox et Robert Pendle. Les cris et le raffut résonnaient toujours à l'intérieur de la maison alors qu'une jeune femme du nom d'Angela Carver leur ouvrait la porte. Elle s'écarta pour les laisser passer et ils se précipitèrent dans le salon du rez-de-chaussée. Bien que la journée fût ensoleillée, les rideaux étaient tirés. Ils trouvèrent Braithwaite aux prises avec un autre homme, Richard Aaron. Tous les deux se tenaient par le cou et, au moment où les policiers entrèrent, ils perdirent l'équilibre et s'écroulèrent sur une table basse, faisant valser des verres et un cendrier. Les deux hommes restèrent enlacés au sol. Aaron était sur le dessus et tentait de donner des coups de poing dans la tempe de Braithwaite. Les policiers l'attrapèrent et l'emmenèrent dans la kitchenette au fond de la maison. Braithwaite se releva. Il saignait de la bouche et sa chemise était déchirée. Il portait un pantalon en velours côtelé moutarde roulé sur les chevilles, et il était pieds nus. Une seconde jeune femme, Rachel Simmons, était affalée sur le canapé, d'où elle ne bougea pas. Les deux femmes, nota Cox dans son rapport, avaient respectivement dix-neuf et vingt et un ans. Rachel Simmons était « en état d'ébriété » et « très légèrement vêtue ». Une forte odeur de marijuana flottait dans la pièce.

Richard Aaron était dans une rage folle, il se mit à pousser des jurons et à lancer de la vaisselle. Pendle fut obligé de l'entraîner de force dans le petit jardin envahi de mauvaises herbes à l'arrière de la maison pour le calmer. Son collègue Charlie Cox retourna au salon. Braithwaite, qui n'avait pas l'air de s'inquiéter de ses blessures, déclara en riant qu'il aurait eu Aaron si les flics n'étaient pas intervenus. Quand Cox lui demanda ce qui s'était passé, il répondit qu'Aaron et lui s'étaient battus pour rigoler. Cox lui fit remarquer qu'ils n'avaient pas spécialement l'air de rigoler et que, si Braithwaite ne pouvait lui fournir de meilleure explication, il se verrait contraint de procéder à son arrestation. Toujours hilare, Braithwaite objecta qu'il ne pouvait pas abandonner ses invitées alors qu'ils s'amusaient tant. Rachel Simmons, dont la tête pendait mollement sur le côté, ne semblait pas tellement s'amuser. Angela Carver était adossée à la porte. Elle réclama l'autorisation de partir, mais Cox refusa car elle allait devoir faire une déposition. Il lui demanda alors s'ils avaient pris de la drogue. Braithwaite lui rétorqua de la laisser tranquille et que, s'il cherchait de la dope, il aurait dû le dire tout de suite. S'il avait eu une attitude moins facétieuse, les choses auraient peut-être pu se régler sur place, mais en l'occurrence ils furent tous les quatre embarqués au commissariat de Kentish Town sur Holmes Road.

Richard Aaron, trente-huit ans, était un comédien célèbre qui avait connu dernièrement un succès critique au théâtre Old Vic dans une reprise de *L'Anniversaire* d'Harold Pinter. Il avait joué auparavant dans *Répulsion* de Roman Polanski et aux côtés de Michael Caine dans *Ipcress, danger immédiat*. Au commissariat de Kentish Town, il expliqua que Braithwaite avait violé sa femme, l'actrice Jane Gressingham. En l'apprenant, il était entré dans une colère noire et avait débarqué chez Braithwaite pour « le démolir ». Dans la sobre atmosphère de la salle d'interrogatoire, il reconnut que cela avait été une erreur de sa part et qu'il aurait mieux fait d'appeler la police. Néanmoins, ce qui était d'abord apparu comme une simple bagarre prenait à présent une tournure plus sinistre. Jane Gressingham avait été la starlette montante de l'année 1963. Après avoir commencé sa carrière comme mannequin, elle avait décroché des petits rôles dans *Vacances d'été* et *Bons baisers de Russie*. Elle n'avait rien d'une grande actrice. Ses rôles ne lui demandaient guère plus que d'affecter des poses énigmatiques. Quand il lui arrivait d'avoir une ou deux phrases de dialogue, le moins qu'on puisse dire était que le résultat manquait de naturel, mais ses traits anguleux, sa moue espiègle et ses paupières tombantes collaient parfaitement avec son temps, et son visage se retrouva en couverture de *Vogue* et de *Harper's Bazaar*. Elle rencontra Richard Aaron sur le tournage de la comédie musicale oubliée *Those London Girls!* au printemps 1964 et ils se marièrent quelques mois plus tard. Ils furent incontestablement le couple vedette du moment à une époque où Londres était en train de devenir la ville la plus branchée du monde. Gressingham était suffisamment consciente de ses limites en tant que comédienne pour s'inscrire aux cours de la Royal Academy, mais sa carrière périclita. Elle se laissa griser par le tourbillon sans fin de fêtes et d'avant-premières que Londres avait à offrir. L'alcool et les drogues commencèrent à laisser des traces. La goutte d'eau fut son renvoi du tournage de *Blow up* parce qu'elle était arrivée « ivre ou stone, ou les deux ». Richard Aaron était furieux, car c'était lui qui avait convaincu le réalisateur Michelangelo Antonioni de lui confier un rôle dans cette prestigieuse production.

Le vrai nom de Jane Gressingham était Susanne Kepler. Ses parents étaient Alfred Kepler, un scénographe juif allemand qui avait fui le régime nazi en 1938, et Doris Vaughn, costumière. Les deux sœurs et la mère d'Alfred avaient été assassinées à Birkenau en 1944. Alfred lui-même s'était noyé dans la Tamise en 1948. L'enquête sur les causes de sa mort aboutit à un verdict ouvert, mais il paraît probable qu'il ait mis fin à ses jours. Gressingham avait alors neuf ans.

En entendant les allégations d'Aaron, le policier Robert Pendle en fit part à l'inspecteur Harold Skinner, qui prit dès lors en charge la suite de la procédure. Braithwaite fut informé qu'il avait le droit d'appeler un avocat, mais déclina cette possibilité. Un véhicule fut envoyé pour aller chercher Gressingham et l'amener au commissariat. C'était un temps où les flics n'étaient pas contre arrondir leurs fins de mois en renseignant les journalistes sur les affaires croustillantes, et quand le bruit courut que Richard Aaron et Collins Braithwaite étaient détenus au commissariat de Kentish Town, une petite troupe de paparazzis se massa rapidement sur le trottoir devant le bâtiment. Si incroyable que ça puisse paraître, Gressingham fut déposée devant l'entrée principale et escortée par la grande porte. Des photos d'elle qui tentait de cacher un œil au beurre noir derrière une main gantée parurent à la une de la plupart des quotidiens le lendemain, avec des portraits d'Aaron et de Braithwaite en encart. LE TRIANGLE AMOUREUX DÉGÉNÈRE, déclara le *Daily Express*. DE STARLETTE À VICTIME, titra le *Daily Mail*. Les articles mentionnaient tous la « rixe » au domicile de Braithwaite, mais à part ça se contentaient de on-dit et de spéculations. Seul le *Standard* évoqua « une accusation de viol ».

Jane Gressingham, qui ne savait rien de ce qui s'était passé à Ainger Road, se vit offrir une tasse de thé avant d'être interrogée par l'inspecteur Skinner. Ce dernier lui demanda de retracer son après-midi. Au début, elle se montra évasive. Elle semblait être sous l'emprise de sédatifs ou d'autres médicaments. Skinner lui assura qu'elle n'était ni en état d'arrestation ni elle-même accusée de quoi que ce soit. Alors qu'elle continuait à répondre à ses questions de façon vague, il lui demanda comment elle s'était fait cet œil au beurre noir. Elle dit qu'elle ne s'en souvenait plus. Skinner ne cacha pas sa surprise ; la blessure avait l'air douloureuse et était clairement récente. Il demanda si elle avait été causée par son mari. Gressingham répondit que oui, mais que ce n'était pas sa faute. Encouragée à en dire davantage, elle expliqua qu'ils s'étaient querellés au sujet de sa relation avec Collins Braithwaite. Finalement, après avoir beaucoup tourné autour du pot, Skinner lui rapporta les allégations d'Aaron. Il lui demanda si elles étaient fondées et elle admit à contrecœur qu'elle avait bel et bien dit cela. D'après sa version des faits, Aaron l'avait trouvée ivre en rentrant chez eux. Une dispute avait éclaté, au cours de laquelle Aaron avait déclaré que ses visites bihebdomadaires chez Braithwaite ne semblaient pas lui faire beaucoup de bien. Gressingham avait répliqué que ça lui faisait beaucoup plus de bien que d'être mariée avec lui, et qu'il n'arrivait pas à la cheville de Braithwaite. Elle avait concédé avoir couché avec Braithwaite, et à ces mots Aaron l'avait frappée. Alors qu'elle était à terre et qu'il la dominait, Gressingham, craignant de nouveaux coups, avait précisé que ça s'était produit contre son gré. Aaron s'était alors exclamé : « Donc, il t'a violée ? » Gressingham avait acquiescé, et Aaron avait quitté la maison comme une furie. Skinner demanda alors à la jeune femme si ses rapports avec Braithwaite avaient été consentis, et elle reconnut que oui.

Lorsque ces accusations furent soumises à Braithwaite, il admit aussitôt avoir eu des relations sexuelles avec Gressingham à de nombreuses reprises, mais nia avoir usé d'aucune forme de coercition. Les trois intéressés furent libérés le soir même aux alentours de 23 heures. Il ne sembla pas question de porter plainte contre Aaron pour son agression sur la personne de Gressingham.

Même si aucune charge n'avait été retenue, le mal était fait. La presse, qui n'avait jamais aimé Braithwaite, flaira l'odeur du sang. Dans les jours qui suivirent, plusieurs journalistes se mirent à faire le siège de la maison d'Ainger Road. Braithwaite n'exprima aucun regret. Il continua d'aller et venir comme bon lui semblait, s'arrêtant même pour bavarder avec les journalistes sur le trottoir. Dans *Mon moi et autres inconnus*, il écrivit : « Je n'avais rien fait de mal. Pourquoi aurais-je dû me cacher ? »

Que ce soit à cause de cette affaire, ou parce que les gens qui consultent un thérapeute ne souhaitent généralement pas être photographiés à proximité de son cabinet, ses patients cessèrent de venir. Braithwaite supposa que ce serait temporaire et passa les jours suivants à faire la noce à la Colony Room et dans d'autres bars de Soho. Il paraissait même apprécier d'être ainsi sous le feu des projecteurs.

Cette attitude fut mal perçue, que ce soit par la presse ou la police. Le week-end d'après, *News of the World* publia les récits scabreux d'anciens patients du « charlatan de Primrose Hill ». Ces anecdotes racontaient comment Braithwaite se levait de derrière son bureau en slip, s'allongeait sur le dos pour fredonner pendant que ses patients lui parlaient, fumait de l'herbe avec eux, se caressait et leur posait des questions sexuelles crues qui arrivaient comme un cheveu sur la soupe. Quand on lui demandait pourquoi elle avait toléré un tel comportement, une des femmes interrogées répondait qu'elle n'avait jamais vu de psychiatre avant lui et qu'elle avait présumé que c'était normal. Un autre papier dans le *Daily Express* du 24 août qualifiait l'auteur de *Tuez votre Moi* d'« apôtre du suicide ». Il incluait une interview d'une jeune femme qui racontait que, lorsqu'elle avait confié à Braithwaite avoir des pensées suicidaires, il avait réagi en lui demandant ce qui la retenait. À la fin de la séance, il avait ajouté que, si elle décidait de passer à l'acte, elle n'oublie pas de lui régler d'abord ce qu'elle lui devait.

Il y eut des appels à la radiation de Braithwaite de l'ordre des médecins britanniques, mais comme il n'avait jamais eu le moindre diplôme de médecine, ce n'était pas possible. Rien n'empêchait personne de poser une plaque sur sa porte et de se déclarer psychothérapeute. « Je ne mc suis jamais présenté comme un gourou d'aucune sorte, écrivait Braithwaite dans *Mon moi et autres inconnus*. Si les gens étaient assez fous pour chercher mes conseils, au nom de quoi les aurais-je éconduits ? » Comme tant de choses qu'il écrivit, c'était là une façon de se justifier par une demi-vérité. Si Braithwaite ne se présentait jamais comme un thérapeute et ne revendiquait aucune formation médicale, il ne corrigeait pas non plus ceux qui le créditaient d'un statut de médecin. Et s'il prétendait n'avoir fait que répondre à la demande, il s'était volontairement installé à Ainger Road pour pouvoir recevoir une clientèle grandissante.

Avec son éternel orgueil démesuré, Braithwaite pensait que tout ça retomberait en l'espace de quelques jours. Il se trompait. Bien qu'aucune charge ne pesât contre lui, même dans les milieux bohèmes dont ses patients étaient issus, le mot « viol » colportait un parfum d'infamie. S'il y avait eu à un moment un certain prestige à être suivi par « l'homme le plus dangereux de Grande-Bretagne », son cachet diminuait à vitesse grand V.

Et les choses n'allaient qu'empirer. Andrew Trevelyan, père de l'ancienne petite amie de Braithwaite à Oxford, Alice, lut la presse avec intérêt. Devenu entre-temps avocat de la Couronne, il contacta l'inspecteur Skinner et demanda à voir les dépositions relatives à l'incident. Skinner lui expliqua que c'était inutile puisque cela n'avait donné lieu à aucune arrestation, mais Trevelyan insista et, le soir même, se déplaça en personne au commissariat de Kentish Town. Skinner lui réserva un accueil glacial. C'était un gamin de l'East End qui avait gravi les échelons et il ne voyait pas d'un bon œil l'ingérence de ce genre de gros bonnet qui se croyait tout permis, ni la critique implicite de sa décision de ne pas avoir engagé de poursuites. Trevelyan parcourut les dépositions des cinq témoins, prit quelques notes puis demanda à s'entretenir avec Cox et Pendle. Plus tard, il rendit visite à Angela Carver et Rachel Simmons à l'adresse respective qu'elles avaient donnée. Simmons était étudiante aux beaux-arts et partageait un appartement à Camden avec trois colocataires. Elle avait rencontré Braithwaite dans un pub quelques mois plus tôt et il l'avait invitée à finir la soirée chez lui avec une amie. Là, ils avaient écouté de la musique, fumé de la dope, et elle avait couché avec lui. « Pas de quoi en faire un plat », dit-elle. Collins, expliqua-t-elle, était sympa et avait toujours plein d'herbe. Elle n'avait jamais croisé Angela Carver avant l'incident du 17 août et ne l'avait pas revue depuis.

Angela Carver était la fille d'un des patients de Braithwaite, Mervyn Carver, restaurateur et patron de boîte de nuit. Elle avait fait la connaissance de Braithwaite à une réception donnée par ses parents quelques semaines plus tôt dans leur maison de St Anne's Terrace, dans le quartier de St John's Wood. Quand Trevelyan sonna à la porte de cette même adresse, ce fut Beatrice, la femme de Carver, qui lui ouvrit. Trevelyan lui tendit sa carte en expliquant qu'il souhaitait parler à sa fille. Mme Carver fit descendre Angela et ce fut seulement après d'âpres négociations (Trevelyan était connu pour ses talents de beau parleur) qu'elle consentit à ce qu'il discute en tête à tête avec elle, dans le bureau de M. Carver. Trevelyan commença par lui expliquer qu'elle ne risquait rien. Il voulait simplement lui poser quelques questions sur l'incident d'Ainger Road. Angela, dont le nom n'avait pas été révélé dans la presse, était visiblement nerveuse et ne cessait de jeter des coups d'œil vers la porte. Ses parents la tueraient s'ils apprenaient son implication. Trevelyan lui promit (mensongèrement, comme la suite l'attesterait) que leur conversation resterait strictement confidentielle.

Angela n'avait pas dix-neuf ans comme elle l'avait dit à la police, mais dix-sept. Elle s'était retrouvée à discuter avec Braithwaite à la soirée d'anniversaire de son père. Il était drôle, il s'était intéressé à ses études et à ce qu'elle comptait faire ensuite. Il avait deviné son signe (Balance) et ils s'étaient mis à échanger sur l'astrologie et le libre arbitre. Aucun adulte ne lui avait jamais parlé comme ça et elle avait été flattée par son attention. Quand la secrétaire de Braithwaite avait téléphoné quelques jours plus tard pour l'inviter à une petite fête chez lui, elle avait accepté sans le dire à ses parents. En arrivant à Ainger Road sur le coup de 14 heures ce fameux samedi, elle avait été surprise de constater qu'il n'y avait qu'une autre invitée, une fille un peu plus âgée qu'elle, prénommée Rachel. Braithwaite lui avait assuré que les autres ne devaient pas tarder. Il lui avait offert un verre de vin, qu'elle avait accepté. Braithwaite fumait un joint, mais il ne lui en avait pas proposé. Comme l'heure tournait et que personne d'autre n'arrivait, elle avait commencé à se sentir mal à l'aise. Braithwaite passait des disques et dansait dans la pièce, chemise ouverte, ne s'interrompant que pour se rouler des joints ou aller chercher du vin à la cuisine. Elle en avait bu deux ou trois verres et avait dansé avec lui. Quand Rachel avait voulu la persuader de partager un joint avec elle, Braithwaite lui avait dit de la laisser tranquille ; c'était une gamine. Trevelyan lui demanda s'il lui avait fait des avances. Angela répondit que non, mais qu'il avait embrassé Rachel sur le canapé et que ça l'avait excité. Gênée, elle s'était occupée en parcourant les rayonnages de la bibliothèque. Elle avait presque été soulagée quand Richard Aaron avait fait irruption.

Trevelyan annonça à Skinner qu'il lui délivrerait un mandat pour pouvoir perquisitionner la maison de Braithwaite à la recherche de drogue. Même si Braithwaite ne lui avait pas fait bonne impression, Skinner considérait que coffrer des beatniks parce qu'ils fumaient de l'herbe était indigne de lui, mais il n'avait d'autre choix que d'obtempérer. Deux jours plus tard, il accompagna Cox et Pendle à Ainger Road, muni du mandat. Une importante quantité de marijuana fut saisie et Braithwaite arrêté pour détention de stupéfiant dans l'intention de le vendre. Il n'y avait cependant aucune preuve de ladite intention, et l'inculpation fut réduite à la seule détention de substance illégale. Si un tel délit ne donnerait lieu aujourd'hui qu'à un rappel à la loi, à l'époque la sentence encourue pouvait aller jusqu'à une peine de prison. Cette même année, Keith Richards des Rolling Stones fut condamné à douze mois pour avoir permis que du cannabis soit consommé sous son toit. La décision fut ensuite annulée en appel, mais Braithwaite ne pourrait compter sur le même soutien public s'il écopait d'une peine carcérale.

Le procès se déroula au tribunal du Inner London sur Newington Causeway. Les rangs du public étaient bondés de journalistes et de curieux en tout genre. Contre l'avis de son avocat, Braithwaite insista pour plaider non coupable. Andrew Trevelyan en personne représentait l'accusation. Angela Carver et Rachel Simmons furent citées comme témoins. Braithwaite ne nia pas que les drogues en question lui appartenaient, mais déclara ne pas reconnaître la compétence de l'État quant aux substances qu'il choisissait d'introduire dans son corps. Si cette ligne de défense aurait pu recueillir l'approbation des milieux de la contre-culture, elle n'eut aucune prise sur la juge June Aitken. Pas plus qu'elle n'avait de fondement juridique. L'attitude de Braithwaite face à la cour (il ôta ses chaussures et se cura méticuleusement les ongles des pieds pendant la plaidoirie finale de Trevelyan) et son arrogance générale ne lui attirèrent pas les faveurs du jury. Trevelyan mit en avant l'importance symbolique de l'affaire. Il y avait tout un groupe de gens, dit-il, qui pensaient que leur célébrité les plaçait au-dessus des lois. « L'accusé trouve peut-être la loi idiote, poursuivit-il, mais ça ne lui donne pas – pas plus qu'à n'importe qui – le droit de la bafouer. » D'après le *Daily Express*, il se mit ensuite à « éviscérer le personnage de Braithwaite si longuement que Mme Aitken dut intervenir pour lui demander de s'en tenir aux faits relatifs au dossier ». Dans son réquisitoire, elle rappela aux jurés que ce n'était pas la personnalité de l'accusé qu'ils devaient juger, mais ses actes ; leur unique rôle était d'appliquer la loi en fonction des éléments de preuve qu'ils avaient entendus. Il leur fallut moins d'un quart d'heure pour reconnaître Braithwaite coupable. À l'énoncé du verdict, ce dernier se tourna vers les jurés et les applaudit avec sarcasme pour avoir « soutenu l'instrument de leur propre répression ». Mme Aitken prononça une peine de soixante jours de prison, saisissant à son tour l'occasion de reprocher à l'accusé son attitude inconvenante et irrespectueuse au cours de l'audience.

Dans son autobiographie, *Des deux côtés du barreau*, Trevelyan raconte que Braithwaite, lorsqu'il était étudiant, avait eu une relation avec sa fille qui avait fini par « l'envoyer à l'hôpital », une formulation qui jette un voile pudique sur la tentative de suicide d'Alice en sous-entendant qu'elle avait été physiquement agressée par Braithwaite. Ses poursuites contre ce dernier, assurait Trevelyan avec dédain, n'étaient pas motivées par un désir de vengeance, mais par la nécessité de protéger le public contre un « dangereux charlatan ». Pendant des années, il avait assisté avec horreur à l'ascension de Braithwaite, « choqué par la naïveté avec laquelle des personnes apparemment intelligentes semblaient gober son baratin comme une sorte de parole sainte hippie ».

R. D. Laing, qui lui-même allait être arrêté et inculpé pour détention illégale de LSD une décennie plus tard, accueillit ce rebondissement avec jubilation, déclarant à son ami John Duffy que cet « odieux imposteur » aurait dû être en taule depuis des années.

Braithwaite purgea quarante jours de détention à la prison de Wormwood Scrubs. Il trouva la société carcérale, écrivit-il, « bien plus saine d'esprit que celle de l'autre côté des barreaux », ajoutant : « J'en ai appris davantage sur la nature humaine en six semaines de prison qu'en six ans parmi les aristos d'Oxford. »

À sa libération, Braithwaite découvrit qu'il avait été expulsé d'Ainger Road. Ses meubles, ses vêtements, ses livres et ses papiers avaient été stockés dans un entrepôt d'Acton. Il trouva temporairement refuge au domicile de Zelda Ogilvie et de son nouveau compagnon, le dramaturge Joe Carter, dans le quartier de Notting Hill, mais elle lui fit clairement savoir qu'elle ne le tolérerait pas plus de quelques jours. Finalement, il y passa un mois, à boire et à fumer de l'herbe sans le moindre remords, jusqu'à ce que Carter lui dégotte un petit appartement à Finsbury Park et « l'y traîne quasiment de force ».

Braithwaite ne fit aucun effort pour remonter

son cabinet. Il touchait encore des droits d'auteur de ses deux livres et disait à qui voulait l'entendre qu'il en avait assez d'écouter « des moins-que-rien ultra-privilégiés pleurnicher sur leurs crises d'identité ». Le temps était venu d'écrire un nouveau livre. Laing faisait alors la tournée des campus européens et nord-américains pour donner des conférences devant de larges auditoires d'étudiants en pâmoison. Braithwaite, qui n'avait jamais voyagé plus loin que la France, rêvait de s'octroyer une part du gâteau. Mais quand il finit par convaincre Edward Seers de l'inviter à déjeuner, il ne le trouva pas réceptif à son idée. Seers lui suggéra plutôt d'écrire un roman. « Un roman ? rétorqua Braithwaite. À quoi ça sert, les romans, putain ? » Lorsque Seers refusa de prolonger le déjeuner en un après-midi de beuverie, Braithwaite le menaça de chercher un autre éditeur pour son prochain livre. Seers paya l'addition et lui répondit de ne surtout pas se gêner.

CINQUIÈME CAHIER

Je ne suis pas allée travailler ces deux dernières semaines. Le mal-être que j'ai simulé au début de cette hasardeuse entreprise est devenu bien réel. Je me sens accablée. J'aurais mieux fait de laisser mes idées lugubres enfermées à double tour. Quelle idiote je suis. Quelle idiote ! Hier, j'ai passé la journée au lit. J'ai perdu toute envie de m'occuper de ma toilette. J'ai des nœuds dans les cheveux, et mon pauvre visage n'a pas vu une once de maquillage depuis des jours et des jours. J'ai la peau sèche et chiffonnée comme du papier. Je sais que même une courte promenade au grand air pourrait me requinquer, mais je n'ai pas l'énergie ne serait-ce que d'ouvrir les rideaux et je refuse de laisser Mme Llewelyn le faire à ma place. Je ne tiens pas à ce qu'on me rappelle que le monde continue à exister au-delà de ma chambre.

M. Brownlee a téléphoné trois fois la semaine dernière, mais je n'ai pas voulu lui parler. Mme Llewelyn lui a dit que j'étais souffrante, mais le ton de sa voix trahissait le fond de sa pensée. Il y a quelques jours, j'ai reçu une lettre de lui, dans laquelle il exprimait de l'empathie pour mon état, tout en disant qu'il ne s'en sortait pas sans moi. Si je n'étais pas en mesure de lui faire savoir quand je reviendrais, il allait devoir, hélas, me trouver une remplaçante. Cela me brise le cœur. J'aime beaucoup M. Brownlee et je sais qu'il a appris à me faire confiance. Je suis attristée de penser que le Grand Dando n'aura plus droit à mes applaudissements quand il tâtonnera par terre pour retrouver son florin magique. Rebecca me dit que je perds mon temps avec des nullards pareils. M. Brownlee n'est pas plus agent artistique que le Grand Dando n'est magicien. Ils se fourvoient autant que les minables crédules qui se présentent à mon bureau. Elle a raison, bien sûr, comme elle a raison sur tout le reste. Mais ils me manquent quand même. Cela me manque de prendre le bus pour aller au bureau ; de remonter à pied Charing Cross Road ; de faire les vitrines à l'heure du déjeuner et d'observer dans les cafés les beatniks et les filles aux yeux maquillés de khôl. Cela me manque de faire semblant d'appartenir au monde, même si j'ai toujours su que j'en étais séparée. Il aura fallu Rebecca pour m'ouvrir les yeux sur mes erreurs.

Avant-hier soir, je me suis laissé persuader de descendre pour le dîner. Je n'ai pas pensé à m'habiller et je me suis assise à table toute nue sous ma chemise de nuit tachée. Mon pauvre père ne savait pas où poser son regard. Mme Llewelyn est allée me chercher mon peignoir et je l'ai passé, brusquement gênée par ma semi-nudité. Papa m'a gentiment demandé si je me sentais mieux et, comme je voyais qu'il s'inquiétait, je lui ai assuré que oui. À part ça, le repas s'est déroulé en silence. Je n'ai pu avaler que quelques bouchées, et uniquement pour la façade. Chacune m'a donné des haut-le-cœur.

Ensuite, Mme Llewelyn m'a raccompagnée à l'étage

et m'a ordonné de me dévêtir. Je n'avais pas la force de lui résister. Elle m'a fait couler un bain et s'est assise sur le bord de la baignoire pour me laver les cheveux. Je me sentais bien dans l'eau tiède et je n'ai pas prêté attention à ma nudité. Je suis restée debout sur le tapis de bain à trembler comme une enfant pendant que Mme Llewelyn me séchait et m'enfilait une chemise de nuit propre. Dans ma chambre, elle m'a fait asseoir sur le tabouret devant ma coiffeuse et m'a brossé les cheveux. Je lui étais reconnaissante de cette attention, d'autant plus qu'elle était livrée sans commentaire ni remontrance. Quand elle a eu fini, elle m'a mise au lit, m'a remonté les couvertures jusque sous le menton et m'a souhaité bonne nuit. J'aurais dû la remercier, mais je n'ai pas pu me résoudre à prononcer les mots.

Pendant tout ce temps, Rebecca n'a cessé de me persécuter. Je lui ai pourtant fait remarquer que je n'avais pas besoin d'elle pour me dire que j'étais une pitoyable bonne à rien, mais elle s'amuse quand même à trouver des façons toujours plus élaborées d'exprimer ce sentiment. Le pire, cependant, est la rancune qu'elle entretient à mon égard. Je la tire vers le bas. Sans moi, elle serait dehors en train de prendre du bon temps. Si je n'avais pas été là, elle se serait déjà fait b… ser par le beau Tom (elle est d'une vulgarité épouvantable). Je lui rappelle que je me suis excusée et que je lui ai promis de ne pas m'en mêler la prochaine fois. Grâce à moi, me rétorque-t-elle, il n'y aura pas de prochaine fois ; elle se porterait mieux sans moi. Ça, je ne peux qu'en convenir. Nous nous porterions toutes les deux mieux sans moi. Des variantes de ce dialogue tournent constamment en boucle dans ma tête. Le sommeil est ma seule façon d'échapper à son harcèlement. Je la déteste et, bien que je me garde de jamais exprimer ce sentiment, elle semble lire dans mes pensées. « Ce n'est pas moi que tu détestes, c'est toi-même, espèce de chiffe molle. » Elle me fait régulièrement fondre en larmes, ce qui lui fournit encore davantage de munitions pour me ridiculiser. Je ne vois qu'une manière de me débarrasser d'elle, c'est de suivre son conseil et de me supprimer. Le ver qui s'est logé dans mon cerveau se nourrit de ce genre de pensées. Tel un asticot dans une pomme, il se repaît.

S'il y a une chose qui m'a sauvée jusqu'ici, c'est que j'ai toujours été affreusement paresseuse. Je manque de volonté pour m'appliquer avec diligence à quelque tâche que ce soit. Mais la léthargie ne me paraît pas une raison valable pour ne pas en finir. Continuer uniquement parce qu'on a trop la flemme de faire autrement n'est ni noble ni romantique. C'est pourtant bien là que je semble en être arrivée : je n'ai plus envie de vivre, mais je n'ai pas non plus les ressources nécessaires pour mettre fin à mes jours. Même dans mon état de fatigue, je suis capable de rire de l'ironie de cette situation. Par défaut, la vie continue, comme une entité qui existerait indépendamment de son propriétaire. Mettre fin à une vie exige un effort de volonté. Le suicide (si nous voulons, pour une fois, appeler les choses par leur nom) demande une certaine détermination. Il demande de la planification et de la fermeté. Qualités dont je manque cruellement. Le suicide n'est pas pour les indécis, et j'ai toujours été indécise. Voilà encore une différence entre Veronica et moi. Veronica avait la capacité de se fixer un programme et de s'y tenir. Je ferais bien de m'en inspirer.

Lundi, ou peut-être mardi matin, je me suis forcée à sortir de mon lit. Il m'a fallu de tels efforts pour effectuer mes ablutions et m'habiller que j'étais étonnée d'avoir jusqu'à présent réussi ces exploits sans même y réfléchir. Il m'a paru plus simple de laisser mon bain se vider et l'eau s'évaporer de ma peau que de me lever pour me sécher moi-même. Assise devant ma coiffeuse, la houppette de mon poudrier m'a semblé plus lourde qu'une pierre dans ma main.

Papa a été ravi de me voir au petit déjeuner.

« Ah, splendide, tu te sens mieux ! s'est-il exclamé.

— Oui, beaucoup mieux, papa », l'ai-je rassuré.

M. Brownlee serait content de me revoir, a-t-il ajouté. Mme Llewelyn et lui s'étaient fait du souci pour moi.

J'ai souri mollement. J'étais sûre qu'il n'était pas dupe de mon cinéma. Je sais que lui aussi nourrit des sentiments mélancoliques. Il n'en fait jamais étalage, mais je vois parfois leur ombre traverser son visage, ou je devine sa lassitude dans les moments où ses yeux, sous couvert de clignement, restent fermés quelques secondes de trop. J'ai étalé du beurre et de la confiture sur une tartine que j'ai ensuite glissée dans mon sac à main alors que papa était concentré sur son journal.

Je suis sûre qu'il est inutile de préciser que je n'avais nulle intention de me rendre au bureau. Mais, pour faire illusion, je suis partie en direction d'Elgin Avenue. Le temps d'atteindre l'arrêt de bus, toute l'énergie que j'avais rassemblée m'avait quittée. Je suis entrée dans le café Lyons et me suis assise, épuisée, à la table la plus proche de la porte. Quand la serveuse est apparue, j'ai sursauté, comme si elle m'avait tirée d'un profond sommeil. C'était une jeune fille maigrichonne de dix-huit ans à tout casser. Elle avait des cheveux châtains coiffés avec la raie au milieu et retenus par des épingles, et elle parlait avec un léger accent irlandais. Je me suis demandé si son aspiration ultime était d'être serveuse au Lyons ou si, comme la ribambelle de pauvres malheureuses qui se présentaient chez M. Brownlee, elle aspirait à s'exhiber sous les regards lubriques des hommes de Soho. Elle était plutôt jolie, mais elle n'avait pas les formes qu'il fallait. À la place, elle se trouverait un jeune homme suffisamment charitable pour fermer les yeux sur sa poitrine plate comme une limande et elle troquerait ses ambitions contre une vie de corvées domestiques. L'intervalle entre sa question et ma réaction fut assez long pour que son visage revête une expression inquiète. Elle écarquilla les yeux et avança un peu la tête. Peut-être pensait-elle que j'étais étrangère et que je n'avais pas compris ce qu'elle me disait. Me souvenant du scénario qu'on est censé suivre en pareilles circonstances, je secouai brièvement la tête, comme si je sortais de ma rêverie, et commandai un thé. C'est seulement alors que je m'aperçus que j'étais installée en vitrine, exposée à la vue de tous. Il n'y avait pas de risque que mon père passe par là (il quitte rarement la maison), mais Mme Llewelyn pouvait très bien prendre ce chemin pour aller faire ses courses, et mon petit subterfuge serait alors démasqué. Il était cependant trop tard pour me déplacer à une table dans le fond. La serveuse serait agacée par mon inconstance et je devrais trouver une explication alambiquée pour m'excuser de ce dérangement. Et si je ne me donnais pas la peine de justifier mon comportement, elle me prendrait pour une snob aux yeux de qui une serveuse ne méritait pas la courtoisie d'une explication.

Comme il était encore tôt, la plupart des tables étaient inoccupées et on n'entendait pas encore le fracas habituel des couverts et de la porcelaine. Les serveuses poireautaient deux par deux, attendant les clients d'un air morne. L'une d'elles tripotait distraitement le bouton du haut de son chemisier. Une autre jetait de discrets coups d'œil à son propre reflet dans le miroir derrière le bar avant de rectifier sa coiffure. Un des pieds de la table voisine de la mienne était calé par un bout de carton plié. Je me demandai si c'était le pied qui était trop court ou le sol qui était irrégulier. Je posai les paumes sur les deux bords de ma table et appuyai pour vérifier : elle était stable. Toutes les tables étaient du même modèle, celui que l'on trouve dans tous les cafés de la chaîne Lyons, j'en déduisis donc qu'il devait y avoir un creux très localisé dans le sol sous la table d'à côté. Cette légère dénivellation n'était pas une raison de penser que le bâtiment courait un risque d'effondrement immédiat. C'est pourtant la scène que je me mis à imaginer. Ça commence par un petit tremblement, assez pour faire vibrer les tasses et les soucoupes dans les armoires. Les serveuses échangent des regards. Les clients lèvent les yeux de leurs scones. Des fissures apparaissent dans les moulures du plafond. De gros morceaux de plâtre tombent par terre. Une femme en reçoit un sur la tête et s'écroule sur la table devant elle. Les tremblements s'accentuent. La baie vitrée explose et tout le plafond s'effondre. Les serveuses poussent des hurlements et se précipitent vers la porte. Il pleut des poutres et des éléments de maçonnerie. Assommée, je perds connaissance et mon corps est enseveli sous les décombres. Le lendemain, une photo dans le journal montre l'étendue des dégâts. Une jambe de femme dépasse des ruines du bâtiment. Mon père la voit en feuilletant le *Times*, mais il n'a pas de raison de penser que c'est la mienne puisque j'étais censée être au travail quand l'accident s'est produit.

La serveuse, indifférente à la catastrophe imminente, revint déposer sur ma table une théière, une tasse et une soucoupe. Elle fit même un commentaire sur la météo agréable.

« Oui, acquiesçai-je, pour la saison, c'est exceptionnel. »

Le dernier mot, cependant, resta coincé je ne sais comment entre ma langue et mon palais et se perdit avant la syllabe finale. La jeune femme me décocha un sourire condescendant, mon incapacité à prononcer correctement même la phrase la plus simple lui ayant confirmé que j'étais étrangère et donc digne de sa pitié. Cette interaction terminée, je n'avais plus rien pour me distraire de mon environnement. J'avais omis de prendre un livre. Si j'avais été un homme, j'aurais envoyé une des serveuses m'acheter un journal, mais je n'ai jamais réussi à m'intéresser aux affaires de l'État, et ça ne me semblait pas le meilleur moment pour commencer.

Une femme trois tables plus loin, vêtue d'un affreux manteau bordeaux, me regardait. Elle coupa un bout de son scone et le porta à sa bouche. Une miette s'en détacha et atterrit sur son foulard, où elle demeura accrochée en équilibre précaire. Il lui restait un peu de confiture sur la lèvre supérieure, on aurait dit qu'elle avait pris un coup. Elle continua à mâcher tout en parlant à son amie et je voyais parfaitement le morceau de scone se transformer en une boule de pâte dans sa bouche. Si je n'avais pas eu l'estomac vide, j'aurais vomi. Je détournai les yeux. La grosse pendule sur le mur du fond indiquait 9 h 20. Tous les sons me parvenaient étouffés, comme quand on plonge la tête sous l'eau du bain. J'étais terriblement mal à l'aise. Que répondrais-je si on me demandait ce que je faisais là ? Quelle explication plausible pouvait-il y avoir à ma présence ? Je n'habitais pas loin. Pourquoi serais-je sortie de chez moi, où il n'y avait pas pénurie de boissons chaudes, pour aller m'asseoir seule dans ce café et payer trois shillings et six pence pour un thé dont je n'avais même pas envie ?

Je m'en servis une tasse. Il s'en dégagea une volute de vapeur et un arôme chétif. Je me penchai pour approcher mon nez. J'ai bu un nombre considérable de tasses de thé dans ma vie, mais à cet instant le liquide brun jaunâtre ne me semblait pas plus appétissant que si la serveuse avait uriné dans ma tasse et me l'avait apportée. Je me répétai que c'était une « tasse de thé », quelque chose de familier, de réconfortant. Je pris le petit pot de lait décoré du logo de la chaîne Lyons, en versai un nuage dans mon thé et observai la fusion des deux liquides précipitée par l'agitation de ma cuillère. Voilà, parfait, une bonne tasse de thé. « Bois une tasse de thé », me dis-je à moi-même. Une tasse de thé arrangerait tout. Et pourtant non. Je trempai les lèvres dans la tasse. Il était incompréhensible que j'aie pu jusque-là consommer un tel breuvage non seulement de mon plein gré, mais avec enthousiasme.

Je portai mon attention sur la rue dehors. Même si je ne pouvais pas changer de table, je pouvais au moins ouvrir l'œil pour guetter Mme Llewelyn. Le flot affairé des gens qui se dépêchaient pour se rendre au travail avait diminué. À présent, c'étaient les ménagères qui allaient chez le boucher acheter une côtelette pour le dîner de leur mari. Ces femmes-là n'ont pas besoin de se presser. C'est leur seule tâche de la journée : acheter une côtelette. Plus tard, elles la feront cuire avec du chou et des patates. Puis elles mettront la table et attendront le retour de leur cher époux. Entre les deux, rien. Peut-être s'arrêteront-elles un moment dans un parc ou s'offriront-elles un thé dans un café Lyons. Ou bien elles liront un roman, ou fermeront leur porte à clé et s'allongeront sur leur lit pour se donner du plaisir, les yeux résolument rivés sur le plafond. Quel que soit le bien-être éphémère que de telles activités peuvent leur procurer, elles n'ont en réalité qu'un seul but : les distraire du morne passage du temps.

Dehors, sur le trottoir, se trouvait la cabine téléphonique depuis laquelle j'avais répondu à l'annonce de M. Brownlee. Un homme s'arrêta devant et vérifia la monnaie dans sa poche avant d'y pénétrer. L'ourlet de son manteau s'accrocha dans la porte et il y eut un léger remue-ménage le temps qu'il se libère. Il devait avoir la trentaine. Il portait son chapeau en arrière sur sa tête, comme si à un moment il l'avait repoussé pour s'éponger le front. Il avait l'air agité. Il décrocha le combiné et le coinça entre sa joue et son épaule pendant qu'il tournait le cadran de sa main droite, la gauche tenant la pièce contre la fente, prête au premier déclic. Il devait appeler quelqu'un de proche car il connaissait le numéro par cœur. Quand il eut fini avec le cadran, il prit le combiné dans sa main droite. Tandis qu'il laissait sonner, il jeta des regards autour de lui, comme pour s'assurer qu'il n'était pas observé. Il ne l'était pas. Personne ne lui prêtait la moindre attention. Il attendit. Peut-être appelait-il chez lui afin de vérifier que sa femme s'y trouvait. Ou bien il appelait sa maîtresse pour convenir d'un rendez-vous secret. En tout cas, dans une maison quelque part, un téléphone sonnait. Peut-être la maison était-elle vide, ou peut-être qu'une femme fixait silencieusement l'appareil en se demandant si elle allait répondre. Je commençai à percevoir une tension croissante. Alors l'homme sursauta. Son doigt poussa la pièce dans la fente. Je lus le mot « allô » sur ses lèvres. Il le répéta trois fois, mais à l'évidence il n'obtint pas de réponse. Il tint le combiné devant son visage puis, comme si c'était sa faute, le frappa plusieurs fois violemment contre le cadran du téléphone. Après quoi il le replaça sur son support et ajusta le col de son imperméable. Une fois ressorti sur le trottoir, il regarda autour de lui pour voir si quelqu'un avait assisté à son acte de vandalisme. Rassuré en constatant que non, il s'éloigna vers le bout de la rue. Il avait une tache de graisse sur son manteau à l'endroit où il s'était coincé dans la porte.

Mon thé avait refroidi. Je le portai à mes lèvres et fis semblant de boire. J'avais oublié de mettre ma montre, mais je jetai un coup d'œil à mon poignet, comme pour vérifier l'heure d'un futur rendez-vous. Je me sentais engourdie par une étrange pesanteur. Il n'y avait aucune chance, songeai-je, que j'arrive à me lever sans renverser la table et provoquer une agitation générale. Les serveuses s'affaireraient autour de moi. Le directeur serait prévenu et on me demanderait de payer la vaisselle cassée. Le devant de ma jupe serait trempé de thé froid. Dehors, les gens détourneraient les yeux. Plus le temps passait, plus j'avais l'impression de m'ossifier. Je gardai le regard rivé sur la vitrine pendant aussi longtemps qu'il me sembla pouvoir raisonnablement rester là. Mme Llewelyn n'apparut pas et aucun nouveau drame ne se déroula dans la cabine téléphonique. Finalement, je n'y tins plus. Je sortis mon porte-monnaie de mon sac. Il était taché de confiture à cause de la tartine que j'avais cachée là plus tôt. Je laissai l'appoint exact dans la soucoupe en étain prévue à cet effet, calculant que l'absence de pourboire serait mise sur le compte du fait que j'étais étrangère et n'avais pas connaissance des coutumes locales. Avec un grand effort de concentration, je parvins à m'extirper d'entre les tables sans incident. Une fois sur le trottoir, j'avais la tête qui tournait. Je m'obligeai à marcher quelques mètres, dans le but de faire croire à quiconque m'observerait que j'avais une destination précise. Je traversai la rue sans regarder, en espérant presque me faire renverser par un bus. Je m'imaginai l'effervescence autour de mon corps. Un jeune homme s'agenouillerait près de moi et me prendrait la main en me disant de tenir bon, qu'une ambulance était en route. Je lui sourirais faiblement, avant de fermer les yeux et de me laisser glisser.

Je continuai d'avancer sur le trottoir. Je gênais tout le monde. Une laisse de chien s'emmêla autour de ma cheville. J'avais envie d'envoyer un coup de pied à l'affreux cabot. L'idée de passer encore plusieurs heures comme ça m'était insupportable. Je m'arrêtai sur un banc dans le jardin autour de Randolph Crescent. Peu après, une femme d'environ soixante-dix ans s'assit à côté de moi. Elle déclara que c'était une belle journée ; le genre de banalité qui mérite à peine une réponse, mais je me forçai à sourire et à confirmer par un simple « oui ». Elle noua ses mains sur ses cuisses et fixa son regard droit devant elle, vers les arbres nus et l'arrière des maisons. Elle portait une alliance, mais il était clair que son mari était mort depuis belle lurette. Je suppose qu'elle venait passer un peu de temps à cet endroit tous les jours. Peut-être y trouvait-elle parfois la compagnie d'une personne plus loquace que moi, et je regrettai aussitôt la sécheresse de ma réaction. J'avais envie de me lever et de partir, mais je ne voulais pas la vexer et, de toute façon, je n'avais nulle part où aller. Au bout de quelques minutes, elle sortit de son manteau un sachet en papier et se mit à répandre des poignées de miettes de pain à nos pieds. En quelques secondes, une horde de pigeons nous avait assiégées, tels des mendiants se disputant des pièces. Il en arrivait de toutes les directions, comme si le Grand Dando les avait fait apparaître par magie. Je repliai discrètement mes jambes sous le banc, ne voulant laisser voir mon inconfort. Les pigeons se pavanaient d'un air suffisant, tournant vivement la tête sur le côté pour repérer une miette avant de l'embrocher d'un coup de bec. L'un d'eux, particulièrement pouilleux, se tenait à l'écart, incapable de se frayer un chemin dans la mêlée. Il avait une patte recroquevillée sous la gorge, comme une main atrophiée. Son plumage était graisseux et dépenaillé. J'envoyai un coup de pied dans le tas. Il y eut une dispersion momentanée avant qu'ils ne reviennent nous envahir. Je détournai la tête. La femme observait la scène avec désintérêt. Elle ne semblait même pas en tirer plaisir. Les oiseaux ne faisaient que lui rendre un service. Au bout d'un moment, elle regarda à l'intérieur du sachet, puis le renversa pour vider ce qu'il en restait. Il y eut un dernier soubresaut d'agitation, et les horribles créatures s'égaillèrent aussi vite qu'elles étaient arrivées. Seul demeura le pigeon dépenaillé à la patte atrophiée, qui se mit à picorer vainement le sol. Il n'y avait plus rien pour lui.

Hier, ou peut-être avant-hier, Mme Llewelyn a toqué doucement à la porte de ma chambre. Elle s'est mise ces derniers temps à me traiter avec une gentillesse que mon attitude envers elle par le passé ne méritait nullement. Je le prends comme le signe qu'elle sait que je ne serai plus de ce monde pour très longtemps. Quand je lui ai donné la permission d'entrer, elle m'a dit que le Dr Eldridge était venu me rendre visite. Bien entendu, il n'était pas « venu me rendre visite », il avait été convoqué, mais je consentis néanmoins à le voir. Il attendit quelques instants avant de pousser la porte, sans doute pour me laisser le temps de me rendre présentable. Je me calai en position assise contre les oreillers et arrangeai mes cheveux en un semblant de coiffure. J'avais honte à la fois de mon apparence et du désordre de ma chambre. L'air sentait le renfermé. Mais le Dr Eldridge ne parut rien remarquer de tout cela. Il s'avança de deux ou trois pas dans la pièce et me demanda si je voulais bien lui accorder quelques minutes. Lorsque j'acceptai, il ferma la porte derrière lui. Le Dr Eldridge est notre médecin de famille depuis que mes parents sont rentrés d'Inde. Il est fort possible qu'il ait été présent quand je suis venue au monde (une naissance difficile, comme ma mère ne manquait jamais de me le rappeler), et j'imagine qu'il sera là quand je le quitterai. Depuis le temps que je le connais, il ne semble pas avoir vieilli pour un sou. Il a toujours l'air de porter le même costume trois-pièces en tweed foncé que le jour où on m'a amenée à son cabinet à l'âge de cinq ans pour les oreillons. Je n'ai jamais été du genre à me précipiter chez le médecin pour un oui, pour un non. Ma sœur et moi avons été éduquées dans l'idée que la maladie est une faiblesse et non une chose sur laquelle s'apitoyer. Dans notre enfance, les toux et les rhumes étaient considérés comme des broutilles, et quand nous nous plaignions d'autres maux, on nous soupçonnait systématiquement de simuler. Par conséquent, mes rencontres avec le Dr Eldridge se comptent sur les doigts d'une main. Il possède néanmoins une présence rassurante. Je suppose que, si je lui disais que je songe à en finir, il se contenterait de me faire les gros yeux avec un véhément « Allons, allons ! ».

Il s'approcha de la fenêtre.

« Un peu plus de lumière ne ferait pas de mal, si ? » dit-il en ouvrant les rideaux.

Je fus surprise de constater qu'il faisait jour. J'avais complètement perdu la notion du temps.

Il s'assit sur le bord du lit.

« Votre père m'apprend que vous êtes souffrante », poursuivit-il.

Je fis mine de ne pas savoir de quoi il parlait.

« C'est juste un peu de fatigue, répondis-je. Ça me fait toujours ça quand je suis indisposée. »

Le Dr Eldridge laissa échapper un petit rire. Si j'avais cru me débarrasser de lui en évoquant des problèmes de femme, je m'étais trompée.

« Tout de même, insista-t-il, puisque je suis là, autant vérifier que tout est en ordre, n'est-ce pas ? »

Il me prit la main et me serra doucement le poignet, le pouce posé sur les tendons que je n'aurais jamais le courage de trancher. Il tira sa montre à gousset de la poche de son gilet et attendit que l'aiguille des secondes atteigne l'heure pile. C'était agréable de sentir le contact de ses doigts sur ma peau. Je réprimai une soudaine envie de m'agripper à sa main. Au bout d'environ trente secondes, il reposa la mienne sur les couvertures, paume vers le haut, et eut un petit hochement de tête. Il fouilla dans la sacoche en cuir à ses pieds et en sortit un appareil avec une large sangle en toile, des tubes en caoutchouc et un cadran. Il m'expliqua qu'il allait prendre ma tension. Il attacha l'appareil autour du haut de mon bras et le gonfla à l'aide d'une petite pompe jusqu'à ce qu'il soit serré.

« Juste une petite pression, ma chère, ne vous en faites pas », murmura-t-il.

Il fixa le cadran d'un air impassible avant d'arracher le Velcro qui retenait la sangle. Puis il sortit son stéthoscope et me demanda d'ouvrir ma chemise de nuit. On voyait mes côtes sous la peau. Il mit les embouts dans ses oreilles et posa le pavillon sur ma poitrine. Le bord en métal était froid. Le Dr Eldridge avait son visage à quelques centimètres du mien. Il avait les joues marbrées de couperose. Je sentais la chaleur de son souffle sur mes côtes. Il émanait de lui une odeur de tabac et de désinfectant. Il avait une expression aussi paisible que s'il écoutait un concert de Chopin. Ma main gisait, paume vers le haut, sur la couverture, là où il l'avait laissée. Je la retournai et me mis à caresser légèrement du bout des doigts le tissu rêche qui recouvrait sa cuisse. Il m'ordonna de prendre une grande inspiration. Puis, comme s'il se réveillait d'une courte sieste, il se redressa.

« Eh bien, fit-il, la bonne nouvelle, c'est que vous êtes encore en vie. »

J'émis un petit bruit qui devait s'apparenter à un rire.

« Je peux écouter ? » demandai-je.

Il haussa les sourcils et pencha la tête sur le côté. Puis il retira le stéthoscope à son cou et me laissa introduire les embouts dans mes oreilles. Les sons du dehors me parvinrent assourdis. Il posa alors de nouveau le pavillon sur ma poitrine. Je couvris sa main de la mienne et… *boum, boum, boum* : mon propre cœur, qui continuait allègrement comme si de rien n'était. Je laissai ma main sur celle du docteur tout en écoutant cette douce pulsation réconfortante. Je fus soudain pleine d'amour pour mon petit cœur de s'obstiner coûte que coûte, malgré la médiocrité crasse de son hôte. Il méritait mieux que moi.

Le Dr Eldridge m'observait. Je suppose qu'il n'y avait d'habitude que les enfants pour lui demander des choses pareilles. Je retirai les embouts et les lui rendis. Je ne sais pas s'il avait senti qu'il s'était passé quelque chose entre nous. Cela a toujours été mon problème. Je ne sais jamais si les autres ressentent ce que je ressens. Pour lui, tout ça n'était sans doute que la routine. Il effectuait des gestes qu'il avait déjà faits des milliers de fois. Il rangea soigneusement son matériel dans sa sacoche mais ne se leva pas tout de suite.

« Alors, cette fatigue, reprit-il en appuyant sur ce mot comme si c'était un nouveau terme qu'il n'avait jamais entendu. Parlez-moi un peu de cette fatigue. »

Je ne lui dis pas que, quand je me réveillais le matin (ou l'après-midi, ou n'importe quand), les couvertures me paraissaient si lourdes que je ne pensais pas être capable de les soulever. Je ne lui dis pas que chaque instant de ma vie jusqu'ici me semblait totalement vide de sens et d'intérêt, et que je ne voyais aucune raison que ça change. Je ne lui dis pas que, si j'arrivais (tout juste) à imaginer le plaisir de sentir une dernière fois la chaleur du soleil sur ma peau, je n'avais pas l'énergie de seulement songer à sortir dans la rue.

À la place, bien sûr, je minimisai les choses. J'étais ridicule, en fait. Tout allait bien. J'étais juste une fainéante bonne à rien. D'ici un jour ou deux, je péterais le feu (j'ai réellement employé cette expression grotesque). J'étais désolée, ajoutai-je, qu'il se soit dérangé pour venir me voir. Il m'assura que ça ne l'avait pas dérangé. Il me dévisagea un moment avec son expression placide. Je mourais d'envie qu'il me rétorque d'arrêter mon baratin, qu'il m'annonce que j'étais gravement malade et que j'avais besoin de garder la chambre un bon bout de temps. Le Dr Braithwaite aurait tout de suite vu clair dans mon jeu. Mais pas le Dr Eldridge. Il hocha lentement la tête en pinçant les lèvres. Puis il ramassa sa sacoche et se leva.

« Essayez de faire un peu d'exercice, dit-il gentiment. Une petite promenade. On se sent tous fatigués par moments. Mais ça ne sert à rien de rester alitée toute la journée. Et vous devez manger. Vous êtes beaucoup trop maigre. »

Puis il me laissa. J'aurais tant voulu qu'il reste. Je fondis en larmes et enfonçai mon visage dans l'oreiller pour qu'on ne m'entende pas. Rebecca me souffla que j'étais pathétique. Ça ne servait à rien de pleurer maintenant. Personne ne m'entendrait.

J'imaginai mon père au rez-de-chaussée en train d'attendre anxieusement le diagnostic. Le Dr Eldridge lui dirait à voix basse qu'il ne m'avait rien trouvé, en tout cas physiquement. Il lui poserait ensuite une série de questions, auxquelles papa répondrait, gêné pour moi. Non, elle ne sort jamais. Elle se nourrit à peine. Elle n'a pas d'amis. Quelques minutes plus tard, j'entendis le bruit de la porte d'entrée. Le docteur était reparti.

J'ai décidé d'aller voir le Dr Braithwaite une dernière fois. C'est une idée de Rebecca et je n'ai pas assez de volonté pour m'opposer à elle. Quand je me suis réveillée ce matin, elle était dans une de ses phases vindicatives. Elle ne pouvait plus supporter tout ça. J'avais peut-être renoncé à la vie, mais pas elle. Ce n'était pas juste, disait-elle. Je pouvais comprendre son point de vue. En effet, ce n'était pas juste. Pourquoi devait-elle souffrir à cause de mes échecs ?

Elle essaya de me sortir de ma torpeur en m'amadouant. Je lui rappelai toutes les insultes dont elle m'avait accablée. Elle s'excusa. Elle avait parlé sous le coup de la colère. Je ne pouvais pas lui en vouloir. Qui aurait pu supporter d'être ainsi enchaîné à moi ?

Je repoussai les couvertures et posai les pieds par terre. La moquette était rêche sur ma peau nue. Je ramassai mon peignoir, qui gisait en boule près du lit, et l'enfilai. Je sentais l'odeur rance de mes aisselles. Je marchai jusqu'à la fenêtre et ouvris les rideaux. Il pleuvait. Et alors, quelle importance ? s'agaça Rebecca. Un peu de pluie n'a jamais fait de mal à personne. Elle m'ordonna de prendre un bain. Sur le palier, je croisai Mme Llewelyn. Elle me regarda avec surprise et me sourit. Rebecca lui demanda si elle pouvait avoir la gentillesse de lui faire couler un bain. Elles ne s'étaient encore jamais rencontrées, mais Mme Llewelyn obtempéra sans discuter.

« Avec plaisir, ma chère », dit-elle.

Je restai assise sur la cuvette des toilettes pendant que Mme Llewelyn faisait couler l'eau en testant la température de temps en temps, comme pour une enfant. Quand elle coupa le robinet, Rebecca la remercia sur un ton qui signifiait clairement qu'elle n'avait plus besoin d'elle. Je me déshabillai, entrai dans la baignoire, plaçai un gant de toilette sur mon visage et m'allongeai dans l'eau. L'obscurité m'apaisa. J'aurais facilement pu me laisser glisser sous la surface, mais Rebecca m'obligea à m'asseoir et à me laver. Je me savonnai sous les bras et entre les jambes et me rinçai avec le gant. Rebecca était coquette. Jamais elle ne se serait laissée aller comme je l'avais fait. Pas question non plus de barboter dans l'eau chaude et savonneuse. Elle me força à sortir du bain et me sécha vigoureusement, au point que j'avais la peau toute rouge. J'imaginai Mme Llewelyn en bas, qui informait mon père que je m'étais levée, et je décidai de prendre le petit déjeuner avec lui. Je passai mon peignoir et descendis. Papa était à sa place habituelle en bout de table, en train de fendiller la coquille de son œuf mollet.

« Bonjour, ma chérie, dit-il. Quelle bonne surprise de te voir debout. Ça va mieux, on dirait.

— Oui, on va beaucoup mieux », répondit Rebecca. (Parle pour toi, songeai-je.) « C'est la fête à la grenouille », poursuivit-elle.

Papa la regarda d'un air curieux. Il saupoudra son œuf d'un peu de sel et se mit à beurrer son toast. Rebecca exprima le désir d'avoir aussi un œuf pour elle. Deux, même. Je n'ai moi-même jamais mangé d'œufs au petit déjeuner, mais papa bondit aussitôt de sa chaise et, posant sa serviette sur son journal, alla à la porte demander à Mme Llewelyn de mettre deux autres œufs à bouillir.

Rebecca, ignorant la difficulté que mon père et moi avions à entretenir une conversation, n'avait pas anticipé que le temps nécessaire à la cuisson des œufs déboucherait sur une période de silence gêné. Cela ne sembla cependant pas l'affecter. Elle commença par étaler du beurre sur un toast et le couper en quatre triangles, qu'elle grignota ensuite par petites bouchées délicates. Papa ne parut nullement déconcerté par ce comportement inhabituel. Rebecca lui demanda alors quel était son programme pour la journée.

« Mon programme ? répéta-t-il. Je crois que j'ai un peu de correspondance à finir ce matin.

— Je trouve que c'est important de savoir s'occuper, non ? » dit-elle, dans une remarque qui m'était clairement destinée.

Papa acquiesça d'un hochement de tête. Je prévins Rebecca que si elle ne savait pas se tenir, je pouvais très bien retourner me coucher. Avant qu'elle ait le temps de protester, Mme Llewelyn arriva avec les œufs, ce qui nous permit opportunément d'interrompre la conversation. Rebecca attaqua les siens avec entrain, commençant par les écaler habilement avant de les écraser sur deux nouvelles tartines généreusement beurrées. Clairement, elle ne se souciait pas de son tour de taille. Papa l'observait avec une mine perplexe. Elle lui sourit et croqua une grande bouchée enthousiaste. Un peu de jaune coula sur son peignoir, mais elle n'eut pas l'air de s'en apercevoir. Je pris une serviette pour l'essuyer tant bien que mal.

Le petit déjeuner terminé, nous nous retirâmes dans notre chambre. Rebecca entreprit de se choisir une tenue. C'était un soulagement que de la laisser prendre les choses en main. Elle se mit à me reprocher l'aspect démodé de ma garde-robe mais, consciente qu'elle était encore à ma merci, elle se ravisa. À la place, elle me proposa sur un ton complice que nous allions faire du shopping ensemble un de ces jours. Je lui répondis que ça me ferait très plaisir. Malgré tout, j'étais flattée qu'elle ait envie de devenir amie avec moi. Je n'étais peut-être pas si nunuche que ça, finalement.

Elle opta pour un chemisier blanc et un tailleur en tweed gris. J'étais contente. C'était la tenue que je lui avais choisie pour notre première rencontre avec Braithwaite. Elle semblait parfois oublier que, sans moi, elle n'existerait même pas, mais comme (pour une fois) nous nous entendions bien, je ne jugeai pas opportun de le lui rappeler. Si elle n'avait pas été là, je serais restée à traînasser au lit, comme la feignasse que je suis. Il fallait que je lui laisse les mains libres. Elle avait également raison au sujet de Braithwaite. Le Dr Eldridge était peut-être facile à embobiner, mais Collins Braithwaite ne se laisserait pas aussi aisément berner. Si je lui avais résisté jusque-là, c'était uniquement par bête obstination. J'avais la ferme intuition que lui seul pourrait m'aider et que je devrais me soumettre à tout ce qu'il me suggérerait.

Je mis mes sous-vêtements et m'assis sur le tabouret de ma coiffeuse. Je passai en revue les objets familiers qui y étaient disposés : le jeu de brosses à cheveux ornées de camées, la petite boîte en fer-blanc que j'avais achetée, enfant, lors de vacances à Torquay et dans laquelle je rangeais mes épingles, le flacon de Chanel n° 5 dont je me parfumais à une époque dans l'espoir que, juste une fois, un homme me dise que je sentais bon. J'arrangeai le tout avec précision avant de commencer. Tandis que je me poudrais les joues, je me regardai disparaître. Avec une touche de fard en plus, Rebecca émergea. Elle me sourit et j'en fis autant. J'appliquai du mascara sur mes cils, puis un rouge à lèvres que j'avais acheté spécialement pour elle (il était beaucoup trop osé pour moi). Rebecca fit rouler ses lèvres puis se contempla dans la glace, satisfaite du résultat. Elle était, je dois dire, éblouissante.

Ensuite elle s'habilla soigneusement et s'inspecta dans le miroir à l'intérieur de la porte de l'armoire. Elle était prête. Je lui demandai seulement un instant pour écrire quelques lignes dans mon journal avant de partir. Nous n'avions pas pris rendez-vous avec le Dr Braithwaite, si bien que l'heure à laquelle nous arriverions importait peu. Rebecca accepta et je m'assis à mon petit bureau, puis ouvris le tiroir dans lequel je conserve ces cahiers sous clé. Maintenant que j'ai fini, je suppose qu'il est temps d'y aller. Je pense que ce seront là mes dernières notes.

BRAITHWAITE V
S'ÉVADER

Braithwaite passa les dernières années de sa vie dans la maison familiale de Westlands Road, à Darlington. Après la mort de son frère George en 1962, la maison n'avait jamais été vendue. Dès 1970, les droits d'auteur de ses livres s'étaient taris et Braithwaite avait épuisé la patience de ceux disposés à lui prêter de l'argent pour payer son loyer ou financer son train de vie de plus en plus alcoolisé. Pendant ses derniers mois à Londres, il vécut dans diverses auberges de Soho, où il importunait les femmes et vitupérait à tout-va sur les éditeurs bêcheurs, l'establishment et « ce connard de Laing ». Il se voyait régulièrement demander de quitter les lieux.

Dans une lettre à Edward Seers de janvier 1971, il affirmait que Londres était « fini » et qu'il comptait prendre un nouveau départ ailleurs. Il avait décidé d'écrire le roman que Seers lui avait suggéré et lui demandait une avance. Seers n'en crut pas un mot, mais l'idée de peut-être se débarrasser enfin de Braithwaite suffit à le convaincre de lui envoyer un chèque de cinquante livres. Il espérait ne plus jamais entendre parler de lui. Braithwaite prit un train pour Darlington le 4 février 1971, jour de son quarante-sixième anniversaire.

Le trublion qui prêchait autrefois la « révolution perpétuelle du moi » termina où il avait commencé, à dormir dans le lit de ses parents.

En 1971, Darlington était séparé du Londres de la contre-culture dans lequel Braithwaite avait évolué par bien plus que quatre cents kilomètres. Cela restait une petite ville traditionnelle du Nord dominée par les industries d'équipement et lainières. Les plans d'urbanisme de l'après-guerre avaient imposé la démolition de certains quartiers du centre pour faire place à un nouveau système de rocades, mais d'une manière générale les rues n'avaient quasiment pas changé depuis les années 1930. À part sur les ourlets des jupes, les légendaires *swinging sixties* avaient eu peu d'impact là-bas. Les idées modernes étaient vues avec flegme. Un séjour à Darlington était comme un voyage dans le temps.

Pour certains, un retour au pays est un événement qui se fête, mais pour Braithwaite, poser le pied sur le quai de la gare de Darlington était « un aveu d'échec ».

S'il s'inquiétait de ce que la population locale risquait de penser de son humiliante déchéance, il pouvait se rassurer : à Darlington, personne ne le connaissait. Comme il n'avait pas les clés de la maison de Westlands Road, il brisa une vitre près de la porte de derrière et s'introduisit de cette façon. Une voisine, Mme Agnes Bell, appela la police pour signaler un cambriolage en cours. Lorsqu'un policier du nom de Fred Hirst toqua à la porte principale, il tomba sur un homme qui avait tout l'air d'un vagabond. « Je suis Arthur Collins Braithwaite et cette maison est à moi », déclara-t-il. Après avoir laissé le policier poireauter dix minutes sur le paillasson, Braithwaite revint avec son permis de conduire. Ce document, en soi, ne prouvait pas grand-chose mais, malgré son apparence dépenaillée, le comportement de Braithwaite n'était pas celui d'un cambrioleur et Hirst n'eut d'autre choix que de partir. Le lendemain après-midi, Hirst rappela Mme Bell pour l'informer que, vérification faite, le « cambrioleur » était bel et bien le propriétaire légitime de la maison. Mortifiée par son erreur, elle alla lui présenter ses excuses. Quelques années plus tôt, Braithwaite lui aurait hurlé dessus, au lieu de quoi il resta, titubant, sur le perron à la dévisager d'un air curieux. Il se présenta sous le nom d'Arthur et expliqua que la maison avait appartenu à son père. « Il s'est tiré une balle dans la tête, vous comprenez. Ce con. »

Mme Bell, désormais veuve, vit toujours à Westlands Road. Quand je suis passé la voir, elle était heureuse de parler de son ancien voisin, dont elle se souvenait avec un mélange d'affection et de pitié. Elle avait à l'époque près de la trentaine, un joli visage et une silhouette élancée. Elle n'avait pas songé à retirer son tablier avant d'aller toquer chez lui et, sous le regard de Braithwaite, elle s'était soudain sentie mal à l'aise. « Je n'avais jamais rencontré quelqu'un qui vous regardait comme ça », raconte-t-elle.

Elle n'avait pas à s'excuser, lui avait-il répondu. Au contraire, c'était à lui de s'excuser de lui avoir fait des frayeurs. Mme Bell le remercia et ajouta que, puisqu'ils allaient être voisins, il n'avait qu'à venir dîner chez elle le soir même. Braithwaite commença par refuser mais, devant son insistance, finit par accepter. Il n'avait de toute façon rien à manger chez lui.

Cette soirée ne fut pas une réussite. Braithwaite se présenta avec un sac rempli de bouteilles de bière, qu'il ne remit pas en cadeau à ses hôtes mais garda à ses pieds de façon à pouvoir y puiser à sa guise. Naturellement, c'est Agnes qui faisait l'essentiel de la conversation. Elle était bibliothécaire à temps partiel dans une école primaire de Cockerton. Son mari, Robert, était comptable dans la manufacture de laine Patons & Baldwins, un des plus gros employeurs de la ville. Ils avaient deux jeunes garçons, Peter et Andrew, qui étaient déjà couchés à l'heure où Braithwaite était arrivé. La maison était meublée avec goût. Les Bell faisaient partie de cette génération qui se libérait joyeusement de l'austérité vertueuse de l'après-guerre. C'étaient les enfants des Premiers ministres Macmillan et Wilson, pour qui la révolution ne signifiait pas l'ouverture des portes de la perception mais l'accès au crédit et la participation à une nouvelle ère du consumérisme. « À travers l'acquisition de *choses*, écrivit méchamment Braithwaite, les Bell avaient si efficacement intégré leurs frustrations existentielles et sexuelles qu'ils ne savaient même pas qu'ils étaient morts spirituellement : c'étaient les gens les plus heureux que j'aie jamais connus. »

Agnes s'était donné du mal pour préparer des amuse-gueule à la mode, sur lesquels Braithwaite se jeta avec voracité. Il profita aussi allègrement du sherry proposé, se resservant lui-même dans la bouteille posée sur la table basse devant lui. Quand Agnes disparut dans la cuisine pour finaliser le repas, les deux hommes eurent toutes les peines du monde à trouver des sujets de discussion : Robert était un fervent supporter de foot, Braithwaite ne s'intéressait pas au sport. Il éluda les questions sur son activité professionnelle par un vague geste de la main. Le seul moment où il s'anima fut pour complimenter Robert sur sa « sacrée nénette ».

Ce dernier répondit par des remerciements muets. Ce fut un soulagement quand Agnes revint en annonçant que le dîner était prêt.

Il fut servi dans la petite salle à manger, qui communiquait avec la cuisine par un passe-plat. Agnes avait fait du « *coq au vin* », dont elle informa utilement Braithwaite qu'il s'agissait d'un plat français. Robert et elle espéraient emmener les garçons en France quand ils seraient assez grands. Il était important de nos jours, estimait-elle, de se frotter à des cultures étrangères. Que ce fût à cause de la nourriture, du nombre de bières qu'il avait consommées, ou simplement parce qu'ils étaient tombés sur un sujet qui se trouvait l'intéresser, Braithwaite se dérida. Pendant une demi-heure, il se mit à raconter des souvenirs de son séjour en France après la guerre, y compris quelques anecdotes sur ses conquêtes sexuelles. Après un récit particulièrement grivois, Robert protesta en disant que ce genre de propos était déplacé en présence de sa femme. Braithwaite le dévisagea d'un air faussement innocent. « Vous avez deux fils à l'étage, dit-il. Il a bien dû y avoir un moment où elle n'était pas contre une bonne partie de baise. » Agnes désamorça la situation en débarrassant les assiettes. Braithwaite en profita pour la reluquer ostensiblement. Elle s'éclipsa à la cuisine afin de préparer le dessert en fredonnant. Les deux hommes restèrent assis en silence. Lorsqu'elle revint, elle orienta la conversation sur les changements que la ville avait connus depuis le départ de Braithwaite. Celui-ci rétorqua qu'il n'avait pas remarqué.

À un moment, Robert monta pour aller voir les enfants. Braithwaite fit pivoter sa chaise vers Agnes et la fixa intensément. Elle se mit à rougir. Puis il se fendit d'un semblant d'excuses. Il n'avait pas l'habitude de la bonne société et n'avait voulu offenser personne. Agnes lui assura qu'elle ne s'était pas du tout sentie offensée. C'était stimulant de recevoir un invité aussi sophistiqué. Il devait les trouver terriblement vieux jeu. Braithwaite lui garantit que non. La soirée se termina sur un mode relativement amical, mais il ne fut jamais réinvité à dîner.

La maison de Westlands Road était dans un état de délabrement avancé. Il manquait plusieurs tuiles sur le toit et de l'eau avait fui dans les combles, faisant se voiler le plafond du premier étage. Des amas de plâtre détrempé s'en étaient décrochés et avaient pourri sur la moquette en dessous. Le papier peint de l'escalier tombait en lambeaux. Tout sentait l'humidité. Braithwaite oscillait entre la chambre de ses parents à l'étage et la cuisine, qu'il chauffait au moyen d'un poêle à mazout. Ses journées durant ces quelques premiers mois se passaient essentiellement à boire. Il se levait rarement avant midi. Son petit déjeuner consistait en une cigarette Player's Navy Cut et une lampée de scotch au goulot de la bouteille qu'il gardait au pied de son lit et qu'il prenait toujours soin de ne pas terminer la veille. Comme il n'avait pas d'eau chaude, ses ablutions étaient minimales. Il ne lavait jamais ses vêtements. Il devint de plus en plus maigre et émacié. L'après-midi, il fréquentait la Railway Tavern de High Northgate. Installé à une table dans le coin, il enchaînait les pintes de bière, les yeux dans le vague. Tant qu'il avait de quoi payer, son allure de clochard ne dérangeait pas le patron, Brian Armitage. Il n'était pas agressif avec les autres clients, mais il ne se mêlait pas non plus à leurs discussions sur les nouvelles du jour ou les potins locaux. Eux, de leur côté, ne demandaient pas mieux que de le laisser tranquille. En rentrant chez lui, il s'arrêtait à l'épicerie de Northcote Terrace pour acheter des boîtes de sardines et de pêches au sirop. Il passait ses soirées dans sa cuisine, avachi sur le canapé qu'il avait transbahuté du salon, à lire en buvant du whisky. Certaines fois, il s'endormait sur place. D'autres, il arrivait à se traîner là-haut.

« J'en étais réduit au strict minimum, dans tous les sens du terme », écrivit-il. Il se comparait à la voix désincarnée du roman *L'Innommable* de Samuel Beckett, une conscience déconnectée du monde. « C'était une sorte de libération. Je n'avais à penser à rien en dehors de ma survie physique. Pourtant, malgré mes tentatives de le noyer dans l'alcool, mon esprit continuait son harcèlement incessant. Encore, encore et encore, ça ne s'arrêtait jamais. »

Puis vint le printemps et les choses changèrent.

« Je me suis réveillé un après-midi d'avril, écrivit-il, avec un rayon de soleil qui filtrait à travers l'interstice entre les rideaux. J'ai regardé autour de moi. Tout était répugnant. Les murs étaient souillés. La moquette était souillée. Mes draps étaient souillés. Moi-même, j'étais souillé. Je suis descendu à la cuisine. Le sol était jonché de bouteilles. Dans un coin s'empilaient des boîtes de conserve. J'ai vu des souris déguerpir sous mes yeux. Je me suis dégoûté. Je m'étais laissé sombrer dans un état d'abandon. »

Ce même jour, ou en tout cas peu de temps après, Agnes Bell se rendit compte qu'un grand ménage par le vide était en cours dans la maison voisine. D'abord, des cartons de bouteilles et autres détritus apparurent dans le petit jardin devant la maison. Puis dans le jardin de derrière commencèrent à s'entasser des meubles que Braithwaite avait débités à la hache. Il essaya de les brûler, mais ils étaient trop humides et ils restèrent là pendant des semaines, comme une sculpture branlante. Il se mit alors à débroussailler, travaillant fréquemment du matin au soir. Agnes prit l'habitude de venir bavarder avec lui par-dessus la clôture, lui apportant parfois une tasse de thé. Il avait une conversation souvent décousue, mais il était plutôt sympathique et s'abstenait de toute remarque obscène. Un jour, il lui demanda si elle avait connu son père, mais elle secoua la tête. Il sembla déçu quand elle lui dit qu'elle ne se souvenait pas de la quincaillerie de Skinnergate. Elle était beaucoup trop jeune pour ça. « Mon père était très fier de cette maison, et regardez ce qu'elle est devenue », lui confia Braithwaite avant de se remettre à tailler des broussailles à la faux. Un samedi matin, Agnes le vit sur le toit qui essayait de remédier aux tuiles manquantes. Craignant qu'il ne tombe, elle envoya Robert, à contrecœur, lui tenir l'échelle. « Vous allez me la tenir ou me la retirer ? » lui cria Braithwaite de là-haut. Au bout d'un moment, les meubles finirent par sécher suffisamment pour être brûlés et il y eut assez de place dans le jardin pour y mettre une petite table et une chaise.

Au cours des mois suivants, Mme Bell y verrait Braithwaite, souvent torse nu, penché sur une machine à écrire. Quand elle lui demanda ce qu'il écrivait, il répondit : « Une tragédie. Une putain de tragédie, voilà ce que c'est. »

Le manuscrit de *Mon moi et autres inconnus* fait presque cinq cents pages. Même au fond du trou, Braithwaite demeurait convaincu de son génie. S'il était tombé si bas, ce n'était pas dû à quelque erreur de sa part mais à la détermination de ses ennemis à le détruire ; ce qui était somme toute, affirme-t-il, une réaction naturelle. Pour que l'establishment perdure, « ceux qui ont un intérêt direct à sa survie doivent à tout prix éradiquer ses opposants. C'est vrai de tous les systèmes totalitaires, qu'ils soient politiques ou psychiques. »

S'il y a peut-être une part de vrai dans cette observation, elle montre l'opinion boursouflée que Braithwaite continuait à avoir de lui-même. La vérité était moins noble : malgré son éphémère notoriété, il n'avait jamais été quelqu'un d'assez important pour mériter la campagne orchestrée dont il se prétendait victime. Les personnes prétendument impliquées dans cette croisade contre lui incluaient la police, les médias et le système judiciaire, ainsi que des individus comme Edward Seers, Richard Aaron et, bien sûr, R. D. Laing. Nul n'échappe à son vitriol. Dirk Bogarde, à qui il devait une grande part de son succès, est décrit en ces termes : « un néant, [un homme] si vaniteux et maniéré qu'il existait à peine ». Seers est « comme toutes les pédales, fondamentalement lâche, un médiocre qui persécute les autres pour détourner l'attention de ses propres défauts ». Mais c'est à Laing qu'il réserve ses piques les plus imagées : « Assis sur un tas de fumier qu'il prend pour son Parnasse, il regarde des courtisans obséquieux laper sa pisse comme du champagne grand cru. »

Mon moi et autres inconnus est une divagation pompeuse qui recherche en permanence l'autojustification et prend de grandes libertés avec les faits. C'est aussi, de loin, le livre le plus réussi et le plus drôle de Braithwaite. Quand il ne s'égare pas dans des règlements de comptes ou des déclarations grandiloquentes sur son propre intellect, l'essentiel du texte est véritablement une autobiographie, ou plus exactement ce qu'on pourrait qualifier aujourd'hui d'« autofiction ». Les longues parties sur son enfance et son séjour en France sont lyriques et évocatrices. Les passages sur Netley sont vibrants d'indignation, pour une fois au service d'une cause qui en vaut la peine. La suggestion d'Edward Seers qu'il s'essaye au roman n'était peut-être pas aussi absurde que Braithwaite l'avait pensé.

De l'époque où il travaillait à la quincaillerie de son père, malgré l'outrage de devoir être sans arrêt aux ordres et de se faire rabrouer à la moindre transgression, Braithwaite se souvient du plaisir tactile de la courbure d'un manche de hache dans ses mains, du poids satisfaisant de sa lame. « Tenir une hache, écrit-il, c'est la sentir brûler d'envie d'être brandie et abattue. Les outils sont une invitation à des activités qui conviennent bien mieux à un homme que le maniement d'un stylo. »

Se remémorant un passage à tabac particulièrement violent de la part de ses frères, il compatit avec eux : « J'avais commis le péché d'être intelligent. Eux étaient des brutes. Je ne pouvais pas vraiment leur demander de raisonner avec moi. » Ces dérouillées avaient lieu avec l'approbation tacite de son père, qui « pensait sans doute qu'elles [le] guériraient de [sa] maladie ».

Au fil de son récit apparaît un besoin constant de se cacher, à la fois littéralement et métaphoriquement. Son plus ancien souvenir, affirme-t-il, est de faire semblant de dormir dans la chambre de Cartmell Terrace pendant que son père, de retour du pub, prend sa mère de force. Elle objecte qu'Arthur va les entendre, mais quand elle chuchote son nom pour voir s'il est réveillé, il ferme aussitôt les yeux. Il reste immobile dans le noir à écouter les grognements de son père, se sentant complice du viol de sa mère. Que cet épisode soit transformé par le souvenir, enjolivé ou purement et simplement inventé, il est révélateur : à quatre ans déjà, Braithwaite apprenait à s'abstraire de la réalité.

À l'âge de treize ou quatorze ans, il prend une des chemises de nuit de sa mère dans sa penderie et l'emporte dans sa chambre. Il la revêt et se masturbe. Il raconte comment la douceur et l'odeur du pilou le rapprochent de sa mère. Cela peut paraître sordide, mais c'est aussi le geste d'un petit garçon abandonné par sa mère, qui n'a pas d'autre exutoire à ses émotions. Plus tard, il découpe un trou dans la poche de son pantalon pour pouvoir se masturber clandestinement en regardant passer les filles quand il traîne sur les berges du Cocker Beck. « Il ne m'a jamais traversé l'esprit, écrit-il, de pouvoir aborder une de ces filles pour lui demander de se promener ou d'aller au cinéma avec moi, ce qui était pourtant mon seul vrai désir. On m'avait éduqué dans l'idée que j'étais inadapté, indigne de toute affection, si bien que je refoulais tout sentiment de ce type. »

À lire cela, il est facile d'y voir l'origine des défauts futurs de Braithwaite : son incapacité à percevoir les autres hommes comme autre chose que des rivaux, son arrogance et sa grandiloquence écrasantes, son comportement méprisant avec les femmes. Tout cela puise sa source dans sa peur d'être rejeté.

Les passages les plus heureux du livre sont ceux où il évoque son expérience en France. « Être dans un autre pays, parler une autre langue, c'était être quelqu'un d'autre ; et en étant quelqu'un d'autre, j'ai eu l'impression pour la première fois d'être moi-même. » Braithwaite aimait la camaraderie au sein des groupes de vendangeurs. Il aimait la fatigue physique d'une bonne grosse journée de travail. Il aimait la sensation du soleil sur son dos et le goût salé de la sueur sur ses lèvres. Il aimait le vin qui coulait à flots sur les tables à tréteaux mises en place pour le déjeuner, et les anecdotes échangées, qu'il ne comprenait qu'à moitié. Surtout, il aimait la fluidité des rapports sexuels que tout ça engendrait. « J'ai appris que le sexe n'était pas un acte d'agression, quelque chose que les hommes faisaient aux femmes, mais un acte partagé par deux personnes, sans autre obligation que d'y prendre du plaisir. » Quand on lit les descriptions qu'il fait de la terre ocre de Provence, des odeurs de citron, de lavande et de crottin, on se dit qu'il est étonnant et peut-être tragique qu'il soit rentré en Angleterre.

Braithwaite ne s'étend pas sur ses patients individuels. Peut-être pensait-il avoir déjà couvert cet aspect dans *Antithérapie*. Plus vraisemblablement, il s'était juste lassé d'écouter la bonne société londonienne lui décrire ses « angoisses à deux balles ». « Si j'ai appris une chose, écrit-il, c'est que, quelle que soit la quantité de confort matériel qu'on procure à un être humain, il trouvera toujours quelque chose pour se rendre malheureux. Nous sommes programmés pour être insatisfaits. Nous en voulons toujours plus. Plus de meubles, plus de gadgets, plus de sexe, plus d'amour. Nous convoitons ce que les autres ont, tout comme les autres convoitent ce que nous avons. C'est le moteur d'un mécontentement perpétuel. »

Le (« soi-disant ») travail du psychothérapeute était le plus facile au monde. « Je n'ai jamais eu un seul visiteur qui ne comprenait pas, à un degré ou un autre, ses propres problèmes. Il me suffisait d'écouter et de regarder, puis de faire part de mes observations à l'individu en question : de formuler tout haut ce qu'il savait déjà. Un processus simple, pourtant, régulièrement, on me complimentait pour ma perspicacité, pour ma finesse de compréhension. Je ne faisais qu'écouter. Quand un visiteur arrive persuadé que vous êtes une sorte de gourou, vos pensées sont déjà empreintes de profondeur. En tant que thérapeute, on vous remercie de dire des choses qui, dans un bar, vous vaudraient un coup de poing dans la gueule. Et quand quelqu'un vous paye cinq guinées l'heure, vos paroles ont été préconsacrées. La psychothérapie n'est rien d'autre qu'une transaction, un abus de confiance… et de confidence. »

C'est une vision cynique, à laquelle objecteraient sans nul doute les psychiatres traditionnels comme les psys contemporains. Mais elle minimise peut-être les talents de thérapeute de Braithwaite. Il avait sans conteste une aptitude pour identifier les racines du mal-être de ses patients et énoncer des vérités devant lesquelles d'autres à sa place auraient préféré reculer. On peut citer par exemple ce passage :

Quand une femme vous dit qu'elle se sent asphyxiée par sa vie, il ne faut pas être un génie pour lui suggérer d'en changer.

« Mais je ne peux pas, vous dira-t-elle d'un air désespéré.

— *Pourquoi ? répondrez-vous.*

— *Je ne peux pas, voilà tout. C'est trop compliqué. Je suis coincée.*

— *Si vous le vouliez vraiment, vous pourriez.*

— *Ah bon ?* »

Ce que les gens attendent – surtout les femmes –, c'est une permission. Ils sont tellement écrasés par les structures de la famille, du décorum et des responsabilités qu'ils en deviennent incapables d'agir de façon autonome. Ils ont besoin d'une autorisation extérieure pour leurs propres désirs. Pourtant il suffit d'avancer, de refuser d'être enchaîné au passé.

L'ironie qu'il y avait à écrire ces mots dans le jardin de sa maison d'enfance ne lui échappa guère. « Si j'avais cinq guinées à perdre, je ferais peut-être bien de me consulter moi-même, écrit-il. Mais je ne les ai pas. »

Au cours de l'été 1971, alors qu'il était plongé dans la rédaction de ce livre, Agnes Bell remarqua un changement en lui. Outre le fait qu'il passait ses journées à sa petite table dans le jardin, il avait commencé à se cuisiner des repas simples. Il prenait du poids. Il buvait toujours, mais ses mains ne tremblaient plus le matin. Son hygiène personnelle s'améliorait. Il lavait ses vêtements et les mettait à sécher sur une corde à linge improvisée entre deux arbres. Quand Agnes accrochait elle aussi sa lessive, il lui donnait un coup de main. Au bout d'un moment, comme les Bell possédaient une machine à laver, elle lui proposa de s'occuper de son linge, et il y consentit. En échange, il la dépannait par de menus travaux au jardin, du moins pendant que Robert était au bureau. Elle laissait même parfois « tonton Arthur » garder un œil sur les garçons quand elle avait une course à faire chez l'épicier ou à la poste.

Il arrivait que Braithwaite soit si absorbé dans son travail qu'il n'entendait pas Agnes l'appeler par-dessus la clôture, mais le plus souvent il s'interrompait et s'allumait une cigarette le temps de papoter avec elle. Il lui racontait des souvenirs de son enfance dans le quartier. Agnes lui confia qu'elle avait épousé Robert uniquement parce qu'elle était tombée enceinte de lui. C'était un bon mari et un bon père, mais elle ne l'aimait pas. Elle était très curieuse de la vie à Londres, qu'elle n'avait visité qu'une fois, à l'âge de dix-huit ans. Braithwaite lui dit que c'était une ville pleine de charlatans et qu'elle était bien mieux à Darlington. « Mais c'est tellement plan-plan, ici, soupira-t-elle. J'ai l'impression d'être en cage. » Braithwaite lui raconta qu'il avait rencontré de nombreuses femmes dans des situations similaires. Il lui demanda ce qu'elle ferait si la porte de la cage était ouverte. Agnes rit et répondit qu'elle la refermerait sans doute et resterait sur son perchoir.

Malgré la complicité qui s'était développée entre eux, Braithwaite ne lui fit jamais d'avances déplacées. Même lorsqu'elle lui avoua fantasmer parfois sur l'idée d'avoir un amant, Braithwaite l'encouragea à passer à l'acte mais ne se porta pas candidat pour le rôle.

Deux ou trois soirs par semaine, il se rendait à la Railway Tavern. Il continuait à rester dans son coin, mais il échangeait quelques mots avec les autres clients quand il les croisait au comptoir. Un soir, il fut invité à compléter une équipe pour une partie de fléchettes. Il avait toujours été nul à tous les sports et il perdit toutes les volées qu'il lança, tapant souvent complètement en dehors de la cible, mais ses coéquipiers se montrèrent magnanimes quant à sa performance. Il s'acheta une cible dans un magasin d'occasions, l'accrocha derrière la porte de son jardin et traça une ligne à 2,37 mètres au sol. Il s'entraînait une heure tous les matins et tous les soirs et, quand un des habitués de la Tavern vint à mourir, il avait atteint un niveau suffisamment correct pour prendre sa place dans l'équipe. Lorsqu'il tira la volée gagnante dans le match contre leurs grands rivaux du pub voisin, le Slater's Arms, il fêta la victoire en payant des tournées aux deux équipes. Exceptionnellement, Brian Armitage les autorisa même à rester après la fermeture, rideau baissé. Braithwaite repartit au petit matin, ivre mais heureux. « Cela faisait très longtemps que je n'avais pas connu un tel moment de plaisir simple, écrivit-il. J'éprouvais un sentiment de camaraderie. J'étais accepté par un groupe d'hommes qui ne connaissaient que mon prénom et ne s'intéressaient pas à moi au-delà de ma capacité à mettre des doubles 20. J'avais franchi une nouvelle étape dans la vie. »

En novembre 1971, Braithwaite envoya le manuscrit de *Mon moi et autres inconnus* à Edward Seers. Avec toute son ancienne arrogance, il ne s'était donné la peine ni de le faire taper au propre, ni d'effacer les commentaires désobligeants concernant son destinataire. Seers accueillit cet envoi avec appréhension, mais il le lut consciencieusement puis, histoire de s'assurer qu'il ne laissait pas ses propres préjugés influencer son opinion, il le transmit à un collègue. Ne voulant pas que Braithwaite puisse penser qu'il n'y avait pas accordé toute l'attention nécessaire, il attendit six semaines avant de lui adresser sa réponse. Celle-ci, datée du 12 janvier 1972, était courtoise mais ferme. Après de brèves louanges sur « l'audace habituelle » et la « prose pittoresque » de Braithwaite, il concluait ainsi : « Hélas je ne peux envisager de lectorat suffisant pour justifier une publication. » Aussi lui retournait-il le manuscrit, en le remerciant.

Braithwaite, déjà furieux du temps qu'il avait mis à lui répondre, téléphona à Seers dès le lendemain matin. Ce dernier écouta avec lassitude sa diatribe prévisible. Braithwaite, comprenant qu'il n'allait pas le faire changer d'avis, prétendit que plusieurs autres éditeurs étaient enthousiastes à l'idée de publier son texte et qu'il l'avait envoyé à Seers uniquement par loyauté mal placée. Seers lui souhaita bonne chance et raccrocha.

On ignore si Braithwaite proposa ce texte à d'autres maisons d'édition. Si c'est le cas, ce fut avec le même résultat. Le livre ne fut jamais publié et l'unique exemplaire du manuscrit se trouve aux archives de l'université de Durham. Quelques semaines plus tard, Braithwaite écrivit à Seers pour exiger le versement immédiat de tous les droits impayés sur ses précédents ouvrages. Il n'y en avait pas. Aussi bien *Tuez votre Moi* qu'*Antithérapie* étaient épuisés depuis longtemps. Néanmoins, en gage de bonne volonté, Seers lui fit parvenir un chèque de vingt livres. À peu près au même moment, Braithwaite écrivit aussi à Zelda. Il la félicitait de son succès (elle avait alors publié quatre romans, dont l'un, *Averse passagère*, avait été adapté au cinéma par Lewis Gilbert) et lui réclamait les cinquante livres qu'elle lui devait. Elle ignora sa lettre.

Mon moi et autres inconnus se termine ainsi :

J'avais passé ma vie entière à détester Darlington. Je détestais ses maisons en brique rouge. Ses petites rues pavées et ses pubs crasseux. Je détestais les aristos de Cockerton et la populace vulgaire des ouvriers qui sortaient des usines Patons & Baldwins. Je détestais la statue du munificent Joseph Pease qui nous toisait du haut de son piédestal sur High Row. Je détestais le surnom affectueux de « Darlo ». Darlo n'était pas mon copain. Darlo était mon ennemi. Darlo était une prison dont mon unique désir était de m'évader. Pour préserver sa santé mentale, il faut s'évader. Sinon, la seule issue possible est le repli dans cette fierté municipale crétine qui est le refuge de ceux qui ne partent jamais. C'est seulement maintenant, en revenant ici, que je comprends que ma haine de Darlington était mal placée. Darlington n'est ni meilleur ni pire qu'ailleurs. Je détestais Darlington uniquement parce que c'était de là que je venais. Ce n'est pas Darlington que je déteste, mais moi-même. C'est de moi-même que j'ai essayé, en vain, de m'évader.

Le 14 avril 1972, Braithwaite alla chercher une corde dans l'abri du jardin et se pendit à une poutre du palier du premier étage de sa maison. Il avait laissé la porte de derrière ouverte et son corps fut découvert le lendemain par une Agnes Bell affolée. Le manuscrit de *Mon moi et autres inconnus* était sur la table de la cuisine. Dessus était posé un bout de papier sur lequel il avait griffonné :

Si ma petite entreprise là-haut a réussi, vous pouvez considérer ceci comme ma lettre de suicide. ACB

Dix jours plus tard, Arthur Collins Braithwaite était enterré aux côtés de son père et de ses frères dans le cimetière de Darlington. Étaient présents Edward Seers, Agnes Bell et deux membres de l'équipe de fléchettes de la Railway Tavern. Il n'y avait pas d'autre parent ni ami du défunt.

POSTFACE À LA SECONDE ÉDITION

À la suite de la publication de ce livre à l'automne 2021, j'ai reçu un grand nombre de courriers me signalant diverses erreurs dans la description du Londres des années 1960. Bien que je l'aie moi-même indiqué dans ma préface, plusieurs lecteurs m'ont fait remarquer que le pub fréquenté par la protagoniste s'appelait le Pembroke et non le Pembridge Castle. « Quiconque ayant vécu à Londres à cette époque, m'écrit un correspondant, n'aurait jamais commis l'erreur de situer un café Lyons sur Elgin Avenue. » Le café Lyons le plus proche, apparemment, se trouvait juste un peu plus loin, sur Sutherland Avenue. Un autre homme exprimait des doutes quant à l'itinéraire que la protagoniste emprunte entre la station de métro de Chalk Farm et Ainger Road. Le président de la Société historique de Primrose Hill m'a contacté pour m'informer qu'il n'y avait pas, et qu'il n'y avait jamais eu, de rambarde en fer au sommet de la colline, comme mentionné dans l'épisode qui s'y déroule avec Mlle Kepler. Pas plus qu'il n'y avait eu de café nommé Clay's sur Regent's Park Road. J'ai répondu patiemment à chacun de ces e-mails et de ces lettres, disant en substance que ces erreurs figuraient dans les cahiers originaux et que, même si j'en avais eu connaissance, ce n'aurait pas été à moi de les corriger. Elles pouvaient facilement s'expliquer par le fait que l'auteure des cahiers se trompait dans ses souvenirs ou parfois les enjolivait ici ou là.

Cela dit, le volume de cette correspondance était déconcertant et je me sentis contraint de mener quelques recherches complémentaires. Peut-être que, dans mon désir de croire à l'authenticité de ces cahiers, je m'étais rendu coupable d'un biais de confirmation : j'avais inconsciemment cherché à valider ce que je voulais croire. J'ai donc feuilleté plusieurs années du *Woman's Journal* à la bibliothèque Mitchell de Glasgow avant de trouver la nouvelle de l'auteure, *Une agréable réception*, dans le numéro de mai 1962. Je pus constater avec ironie qu'elle était publiée sous le nom de Rebecca Smyth et qu'elle était loin d'être aussi mauvaise que l'auteure des cahiers le prétendait, même si on y reconnaissait certaines de ses petites manies stylistiques. Clairement, c'était l'œuvre de la même personne. Je ne retrouvai aucune trace d'une agence artistique baptisée Brownlee Associates, mais ça ne prouvait pas grand-chose dans un sens ni dans l'autre. Dans la mesure où l'auteure avait pris autant de précautions pour protéger sa propre identité, il n'était pas absurde de penser qu'elle avait aussi modifié les noms des autres personnages.

Pour autant, j'avais beau me répéter que l'authenticité des cahiers importait peu, mon scepticisme ne faisait que grandir. Je décidai donc d'écrire à Martin Grey pour lui demander s'il avait d'autres informations à me fournir afin de corroborer son histoire. Il me répondit en disant qu'il avait observé la sortie du livre avec intérêt mais qu'il ne voyait rien à ajouter à ce qu'il m'avait déjà raconté. À ma grande surprise, cependant, il proposa de me rencontrer la prochaine fois que je serais de passage à Londres. Il se trouve que je devais m'y rendre la semaine suivante. M. Grey suggéra que nous nous retrouvions au Greenberry Café sur Regent's Park Road, dans le quartier de Primrose Hill. Quand je lui demandai de quoi il avait l'air, il me répondit de ne pas m'en faire, qu'il me reconnaîtrait.

Nous nous donnâmes rendez-vous le mercredi suivant à 14 heures. C'était un après-midi ensoleillé d'avril. Je m'étais beaucoup promené dans le quartier au cours de la préparation du livre et je m'étais même arrêté une fois dans le café que M. Grey avait choisi, en me demandant s'il avait pu servir de modèle au salon de thé Clay's des cahiers. J'avais d'ailleurs demandé à la patronne depuis combien de temps cet établissement était un café, mais elle n'avait pas su me répondre. J'arrivai à 13 h 50. La patronne ne sembla pas me remettre. Je commandai un café crème et une eau pétillante et m'installai à une table en vitrine. Le lieu était fréquenté par de jeunes mamans fortunées et leurs enfants en vêtements de grands couturiers. Une élégante septuagénaire buvait un thé à une table dans le fond. Je ne m'inquiétai pas outre mesure quand 14 heures sonnèrent et que M. Grey n'était toujours pas là. Au quart, cependant, je commençai à me faire du souci. Peut-être y avait-il eu un malentendu et m'attendait-il dans un autre café de la rue, mais ça n'avait pas de sens de partir de là pour me mettre à sa recherche. À tous les coups, il arriverait dès que je serais sorti.

Je commandai un autre café en scrutant la rue à travers la vitrine. Si, comme je le présumais, Martin Grey était le fameux cousin de Clacton, il devait avoir autour de soixante-quinze ans. À un moment, un vieux monsieur passa sur le trottoir. Je sortis et l'interpellai par son nom, mais l'homme me dévisagea d'un regard vide avant de s'excuser poliment de ne pas être la personne pour qui je le prenais. Je bus mon deuxième café sans enthousiasme, en regrettant que M. Grey ne m'ait pas donné rendez-vous au Pembroke Castle au bout de la rue. Je consultai mes e-mails sur mon téléphone, mais il n'y avait aucun message. Je lui avais donné mon numéro, mais pas lui. Il devint clair qu'il ne viendrait pas. Je me sentais à la fois déçu et grotesque. À l'évidence, tout ça n'était qu'un canular. Je m'étais fait poser un lapin. Je payai et commençai à rassembler mes affaires. Alors que j'enfilais ma veste, la vieille dame au fond du café se leva et vint vers moi. Elle était vêtue d'un chemisier blanc, d'une jupe en tweed et d'un manteau de laine foncé, et elle avait un foulard turquoise autour du cou. Ses cheveux gris étaient vaguement retenus en arrière, de sorte que quelques mèches encadraient son visage. Elle avait le regard vif, bleu pâle. C'était une belle femme. Peut-être à cause du foulard turquoise, je me demandai si je ne l'avais pas déjà croisée quelque part. En tout cas, j'éprouvai une brève impression de déjà-vu.

« Il me semble que vous attendez quelqu'un, dit-elle d'une jolie voix mélodieuse.

— J'attendais, oui. Mais je ne pense pas qu'il viendra.

— En effet. J'espère que vous ne m'en voudrez pas, je crains d'avoir un peu joué avec vous. Je m'appelle Rebecca Smyth. »

Je hochai la tête en laissant échapper un petit rire.

« Évidemment », dis-je.

Nous restâmes un moment à nous dévisager.

J'essayais d'intégrer ce qui venait de se passer. J'imagine qu'elle guettait ma réaction.

Je tirai ma chaise pour me rasseoir en lui faisant signe de se joindre à moi, mais elle se pencha et me proposa dans un murmure malicieux que nous allions plutôt au pub un peu plus loin. J'acceptai bien volontiers. Sur la courte distance qui nous séparait du Pembroke Castle, elle passa son bras sous le mien. Elle marchait avec un allant qui faisait mentir son âge, la tête haute, telle une tortue tournant son visage vers le soleil. Les passants lui jetaient des coups d'œil admiratifs et j'étais fier d'être vu en sa compagnie. Elle avait l'allure d'une actrice, certes vieillissante, mais toujours élégante.

SOURCES

La citation de la p. 78 est tirée de la biographie de R. D. Laing par John Clay : *R.D. Laing: A Divided Self*, Sceptre, 1997.

Les mots de Paul McCartney reproduits p. 231 sont tirés de *White Heat*, de Dominic Sandbrook, Abacus, 2007.

Les citations de la p. 234 sont tirées de *Dirk Bogarde: The Authorised Biography*, de John Coldstream, Phoenix, 2005.

Aucun de ces ouvrages n'est traduit en français.

Les deux citations sur le cas d'Anna O. aux p. 157-158 sont tirées d'*Études sur l'hystérie*, de Josef Breuer et Sigmund Freud, traduit de l'allemand par Anne Berman, PUF, 1956.

Les citations de la p. 159 sont tirées de *William Wilson*, in *Nouvelles histoires extraordinaires*, d'Edgar Allan Poe, traduit de l'anglais par Charles Baudelaire.

Les citations de la p. 223 sont tirées du *Moi divisé : de la santé mentale à la folie*, de R. D. Laing, traduit de l'anglais par Claude Elsen, Stock, 1993.

Les citations de Søren Kierkegaard de la p. 228 sont tirées de *La Maladie à la mort*, traduit du danois par Knud Ferlov et Jean-Jacques Gateau, Gallimard, « Folio Essais », 1988.

La citation d'Albert Camus p. 237 est tirée du *Mythe de Sisyphe*, Gallimard, 1942.

REMERCIEMENTS

Mes sincères remerciements à :

Mon éditrice et amie Sara Hunt, pour le soutien sans réserve que tu m'apportes en tant qu'écrivain. Tu as fait preuve d'une passion et d'un engagement inouïs pour ce livre. Je suis honoré d'être publié par toi.

Mon agente, Isobel Dixon, pour tes encouragements, ta bonne humeur et tes remarques éditoriales avisées.

Mon correcteur, Craig Hillsley, pour tes observations perspicaces et ton attention méticuleuse aux détails. Et, oui, même pour les virgules.

Ma grande amie et compagne de voyage Victoria Evans, toujours ma première lectrice. Ton soutien compte plus que tout pour moi.

À Angie Harms et les quelques autres qui ont lu tout ou partie du manuscrit et m'ont offert des mots d'encouragement quand j'en avais terriblement besoin. La phrase « Accroche-toi » n'est jamais vaine.

Et enfin, à Jen Cunnion : à bien des égards, ce livre n'aurait jamais vu le jour sans toi. Il t'est dédié.

J'ai aussi bénéficié d'une résidence de trois semaines à la International Writers' & Translators' House de Ventspils, en Lettonie.

Enfin, je remercie sincèrement David Holmes pour

ses précieux conseils juridiques. Toute erreur dans les chapitres consacrés à Collins Braithwaite serait entièrement de mon fait. Quant au reste du texte, s'il contient d'autres inexactitudes que celles déjà relevées, elles sont de la responsabilité de l'auteure des cahiers.

#lisez! engagé
www.lisez.com

Pour plus d'information :

Imprimé sur du papier issu de forêts gérées durablement.

10/18 – 92 avenue de France, 75013 PARIS

Imprimé en France par CPI

N° d'impression : 3050043
X08136/01